조선의 선비들 1

조선의 선비들 1

초판 1쇄 발행 2008년 11월 12일
초판 2쇄 발행 2009년 1월 5일

지은이 박혜강
펴낸이 강병철
펴낸곳 이룸
제 작 시명국

출판등록 2001년 5월 8일 제20-222호
121-840 서울시 마포구 서교동 395-172 상록빌딩 2층
편집부 02) 324-2347 | 영업부 02) 325-6047
팩스 02) 324-2348
이메일 erum9@hanmail.net

ISBN 978-89-5707-438-1 (03810)
978-89-5707-437-4 (세트)

조선의 선비들 1

박혜강
장편소설

이룸

조선의 선비들 1

차례

2권

1. 건춘문(建春文)에 박힌 화살

정치라는 것은 법이나 규칙만으로 하는 것이 아니다. 모름지기 덕으로 다스려야 한다. 비유한다면 움직이지 않는 별에 여러 별들이 따라오듯이 백성은 그 덕을 연모하여 위정자를 따라오게 될 것이다.

—《논어》의 '위정편'에서

[1]

조선시대 중종 14년, 그러니까 1519년(기묘년) 2월 11일이었다.

오래전에 입춘이 지났으나 북악산 기슭을 넘어 한성부로 몰아치는 바람이 사뭇 거칠고 매서웠다. 어쩌면 광풍(狂風)이라고 표현해도 좋을 법했다.

그런 바람을 단숨에 제압하는 괴이한 소리가 들려왔다. 촉이 날카로운 화살이 파공음을 내며 날아가는 중이었다. 그 화살은 아랫마디와 허리마디 그리고 인대마디와 깃간마디까지 살아 있는 뱀처럼 저마다 꿈틀거렸다. 화살 끝에 매달린 꿩 깃털은 목표물을 향해 집요하게 날아가도록 유도하느라 바짝 긴장해 있었다.

화살이 경복궁의 동쪽 문인 건춘문에 박혔다. 사실은 둔탁한 소리가 났지만, 마치 천둥 벽력이 몰아치는 것 같았다. 화살 마디와 깃털이 파르르 떨리면서 국토에 피비린내를 흩뿌리는 듯했다.

느닷없는 변괴에 혼비백산한 수문군들의 입이 저절로 벌어지고 말았다. 수문장만이 제정신을 잃지 않고 맹수가 포효하듯 소리쳤다.

"감히 언놈이더냐!"

건춘문 앞을 지나치던 사람들이 그 소리에 놀라 발이 땅바닥에 붙어버린 듯 멈췄다. 맹수처럼 울부짖는 소리가 기를 죽이기에 충분했지만 건춘문에 박힌 화살이 눈에 들어오자마자 그만

기겁할 수밖에 없었기 때문이다.

도대체 누가, 왜, 무엄하게도 나라님이 거처하는 궁궐을 향해 화살을 쏘았단 말인가. 한마디로 표현해서 경천동지할 사건이었다. 그래서일까? 거세게 몰아치던 바람도 일순간에 멈추면서 사태의 추이를 살피는 듯했다.

재빨리 정신을 차린 수문군들이 눈동자를 허둥지둥 굴리며 활을 쏜 범인을 찾으려고 애썼다. 그들의 눈빛이 주변을 샅샅이 훑었으나 허사였다. 근처에는 활을 소지한 사람이 없었다. 귀신이 곡할 노릇이었다.

수문장이 손 잰 동작으로 다가가서 건춘문에 박혀 있는 화살을 톺아보았다. 아직도 깃털이 바르르 떨리고 화살 깃간마다 부근에 글을 쓴 종이가 질끈 동여매져 있었다. 그 종이에 적힌 내용에 상관없이 궁궐에 화살을 쏘았다는 것만으로도 역모 행위나 다를 바가 없었다. 수문장의 시퍼렇던 얼굴이 샛노랗게 변색되기 시작했다.

"도대체 무슨 일이오?"

기골이 장대하고 무지개와 같은 눈썹에 봉(鳳)의 눈을 가진 사내가 성큼성큼 다가서더니 수문장에게 물었다.

수문장이 고개를 돌려 바라보았다. 지난해에 사간원의 정언(임금께 글을 올려 일의 옳지 않음을 논박하는 관직)과 사헌부의 지평(백관에 대한 규찰과 탄핵, 그리고 풍속 교정 등을 맡았던 관직)이라는 벼슬을 지냈던 최산두(崔山斗)였다. 그리고 소문으로 듣기에, 요즈음 그는 승정원에서 《성리대전》을 강의할 26명 중 한 사람으로 선발되어 한강 연안의 두모포(豆毛浦) 인근에 있는 동호독서당에 들어가서 학문을 연구하고 있다는 인물이었다.

사간원과 사헌부의 관료들은 임금께 글을 올려 일의 옳지 않음을 논박한다거나 백관에 대한 규찰과 탄핵을 맡았을 뿐만 아니라, 가끔씩 궁궐로 곧장 출근하여 조회에 참석하고 임금을 알현할 수 있는 자격을 지니고 있었다. 그래서 수문장이 최산두를 곧바로 알아보았다. 하지만 건춘문에 화살이 박혔다는 것이 워낙 엄청난 사건이라서 어느 누구에게라도 함부로 입을 열 문제가 아니었다.

"아무것도 아니외다."

"저기 박힌 게 화살이지 않소이까? 어허, 깃간마디에 종이가 매달려 있는 것으로 보아 세전일 것으로 생각했는데 인명을 살상하는 유엽전이 분명하구려."

"그건 그렇소이다."

"각궁으로 쏜 유엽전이 틀림없다니까. 어허, 이건 어떤 대역죄인의 소행임에 틀림없어. 저 유엽전에 매달린 종이에는 엄청난 흉계가 숨어 있을 터이고. 변괴일세, 변괴."

최산두가 팔짱을 낀 채 혼잣말처럼 중얼거렸다. 그리고 무언가를 생각하듯 눈을 지그시 감았다가 떴다.

"도대체 이 무슨 변괴란 말인가……."

수문장은 최산두가 중얼거렸던 말에 수긍이라도 하듯 고개를 끄덕거리면서 화살에 매달린 종이를 풀어내려고 손을 뻗기 시작했다.

수문장은 최산두가 입을 열면 열수록 신기했다. 최산두의 학문이 매우 탁월하다는 소문을 익히 들은 바 있으나, 무신을 능가할 만큼 활에 대해서도 잘 알고 있는 줄은 몰랐던 것이다. 그러니까 최산두가 문무를 겸비했다는 것도 경이로웠는데, 화살에 매달린 종이에 엄청난 흉계가 숨어 있을 것이라는 추리까지 해내자 신기할 따름이었다.

그는 최산두의 비범하고 다재다능한 자질에 감탄되어 정신이 홀렸고, 글을 쓴 종이에 대해서 궁금증이 치솟는 바람에 자신도 모르게 화살을 향해 손을 뻗었다가 황급히 움츠렸다. 자신의 신분으로 이런 종이를 함부로 펼쳐 볼 수 없다는 것을 깨달음과 동시에 앞에 서 있는 최산두가 활을 쏜 장본인이거나, 혹시 이 사건에 연루되었을지도 모른다는 이상야릇한 의문이 번개처럼 스쳐 지나갔기 때문이다.

"어험! 어험!"

수문장이 억지로 안정을 취하면서 헛기침을 터트렸다. 다시 생각해봐도 이상한 노릇이었다. 최산두는 흔히 나약하다고 말하는 문인이었음에도 무관이나 알 수 있는 화살의 종류에 대해 너무나도 잘 알고 있을뿐더러, 누군가 궁궐을 향해 화살을 쏜 엄청난 사건 앞에서 당황하고 놀라기는커녕 언행이 너무나도 차분했다. 그래서 수문장은 의문을 풀어볼 요량으로 최산두에게 말을 붙였다.

"저 화살이 유엽전이라는 것을 어떻게 아시었소이까?"

수문장이 내심 취조하듯 물었다.

최산두는 대꾸하지 않고 손으로 수염을 쓰다듬기만 했다. 그리고 건춘문을 바라보면서 혼잣말로 엉뚱한 이야기를 꺼냈다.

"동쪽은 봄이요, 그래서 건춘문이렷다. 이처럼 날카로운 화살이 봄의 길목에 박혔으니 만물이 소생한다는 봄은 요원할 뿐이로구나."

수문장이 바투 다가서면서 최산두를 다그치려 들었다.

"어떻게 아시었냐고 묻지 않았소이까."

"아, 세전과 유엽전의 차이 말이오? 세전은 적 진영에 글을 보낼 때 사용하고, 유엽전은 무과를 볼 때도 사용하지만 전쟁에서 인명을 살상하기 위해 만들지 않았소이까. 화살을 뽑아보면 촉이 날카로운 쇠붙이로 되어 있을 거외다. 그리고 세전이 아니라 흉악한 유엽전을 사용했다는 것은 더할 나위 없이 대역무도한 자가 틀림없다는 것을 말해주는 거외다. 필시 이 근처는 아닐 터이고……, 그렇지! 아마 120보쯤의 거리였을 테고, 화살이 꽂힌 방향으로 미루어보아서 저기 소나무가 몇 그루 서 있는 곳쯤에서 몸을 숨긴 채 쏘았을 가능성이 다분하구려."

최산두의 이야기가 끝나기도 전에 수문장의 눈씨가 소나무가 있는 곳을 향해 화살처럼 날아갔다. 그런데 그곳에는 사람의 그림자조차 보이지 않았다.

"그게 정말이외까?"

"저기 목멱산(남산)에서 쏜 화살이 예까지 날아왔을 리 없지 않겠소. 그리고 궁궐 안에서 쏜 화살이 거꾸로 되돌아와서 건춘문에 꽂힐 리도 없지 않겠소이까."

수문장이 목멱산 쪽으로 시선을 던졌다. 쓸데없는 짓이었다. 화살이 그 먼 거리에서 여기까지 날아올 리 만무했다. 화살이 박힌 상태에서 역으로 추적하여 방향을 잡아보았다. 최산두의 추론이 매우 그럴듯했다.

"뭣들 하느냐! 당장 저 소나무 근처로 달려가서 샅샅이 수색하여 의심되는 자가 있으면 냉큼 끌어오너라!"

수문장을 보좌하는 참하가 창을 앞세운 수문군 두 명을 거느리고 황급히 달려갔다. 그 사이에 수문장은 종이를 풀지 않은 채로 화살을 뽑아내어 마치 보물이라도 되는 양 가슴 앞에 소중히 모셨다.

잠시 후에 참하와 수문군들이 숨을 헐떡거리며 되돌아왔다. 참하의 손에 화살을 담는 전통이 들려 있었다.

"누구의 것인지 모르겠지만, 이것이 나뒹굴고 있었사옵니다."

참하가 내민 전통은 어느 누구나 소지하는 매우 평범한 것이었으며, 그 속에 몇 대의 유엽전이 들어 있었다. 자세히 살펴보지 않아도 건춘문에 꽂힌 유엽전과 같은 종류였다. 그렇다면 활을 쏘았던 자가 황급히 도망치느라 미처 챙기지 못했을 가능성이 있었다.

"어서 이 상황을 상부에 보고를 하시지요. 그렇지, 도승지(승정원의 6방 중에서 이방의 업무를 관할했으며, 임금의 비서장 격임)에게 직접 보고하는 것이 옳을 듯하외다."

최산두가 수문장을 다그쳤다.

"도승지 나리를 직접 뵙고 올 터이니, 그동안 한 치라도 긴장을 늦추어서는 아니 되느니라!"

수문장이 참하에게 명을 내렸다. 최산두의 말처럼 사안이 중차대한 만큼 도승지 유인숙에게 직접 보고하는 것이 당연했다. 수문장은 걸음을 옮기기 전에 최산두의 표정을 힐끗 살피더니 건춘문 안으로 총총히 사라졌다.

최산두가 건춘문 앞을 벗어나 광화문(光化門) 쪽으로 걸음을 옮기기 시작했다. 두 사람이 그의 뒤를 따랐다. 인동(仁同)과 정상지였다. 인동은 최산두를 따라다니면서 문리를 어느 정도 깨우치게 된 영민한 하인이었으며 성품이 매우 부지런했다. 정상지는 광양 태생의 젊은이로 무과에 응시하려고 한성부로 올라왔다가 최산두의 식객으로 신세를 지고 있는 인물이었는데, 무예가 출중했다.

차 한 잔 마실 시간쯤 걸어서 광화문 앞에 도달했다. 경복궁의 남문에 해당하는 광화문은 창건 당시 사정문(四正門)이라고 했으나, 세조 때 집현전에서 광화문으로 바꾸었다. 그러니까 광화문은 '나라의 위엄을 널리 보여주는 문'이라는 뜻의 '광피사표 화급만방(光被四表 化及萬方)'에서 유래된 이름이었다.

최산두가 걸음을 멈추고, 북악산과 인왕산에 포근히 둘러싸인 경복궁을 물끄러미 바라보았다. 경복궁은 북악산을 주산(主山)으로, 목멱산을 안산(案山)으로, 낙산을 좌청룡으로, 인왕산을 우백호로, 개천(청계천)을 내수(內水)로, 한강을 외수(外水)로 하고 있었다. 그리고 성곽과 궁궐의 전반적인 자태는 웅장하다기보다 안정된 느낌을 주었다.

경복궁을 바라보던 최산두가 느닷없는 한숨을 내쉬더니《시경》에 있는 '기취(旣醉)'라는 노래를 읊조리기 시작했다.

기취이주(旣醉以酒)

기포이덕(旣飽以德)

군자만년(君子萬年)

개이경복(介爾景福)

인동이 최산두의 뒤를 따라서 걷다가 덩달아서 멈춰 서서 물었다.

"나리, 외람된 질문이오나, 방금 읊조렸던 것은 무슨 뜻을 담고 있사옵니까?"

"궁금하느냐? 그건《시경》에 나오는 '술에 진창 취했다'는 뜻의 '기취'라는 노래인데, 제사가 끝난 뒤에 천자의 복을 비는 내용이 담겨 있다. 그러니까 술에 진창 취했고 덕에 이미 배가 불렀으니, 임께서 천년만년 큰 복을 누리시라는 내용이니라."

"그 좋은 노래를 읊조리시면서 왜 한숨을 내쉬셨는지요?"

"너도 생각해보아라. 저 경복궁의 '경복'이라는 글자에 담겨 있는 뜻이 곧 천년만년 큰 복을 누리자는 것인데, 어허, 나라가 어지럽고 온갖 우환이 그치질 않으니 어찌 안타깝지 않겠느냐."

최산두는 인동에게 설명을 해주는 동안 눈앞에 두 사람의 얼굴이 하나로 겹쳐 나타났다가 사라지는 것을 느꼈다. 수많은 개혁을 주도하여 새 왕조의 기반을 다졌다는 삼봉 정도전의 얼굴과 소격서(도교 의식을 맡았던 관아) 철폐 문제와 새로운 과거제도인 현량과(경학에 밝고 덕행이 높은 사람을 천거하여 뽑는 과거제도) 설치를 관철시킨 대사헌(사헌부의 으뜸 벼슬로 종2품) 정암(靜庵) 조광조의 얼굴이었다.

최산두가 정도전을 깊이 생각하며 다시금 경복궁으로 눈길을 돌렸다. '경복궁'이라는 이름은 태조의 명을 받은 정도전이 '기취'라는 노래 구절의 마지막 글자인 '경복'을 따서 지었다. 그런데 그 단어가 지닌 의미처럼 큰 복을 누리고 있다기보다, 자신이 말했던 것처럼 크고 작은 우환에 시달리기 일쑤였다. 그런 우환의 예를 들라고 하면, 멀리 갈 것까지 없이 전대(前代)의 연산군 시절을 살펴보아도 자명했다.

연산군이 나라를 다스리는 동안 두 번의 사화(조정의 신하와 선비들이 반대파에 몰려 화를 입은 사건)가 발생했다.

첫 번째가 연산군 재위 4년, 그러니까 최산두가 16세 때 일어났던 무오사화였다. 김종직의 조의제문(세조의 찬탈을 비난한 글)을 김일손이 사초(실록 편찬의 모든 자료)에 게재한 게 발단이 되어 일어난 일이었다. 그런데 그 사화는 당시 최산두가 《자치통감강목》 80권을 안고 자신이 이름 붙인 학사대라는 석굴에 들어가 2년 동안 공부하고 있을 때라서 훗날 소문을 듣고 알았을 뿐이고, 자신에게 직접적인 영향이 없었다.

두 번째는 연산군 재위 10년에 일어난 갑자사화였다. 연산군의 생모였던 윤씨의 폐비에 찬성했던 신하들과 폭정에 불만을 품었던 사림파의 선비들을 한데 묶어 처단한 사건이었다.

무오사화와 달리 갑자사화는 최산두에게 지대한 영향을 끼쳤다. 그는 스승 김굉필의 모습을 떠올렸다. 스승은 그에게 성리학의 이치와 우주만물의 생장소멸 원리 등을 깨우칠 수 있도록 해준 소중한 분이었다. 그런데 갑자사화로 참형에 처해져 저잣거리에 걸리고 말았다. 그뿐만 아니라 김굉필의 스승이었던 김종직은 갑자사화 이전의 무오사화 때 부관참시(죽은 뒤 죄가 드러난 자의 무덤을 파서 목을 베거나 잘라 거리에 내거는 일)라는 참혹한 형벌을 당한 바 있었다.

최산두는 김굉필이 사사당하기 한 해 전에 '강목부(綱目賦)'와 '백량대시(柏梁臺詩)'를 지어 진사시에 합격했다. 그러나 스승의 비참한 말로를 보고 나서 모든 것이 허무하다는 생각이 들었던 그는 공자가 말한 무도즉은(無道則隱: 도가 없으면 들어가 숨어라)에 따라 한성부를 떠나 전라도 조계산에서 오랫동안 칩거한 적이 있었다.

아무튼 이 두 사화의 공통점은 왕권(王權)에 대한 신권(臣權)의 도전이거나 유림 간의 다툼에서 비롯되었다는 것이다.

"그 모든 것이 인(仁)과 덕(德)이 실종되었기 때문이야."

최산두가 혼잣말로 중얼거리면서 건춘문에 화살이 박힌 상황을 곰곰이 되짚어보았다. 그 사건은 예측하고 있는 것보다 엄청난 것일 수 있었다. 그 화살이 곧 또 다른 사화를 예고하는 징후일지도 모른다는 생각에 머무는 순간, 갑자기 찬 기운이 극심하게 느껴지면서 등골이 서늘해지기 시작했다.

그는 그런 끔찍한 분위기에서 벗어나고 싶은 듯 걸음을 옮기기 시작하면서 머리를 설레설레 흔들었다. 그동안 또 다른 사화가 발생할 조짐이 없었던 것은 아니지만, 그보다 역모가 일어날 가능성이 훨씬 높았다.

1506년 9월이었다. 연산군의 패악과 폭정에 불만을 품은 성희안과 박원종 등이 거사 계획을 꾸미고, 곧이어 연산군의 측근을 척살했다. 그리고 경복궁에 곧장 들어가서 자순대비의 윤허를 받아 연산군을 폐위하고 진성대군(중종)을 임금으로 옹립했다. 그게 이른바 훗날 사람들이 말하는 중종반정(中宗反正)이었다.

그런데 진성대군이 임금이 되고 나서, 그 이듬해 윤정월(閏正月)에 발생했던 김공저의 옥사(獄事: 반역이나 살인 따위의 중대한 범죄 사건)에서부터 중종 8년 10월의 박영문과 신윤무의 옥사에 이르기까지 다섯 번이나 역모가 일어났던 것이다.

최산두가 또다시 머리를 설레설레 흔들었다. 만약에 또 사화나 역모가 일어난다면 엄청난 피를 부를 수밖에 없었다. 한 치 앞도 내다볼 수 없는 혼란하고 혼탁한 세상살이 한가운데 서 있는 자신의 장래가 무척이나 불투명했다. 지난해 5월 15일에 지진이 일어나 전국을 크게 뒤흔들었을 때처럼 머리가 어찔했다. 그때 며칠 동안 계속되었던 지진으로 민가의 담장과 집이 무너지고 성벽도 일부 무너져 내리는 참극이 벌어졌다.

최산두는 어지러운 정신을 가다듬으려고 고개를 들어 하늘을 올려다보았다. 그는 흰 구름을 보면서 고향 땅의 백운산(白雲山)을 생각했다. 어쩌면 생각했다기보다 그 산이 불현듯 그리워졌던 것이다.

호남정맥이 덕유산 아래 영취산에서 장안산을 거치고, 전라도 땅을 한 바퀴 에돌았다가 그 흐름을 동쪽으로 바꾼 뒤 광양 고을에 도달할 때면, 백두산에서부터 시작된 긴 여정을 확실히 끝맺겠다는 듯 창공으로 우뚝 솟구치게 되는데 그게 곧 백운산이었다. 백운산의 자태는 장엄하면서도 어머니 품처럼 포근해서 뭇사람들의 사랑을 받고도 남음이 있었다.

"너는 고향을 떠나온 지 얼마나 되었느냐?"

최산두가 정상지를 바라보았다.

"벌써 이태나 흘렀습니다."

"오호, 벌써 세월이 그렇게 흘렀구나. 그렇다면 정다웠던 고향 산천이 사무치게 그리울 법도 하겠구나."

최산두는 오늘따라 고향 산천이 사무치게 그리웠다. 그래서 자신에게 이야기하듯 정상지에게 부러 그런 질문을 던졌다.

"입신출세를 위해서라면 참고 견뎌야 하지 않겠습니까요."

"여절여차자(如切如磋者)는 도학야(道學也)요, 여탁여마자(如琢如磨者)는 자수야(自修也)요……."

최산두가 정상지를 그윽하게 바라보며 《시경》의 '위풍편'에 나오는 한 구절을 낭랑하게 읊조렸다. 정상지가 그 의미를 알지 못하고 눈동자를 끔벅거리자 인동이 나섰다.

"나리, 절차탁마를 말씀하시려는 것입지요? 그러니까 '자르듯 하고 쓸듯함은 학문을 말하는 것이요, 쪼듯하고 갈듯함은 스스로 닦는 일이다.'라는 내용이었지 않사옵니까?"

"그래, 언제 그런 것까지 깨우쳤느냐. 어허, 대단하도다. 인동이 네가 마치 공자님의 제자인 자공처럼 보이는구나."

최산두가 근심걱정을 잠시 잊고 껄껄 웃었다.

절차탁마에 관한 이야기는 《논어》의 '학이편'에서도 나왔다. 어느 날인가 공자의 제자인 자공이 이렇게 물었다.

"가난하면서도 아첨하지 않고, 부유하면서 교만하지 않다면 어떻습니까?"

"괜찮다. 그러나 가난하면서도 도를 즐기고 부유하면서도 예를 좋아하는 것만 못하다."

공자의 대답에 자공이 되물었다.

"시경에 나오는 '끊는 듯, 닦는 듯, 쪼는 듯, 가는 듯하다'는 것이 바로 이것을 말하는 것입니까?"

"이제야 너와 더불어 이야기할 수 있겠구나. 지나간 것을 알려주었더니 앞으로 올 것까지 알아내는구나."

공자와 자공이 이런 이야기를 주고받은 후에 '부지런히 학문과 덕행을 닦는다'는 뜻의 '절차탁마'라는 고사성어가 생겨났다고 했다.

정상지는 인동이 칭찬을 듣자 경쟁심이 발동했다. 그래서 학문 이야기를 피하고, 화제를 자신에게 유리한 무예로 돌리는 것이 상책이라고 생각했다.

"나리의 가르침을 깊이 새겨듣겠사옵니다. 그런데 나리, 저는 백운산을 저의 집 안마당처럼 여기며 바위와 숲 속을 날고 뛰어다니면서 무예를 연마했습지요. 검술이나 궁술 실력은 조선 땅에서 둘째가라면 서러울 지경입니다. 그래서 알아차린 것인데, 건춘문에 활을 쏜 것은 무예가 출중한 무관의 소행임에 틀림없습니다. 제가 그 증거를 확실히 발견했습니다."

최산두는 건춘문에 박힌 화살 이야기가 삽시간에 대명천지를 어둠으로 물들이는 매지구름(비를 머금은 검은 구름)처럼 여겨졌다. 곧 이어 작달비(굵고 거세게 퍼붓는 비)가 쏟아질 것만 같았다. 그것도 비릿한 냄새를 풍기며 소름 끼치도록 두렵게 만드는 선홍빛 피의 작달비였다.

화살이 궁궐을 향해 날아온 변괴는 이번이 처음은 아니었다. 사건이 은밀하게 봉해져서 많은 사람들이 알고 있지 못했지만 2년 전에는 사헌부 대문에, 올해 정월에는 사정전(임금이 평상시에 거처하는 궁전) 마당에도 똑같은 사건이 벌어졌다.

그는 화살에 질끈 동여매져 있던 종이에 무슨 내용이 적혀 있는지, 누구의 소행인지 알지 못했다. 하지만 정국이 혼란스러운 상황이라 앞으로 뭔가 큰 변란이 터지고야 말 것이라는 예견을 어렵지 않게 할 수 있었다.

지난해 4월부터 본격적으로 혼란의 불씨가 싹텄다고 할 수 있었다. 그러니까 종묘대제(역대 임금에게 제사 지내는 의식)에 제물로 바칠 소 한 마리가 종묘의 문턱을 막 넘는 순간 쓰러져 죽는 불길한 사건이 발생했다. 그러자 조광조가 임금께 성리학의 가르침에 따라야 한다고 상소하기 시작했다. 그것이 곧 소격서 폐지 상소의 시발점이었다.

소격서는 고려의 대청관을 계승했으며, 도교의 일월성신을 나타내는 상청(上淸)과 태청(太淸), 옥청(玉淸) 등을 위해 제단을 설치하고 질병이나 재변, 나라의 우환 등이 있을 때 제사 지내는 관아였다. 성리학을 중시하는 조광조가 그런 도교 의식을 마땅하게 여겼을 리 없었다.

임금은 평소에 조광조를 신임하고 있었으면서도 소격서 폐지에 대한 상소만큼은 받아들이지 않으려고 했다. 왕실의 권위에 딴죽을 거는 문제로 여겼기 때문일 것이다. 그래서 임금은 소격서 폐지를 반대하는 대신들의 지원을 등에 업고 강경하게 맞섰다. 그런데 조광조가 대간(관료의 감찰과 탄핵하는 임무의 대관과 임금을 봉박 간쟁하는 임무의 간관을 합쳐 부른 말)들의 전원 사직을 내세우며, 임금의 강경 대응을 강력하게 비판하는 상소를 끝없이 올려 결국 관철시키고 말았다.

조광조의 활약은 거기에서 그치지 않았다. 임금께 참언(거짓으로 꾸민 소리)하여 사림 세력을 제거하려 했다는 이유로 탄핵 상소가 올라왔던 병조판서 장순손과 예조참판 조계상을 끈질긴 상소로써 결국 파직토록 만들었다.

이처럼 소격서 폐지가 확정되고 파직 전교가 내려짐으로써 모든 논쟁이 수면 아래로 가라앉은 듯했으나 사실은 그렇지가 않았다. 그 여파로 임금의 권위가 손상을 입고 말았고 훈구대신들의 불만이 점점 커져 혼란의 불씨가 꺼지기는커녕 장차 때가 되기만 하면 더 크게 활활 타오를 가능성이 많았다.

조광조는 그것 외에도 임금의 잘못된 인재 등용 탓으로 지난해 5월 대지진이 일어났다면서 현량과 실시를 주장하기 시작했다. 훈구 세력의 반대가 만만치 않았지만, 조광조는 의지를 굽히지 않고 끝내 관철시키고야 말았다.

이것도 또 하나의 불씨였다. 훈구 세력은 조광조가 중심에 서서 신진 사림 세력을 규합하는 것으로 단정하고 경계의 눈빛을 보냈다. 그래서 현량과 실시가 지난해 6월에 확정되었음에도 그들의 반발이 계속되어 아직까지 실시하지 못하고 있었다.

최산두가 입을 다물고 깊은 생각에 빠져 있는 동안에 정상지는 건춘문에 박힌 화살 이야기를 신이야 넋이야 늘어놓았다. 이번 기회에 자신의 무예 실력이 보통이 아님을 드러내 보이고 싶었던 것이다.

"유엽전이 건춘문에 깊이 박혀 있었습니다요. 게다가 전통이 발견되었던 곳에서 건춘문까지는 보통 사람의 사정거리를 훨씬 넘는 것으로 미루어보아 유엽전을 날린 자의 완력이나 궁술 솜씨가 예사롭지 않다는 것을 알 수 있습니다. 예, 그럼요. 조금 전에 건춘문을 떠나오면서 제가 걸음걸이로 거리를 은밀히 헤아려보았거든요. 그러니까 평범한 백성의 불만 때문에 벌어진 사건은 절대로 아니라는 것입니다. 또 말입니다요, 그자가 소지했을 것으로 추정되는 전통이 평범했던 것은 자신의 신분을 숨기려는 수작이었을 테지만, 건춘문에 박힌 유엽전에서 모든 게 들통이 나고 말았습니다. 그 유엽전은 고위직 무관들이나 사용하는 것이기 때문입니다. 그자는 평범한 전통을 남겨놓아 혼란을 유도하려고 했겠지요. 그런데 유엽전에서 자신의 실체를 고스란히 드러내버린 셈이 되었다, 이런 이야깁니다요. 나리, 제 추리력이 어떻습니까요?"

정상지가 최산두의 표정을 살폈다. 마치 넋을 잃은 듯 보이기도 하고 뭔가에 골똘히 파묻힌 듯했다. 정상지는 자신이 추리했던 것을 최산두가 골똘히 생각하는 모양이라고 여기며 이야기를 덧붙였다.

"그 소행은 대역무도한 짓입니다. 반정이 일어난 후에 전하께서 왕좌를 물려받고도 주도권을 잡지 못한 채 훈구 세력에 흔들렸다고 합니다만, 흔히 말하는 반정의 주역인 박원종, 유순정, 성희안이 죽자마자 서서히 주도권을 잡기 시작했지 않습니까요. 특히 사림의 절대적인 지지를 얻고 있는 대사헌 조광조 나리를 발탁하여 기고만장했던 훈구 세력을 견제하고 있지 않사옵니까. 그런데 놈들이 어찌 감히 대역무도한 짓을 저지른단 말입니까. 하룻강아지 범 무서운 줄 모르고 깝죽대는 훈구 세력은 목이 단칼에 뎅겅 날아갈 것입니다요. 그런데 나리, 화살을 쏜 자와 그 배후 세력은 도대체 누구일까요? 필시 서서히 힘을 잃고 있는 훈구 세력 중에 있지 않을까요?"

최산두가 깊은 생각에서 빠져나왔다.

"인동아, 세상에서 가장 예리한 도검이 무엇인지 아느냐?"

"나리께서도 고향 땅 백운산 기슭의 생쇠골이라는 곳을 아시겠죠? 무엇이 가장 예리하다고 꼬집어서 말할 수는 없습니다만, 그곳에서 만든 도검보다 예리한 것은 아직까지 보지 못했습니다요. 그 도검은 화덕 밑에 응고되고 남은 뽕쇠라는 것과 참쇠를 단접하여 만드는데, 담금질을 수없이 해야 하고, 또 숫돌에 수십만 번을 갈아야 완성됩지요."

"그래, 나도 백운산의 백학동 인근에 있는 생쇠골의 도검이 명검이라는 것을 모르지는 않지. 하지만 그런 답을 원했던 게 아니었느니라."

"쇤네는 견문과 깨우침이 부족하오니 일러주십시오."

"당나라 때 재상인 풍도라는 사람이 '구시화지문(口是禍之門) 설시참자도(舌是斬自刀)라고 했느니라. 그러니까 입이 화의 문이요, 혀가 몸을 베는 칼이라는 뜻이지. 부드러운 혀로 몸을 벨 수 있다면 그게 가장 예리한 도검이지 않고 무엇이겠느냐."

옆에서 듣고 있던 인동이 나섰다.

"나리, 《명심보감》에서도 '입은 사람을 상하게 하는 도끼요, 말은 혀를 베는 칼이니, 입을 막고 혀를 깊이 감추면 몸이 어느 곳에 있으나 편안할 것이다.'라고 했사옵니다."

"인동이 네가 제대로 알고 있구나. 요즘처럼 혼란스러운 시대에는 모두 다 말을 매우 조심해야 할 것이야."

최산두가 두 사람을 번갈아 바라보며 말했다.

그동안 훈구 세력의 입지가 많이 약해졌다고 하지만 아직까지 막강한 권세를 자랑하고 있었다. 그런데 자칫 혀를 잘못 놀리다가 어떤 화를 입게 될지 모를 일이었다. 어쩌면 혀를 놀리는 것만 조심할 상황이 아니라 어떻게 처신해야 현명한 것인지 심사숙고할 때이기도 했다.

최산두의 훈계에 신이야 넋이야 말을 늘어놓던 정상지의 입술이 조개처럼 오므라졌다. 인동의 걸음걸이도 신중하게 변해 있었다.

"수표교로 갈 것이니라."

최산두의 돌연한 이야기에 인동이 영문을 몰라 하며 물었다.

"예? 수표교라굽쇼? 원래 관광방(사간동)으로 가서 대사헌 나리를 만나시려고 했던 게 아니었사옵니까?"

"생각이 바뀌었다."

"수표교까지 가실 줄 알았으면 가마를 타시든지, 아니면 말이라도 끌고 나올 걸 그랬습니다요."

"아니다. 봄날에 이렇게 걷는 게 얼마나 좋으냐. 인동아, 자연의 질서는 참으로 오묘하지 않느냐? 어허, 봄은 봄이로되 봄 같지 않다만……."

최산두가 말꼬리를 흐렸다.

"나리, 왠지 침울해 보이십니다요."

"그래, 오늘따라 마음이 혼란스럽구나. 그래서 갑자기 만나고 싶은 사람이 생겼으니 어서 수표교로 가도록 하자."

최산두가 앞서 가면서 《논어》의 '태백편'에 나오는 글을 낭랑하게 읊었다.

> 자왈(子曰) 독신호학(篤信好學)하며 수사선도(守死善道)니라. 위방불입(危邦不入)하고 난방불거(亂邦不居)하여 천하유도즉현(天下有道則見)하고 무도즉은(無道則隱)이니라. 방유도(邦有道)에 빈차천언(貧且賤焉)이 치야(恥也)며 방무도(邦無道)에 부차귀언(富且貴焉)이 치야(恥也)니라.

그 뜻은 '굳게 믿어 배우기를 좋아하며, 착한 도(道)를 죽음으로 지켜라. 위태한 나라에는 들어가지 말고 혼란한 나라에 살지 말며, 천하에 도가 행해지면 나타나고, 도가 없으면 들어가 숨어라. 나라에 도가 있는데 가난하고 천하게 사는 것이 부끄러운 것이요, 나라에 도가 행해지지 않는데 부를 누리고 귀하게 사는 것 또한 부끄러우니라.'였다.

최산두는 글을 읊고 나서도 '천하유도즉현'과 '무도즉은'을 마음속으로 수없이 곱씹었다. 공자님의 말씀에서 '도가 없으면 숨어야 한다'고 했는데, 마음대로 그럴 수 없다는 것이 안타까울 따름이었다.

지난해 2월, 최산두가 홍문관 수찬 벼슬에 있을 때 임금께 "고향 광양으로 돌아가 어버이를 봉양하게 해주시옵소서."라고 간청했다. 그러자 전지(승정원의 담당 승지를 통해 내리는 임금의 명령서)를 내려 보은현감을 제수했다. 그런데 영의정 정광필이 극구 만류하여 결국 떠나지 못했다. 그때 만류를 뿌리치고 떠나야 했는데, 지금 와서 생각하니 아쉬운 노릇이었다.

"도대체 어떻게 살아가야 한단 말인가?"

최산두는 이 땅에 도가 없다고 해서 무작정 몸을 숨길 일만은 아니라고 생각했다. 도가 행해지도록 힘써 노력하는 것이 선비의 자세라고 생각되어 여태까지 묵묵히 버텨왔던 것이다.

[2]

육조 거리는 광화문 앞에서 황토현(현재의 광화문 사거리)에 이르기까지 58척(尺)의 너비로 곧고 길게 뻗어 있었다. 일찍이 삼봉 정도전이 신도읍지를 찬양했던 글에서 나왔던 것처럼, 육조 거리의 관아 건물들이 경복궁을 북극성으로 삼고 북두칠성처럼 배열되어 있는 듯했다.

육조 거리를 따라 걷다가 좌측으로 접어들면 시전 거리였고, 그 거리 좌우에는 행랑이 즐비하게 늘어섰다. 그 거리를 분기선으로 북쪽은 궁궐과 종묘가 자리 잡고 있었으며, 양반들이 거주하는 북촌이었다. 남쪽은 목멱산(남산) 아래를 중심으로 서민들과 천민들이 주로 거주했으며, 남촌이라고 불렀다.

시전 거리에서는 고위 관료의 행차를 알리는 갈도(높은 벼슬아치의 길을 인도하는 하인)들의 "게 물렀어라!" 하고 외치는 벽제 소리가 심심찮게 터져 나왔다. 게다가 시전 거리에서 무시로 터져 나오는 왁자지껄한 소리가 합세해서 북새통으로 변했다. 사대문 안에 살고 있는 백성의 숫자가 무려 10만 명을 웃돌았으니 가히 그럴만도 했다.

하나의 물줄기가 시전 거리와 병행해서 동쪽으로 흘러내리고 있었다. 한성부 한복판을 가로지르는 개천(청계천)이었다. 그 천은 인왕산과 북악산 남쪽 기슭 그리고 목멱산 북쪽 기슭 등지에서 발원한 물줄기를 하나로 모아 흐르다가 왕십리 밖 살곶이다리 근처에서 한천(중랑천)을 만나 한강으로 유입되었다.

개천은 건천(조금만 가물어도 물이 마르는 천)이었다. 그런데 우기가 되면 한성부 땅의 모든 빗물을 한 몸으로 받아내야만 하기 때문에 간혹 홍수가 일어나서 민가를 침수시키곤 했으며, 건기에는 생활하수가 괴어 지저분하기 짝이 없었다. 그래서 태종이 치수사업을 벌여 그 개천을 정비했으나 크게 달라진 것은 없었다.

그 후 1420년, 그러니까 세종 2년에 개천을 가로지르는 다리를 놓았다. 근처에 말과 소를 파는 시전이 있다고 해서 마전교(馬廛橋)라고 불렀는데, 세종 23년에 천의 물높이를 재어 홍수를 대비하도록 하는 수표를 만들어 다리 옆에 세움으로써 '수표교(水標橋)'라는 명칭으로 바뀌었다.

최산두 일행이 수표교 근처에 도달했다. 개천의 양쪽 기슭에서 있는 수양버들 가지는 아직 눈이 돋지 않아 동곳(상투를 튼 후에 풀어지지 않도록 꽂는 장식물)을 뽑아버린 머리칼처럼 거센 바람에 이리저리 흩날렸다. 바람결을 타고 소 울음소리가 밀려왔다. 인근에 있는 말과 소를 파는 시전에서 들려오는 소리였다.

개천 바닥에는 수많은 민가와 시전의 행랑에서 흘러 들어온 생활하수가 괴었다가 추운 날씨 때문에 어녹이쳐서 냄새도 불쾌했고 흡사 넝마를 깔아놓은 듯 지저분한 광경을 연출하고 있었다.

개천의 분위기와 달리 시전 거리의 풍경은 눈이 부셨다. 비단을 취급하는 선전(縇廛)의 행랑에는 주로 명나라에서 들여온 궁초, 생초, 공단, 우단, 일광단, 월광단, 통해주, 운문대단 등 화려한 비단이 차곡차곡 쌓여 있어서 가마를 타고 나온 대갓집 마나님과 종들의 입을 떡 벌어지게 만들고도 남음이 있었다. 내외어물전 행랑에는 마포나루나 두모포 등지를 통해 들어온 숭어, 농어, 민어, 광어, 도미, 조기, 대구, 가자미 등등의 생선이 다양했다. 눈알이 워낙 싱싱해서 바다에 던지면 금세 무자맥질이라도 칠 것 같아 입맛을 다시지 않고는 배길 수 없었다.

이런 육의전도 활기에 넘쳤지만, '피맛골'이라고 부르는 골목길은 훨씬 더 생동감이 있었다. 피맛골이란 명칭은 말을 피한다는 '피마(避馬)'에서 생겨났다. 그러니까 신분이 낮은 사람들은 말을 탄 고관의 행차를 만나게 되면 엎드려 있어야 했기 때문에 골목길로 피해 다니는 습속이 생겨났던 것이다.

피맛골에 들어선 주막이며 색주가에서 장단에 맞춰 부르는 흥겨운 노랫소리가 흘러나와 지나가는 사람들의 어깨와 엉덩이가 저절로 들썩거리게 만들었다. 때때로 제 주장만을 고집스럽게 내세우며 핏대를 올려 입씨름하는 사람들도 있었다. 하지만 누군가의 무릎맞춤(두 사람의 말이 어긋날 때 제삼자를 앞에 두고 전에 했던 말의 옳고 그름을 따짐)에 곧잘 화해했으며, 어깨동무를 한 채 주막으로 들어가 화해의 술잔을 주고받을 줄 알았다. 이런 피맛골은 신분이 가장 낮은 자들이나 어슬렁거리는 음지요, 한성부에서 가장 낮은 곳이었지만 나름대로 삶의 방식이 있었으며 꿈과 철학이 흐르고 있었다.

"서너 식경쯤 걸릴지 모르니까 너희들은 예서 기다리며 따뜻한 술국에 술이라도 마시도록 하여라."

최산두가 인동과 정상지에게 피맛골을 가리키며 엽전을 건네주었다.

"나리, 아까 시전 거리에 들어설 때부터 웬 놈이 미행하는 듯했습니다요. 혼자 계시면 위험하오니 가까운 곳에서 호위하겠습니다."

정상지가 바투 다가서며 손에 쥐고 있던 환도를 살짝 들어 보였다.

"걱정 말고 푹 쉬도록 하여라."

"아닙니다요. 그놈의 몸놀림으로 보아서 보통내기가 아닌 듯싶습니다. 불시에 놈을 덮쳐서 왜 뒤를 따라다니는지 문초해볼까요?"

"모르는 체 그냥 두어라."

"나리께서 위험에 처할 수도 있습니다. 그리고 말인데요, 제가 나리의 신변을 염려하여 무사 몇 사람을 은근히 모아놓았습니다. 저잣거리에서 만난 자들이온데 하나같이 무예가 출중하옵니다."

정상지가 위험에 처할 수 있다고 했던 것은 엉뚱한 이야기가 아니었다. 지난해에는 조광조의 문하에 있던 젊은이 한 명이 느닷없이 행방불명되었다가 손발이 오랏줄에 묶인 채 목이 베어진 싸늘한 시신으로 발견된 적이 있었다. 그런데 사인이 끝내 밝혀지지 않고 미궁에 빠져버렸다.

"어허, 걱정 말래도."

최산두는 시전 거리가 아니라 육조 거리에 접어들었을 때부터 미행하는 자가 있다는 것을 알아차렸다. 그는 전혀 괘의치 않겠다는 듯 수표교 위를 화장걸음(팔을 벌리고 뚜벅뚜벅 걷는 걸음)으로 건너갔다.

수표교 바투 옆에 피색전(짐승 가죽을 파는 곳) 가게[假家] 하나가 자리 잡고 있었다. 명색이 피색전이었지 지저분하고 남루하기 짝이 없었다. 한쪽 끝이 지게막대기 모양으로 갈라진 아퀴를 땅에 박고 이엉으로 지붕을 덮었으며 벽면은 수수깡으로 둘러놓았다. 그리고 출입문은 거적으로 만들었고 들창은 아예 뚫어놓지도 않았다. 거센 바람이 불어오면 단숨에 날아가 버릴 것처럼 위태로운 광경이었으나 몇 해가 지나가도 그 모습 그대로 끄떡없이 서 있다는 게 신기할 따름이었다.

이런 임시 점포인 가게와 달리, 시전 거리 좌우로 늘어선 행랑을 ‘전방’이라고 불렀다. 시전의 ‘전’과 점포의 ‘방’을 합친 것이어서 그렇게 부르게 되었다. 전방에는 출입문 바로 안쪽에 퇴청이라고 하는 작은 방이 있고, 상인은 그 방에서 방석을 깔고 앉아 있다가 찾아오는 손님을 맞이했다.

최산두가 피색전 가게 앞에 서서 헛기침을 터트렸다. 거적문이 반쯤 젖혀 있어서 바깥 상황이 잘 보였을 테고 인기척까지 났으니 반응이 있을 법했다. 그런데 가게 안에 앉아서 무두질(짐승의 날가죽에서 털과 기름을 뽑아 부드럽게 만드는 일)을 하고 있던 갖바치는 거들떠보지도 않았다.

누가 뭐래도 양반 행차였다. 그런데 가죽신이나 만들어 파는 한낱 천민인 갖바치가 귀먹은 중 마 캐듯 무두질만 하고 있다는 것은 불경스러운 일이 아닐 수 없었다. 천민이라면 양반의 헛기침 소리를 듣자마자 화살에 놀란 새처럼 후다닥 일어섰다가 발밑에 엎드려야 마땅했다. 그러니 최산두가 얼굴을 붉히며 화를 냈어야 하는데 오히려 가벼운 미소를 머금을 뿐이었다.

7년 전쯤이었다. 최산두가 조계산 천자암에 칩거하며 공부하다가 한성부로 올라와서 별시(나라에 경사가 있을 때 특별히 보던 과거) 문과를 기다리고 있을 때였다. 그는 갖신이 필요해서 시전 거리의 피색전을 찾게 되었다. 그런데 갖바치가 자신의 일만 묵묵히 할 뿐 찾아온 손님은 거들떠보지도 않았다.

최산두는 갖바치 주제에 양반의 행차를 모른 체한다는 것이 불쾌했다. 하지만 귀머거리에다가 벙어리라도 되는 모양이라고 생각하며 이미 만들어놓은 이런저런 갖신을 한참이나 구경했다. 그리고 모양이 그럴싸한 것을 찾아서 내밀었다.

"어이, 내 갖신도 이것처럼 만들어주게나."

최산두의 말이 끝나자, 갖바치가 조개처럼 다물고 있던 입을 열면서 자신의 짚신 바닥을 득득 긁었다.

"어허, 발바닥이 근지럽군."

최산두는 짚신 바닥을 긁어대는 갖바치가 천하의 바보처럼 보였다. 그런데 갖바치가 다시 입을 열었을 때 깜짝 놀라고 말았다.

"나리, 갖신은 외양만 봐선 안 되고 가죽의 질을 우선 살펴야 합니다. 그런 눈이 없으면 좋은 물건의 주인이 될 수 없지요."

갖바치는 무엄하게도 최산두가 골라놓은 갖신을 멀리 밀쳐버렸다.

그 순간 최산두는 '신을 신고 발바닥을 긁는다'는 격화소양(애를 쓰되 정통을 찌르지 못함)이라는 고사성어를 떠올리며, 갖바치가 쉽게 볼 인물이 아니라는 것을 알아차렸다. 한낱 천민에 불과한 갖바치가 그런 진리를 알고 있다는 것은 매우 놀라운 일이었다. 최산두는 갖신을 고르는 문제는 잠시 접어두고 그를 떠보기 위해 이런저런 대화를 나누게 되었다.

최산두가 여러 가지 이야기 중에서 스승이 효수를 당하자 모든 것이 허무했으며, 덕이 없는 세상에는 숨어야 한다고 했던 공자님의 말씀에 따라 조계산 천자암에 칩거하며 공부했던 지난날을 털어놓자 갖바치가 곧바로 입을 열었다.

"나리, 군자는 남과 조화되지만 부화뇌동하지 않고, 소인은 부화뇌동하면서도 남과 조화를 이루지 못하는 법이라고 했습니다. 그런데 이놈의 세상에는 군자도 아니고 소인도 아닌 자가 득실거립지요."

갖바치는 최산두의 현실도피를 은근히 꼬집었으며, 때마침 조정에서 매섭게 불고 있던 군자와 소인에 관한 논쟁을 들먹거리기도 했다.

그 후 최산두가 별시 문과에 급제해 홍문관 저작(정8품 벼슬)이 되었을 때 갖바치를 또 찾아갔다. 그리고 처세술에 대해 은근히 물어보았다.

갖바치는 입을 다문 채 가게 안에 뒹굴고 있던 조그만 돌멩이 하나를 집어서 내밀었다. 그 돌멩이는 하천이나 강물 속에서 흔히 볼 수 있는 것이었다. 최산두는 갖바치의 의중을 금세 알아차렸다.

강류석부전(江流石不轉).

'강물은 흘러도 돌은 구르지 않는다'는 뜻으로, 양반은 세태에 함부로 휩쓸리지 않아야 한다는 것을 주의시키는 말이었다.

그런 일이 있은 후로 최산두는 양천제(良賤制)라는 신분 관념을 스스로 깨트리며 종종 갖바치를 만나 시국이나 학문에 대한 이야기를 나누곤 했다. 그리고 예전부터 도의지교(道義之交)를 맺었던 조광조 등에게 사대문 안에 그런 특이한 천민이 있다는 것을 소개해주기도 했다. 그러자 조광조가 갖바치를 만나보고 그의 학식이 대단히 훌륭하다는 것을 알아차려 벼슬자리를 만들어 주려고 했으나 그는 극구 사양했던 적이 있었다.

최산두가 갖바치와의 인연을 떠올리며 반쯤 가려진 거적문을 활짝 젖혔다. 그리고 가볍게 웃으며 말했다.

"나무칼로 귀 베어 가도 모르겠군."

무두질을 마친 갖바치가 때마침 가죽 마름질에 소용되는 날카로운 칼을 꺼내 들었다. 가게 안에 싸늘한 빛이 감돌았다.

"나리, 오늘은 바람이 몹시 거셌던 모양입지요?"

갖바치의 입에서 엉뚱한 날씨 타령이 흘러나왔다. 최산두는 그가 평범한 인사말을 했다거나 말을 에멜무지로 내뱉은 것이 아니라, 시국이 혼란스러웠느냐고 물었다는 것을 금세 알아차렸다.

"바람이 워낙 거세어서 높은 산과 흐르는 물만 남을지도 모를 일이었네."

최산두는 고사성어인 국파산하재(나라가 망해 백성은 흩어지고 높은 산과 흐르는 물만 남아 있음)를 인용하여 줄여서 이야기했다.

"미천한 쇤네는 잘 모르옵니다만, 덕으로써 정치를 하는 것은 마치 북극성이 제자리에 있고 여러 별들이 그것을 중심으로 돌고 있는 것과 마찬가지라고 했습죠."

최산두가 《논어》의 '위정편'에 나오는 "위정이덕(爲政以德)이 비여북신(譬如北辰)이 거기소(居其所)이어든 이중성(而衆星)이 공지(共之)니라."라는 말을 모를 리 없었다. 그리고 갖바치의 말을 역으로 생각해보면, 덕의 정치가 펼쳐지고 있지 않기 때문에 뭇별들이 제멋대로 돌거나 아니면 끼리끼리 모여 횡행(橫行)한다고 보면 되었다.

가게 안에 잠시 침묵이 흘렀다. 곧이어 갖바치가 날카로운 칼로 가죽을 마름질하는 소리가 들려왔다. 그의 날카로운 칼이 스쳐 지나가는 곳마다 가죽의 불필요한 부분이 뭉텅뭉텅 떨어져 나갔다.

"군자와 소인에 관한 논쟁에서부터 소격서 폐지, 그리고 현량과 설치에 이르기까지 모든 것이 진통을 겪었다네. 자네는 시국이 어떻다고 생각하는가?"

"건춘문에 화살이 박혔다지요?"

갖바치가 엉뚱한 이야기를 꺼냈다.

"아니, 자네가 어찌 그것을 아는가?"

"이 시전 거리는 한성부 땅의 가장 낮은 곳입니다요. 모든 물은 흘러서 바다에 고이기 마련이지 않습니까."

"무슨 말인지 알겠네만, 나는 시국에 대해서 물었다네."

최산두의 말에 갖바치가 마름질을 멈추더니 잠시 생각에 빠진 듯하다가 왼손 손가락 세 개를 펼치면서 입을 열었다.

"쇤네의 이야기를 잘 들어보시지요. 하나는 양(陽)이요, 둘은 음(陰)이요, 셋은 음양(陰陽)입니다. 또 노자님의 말씀에 따르면, 태극(太極)인 하나가 둘을 낳고, 음양인 둘이 셋을 낳고, 조화(造化)인 셋은 만물(萬物)을 낳았다고 했습죠."

"그건 나도 아는 이야기일세."

"나리, 쇤네는 하나와 둘이 아니라 셋을 이야기하려고 손가락을 펴 들었습니다요. 한자의 삼(三)은 하나와 둘을 합한 것이라고 합니다. 그리고 각 획은 하늘과 땅과 사람을 의미한다고 합니다. 다시 말씀 드려서 천지인 사상을 담고 있다는 것입지요. 또 있습니다. 다리가 셋 달린 삼족오는 액을 쫓고 복을 불러들이는 신령한 형상으로 여기고, 또 솥의 안정을 위해 다리를 세 개로 만들었듯이, 셋이라는 숫자는 신성하고 완벽함을 의미합니다. 그뿐만 아니라 셋은 화합과 조화를 의미하기도 합지요. 나리, 세인들이 여기까지는 그런대로 잘 알고 있습니다요. 그런데 극과 극은 통한다고 했듯이, 사람들은 셋이 대립과 반대의 의미를 동시에 갖고 있다는 것을 망각하고 있다는 것입니다요."

말을 끝낸 갖바치가 날카로운 칼로 가죽을 그어나가기 시작했다. 칼날이 지나가는 곳마다 가죽의 속살이 드러나더니 마침내 세모꼴이 드러났다.

최산두가 세모꼴을 유심히 바라보았다. 갖바치는 혼란스러운 현 시국을 세모꼴로 그려서 아주 간단하면서도 명확하게 보여주었다. 세모의 각 꼭짓점은 임금, 훈구 세력, 사림 세력이었다.

최산두는 날카로운 칼이 자신의 피부를 그어버린 듯한 환각에 사로잡혔다. 허름한 피전 가게 안에서 시국에 관한 엄청난 이야기가 펼쳐지고 있었기 때문이다.

"안정과 완벽함을 의미하는 셋이 왜 문제를 발생시킨다는 말인가?"

"앞서 말씀 드렸던 것처럼, 셋이 안정을 위해 화합하지 않고 안팎으로 반대와 대립을 일삼기 때문입죠."

"안팎이라. 음, 표면적인 반대와 대립은 알겠네만……."

최산두가 더 이상 말을 이어가지 못했다. 표면적인 반대와 대립을 일삼는 두 꼭짓점은 다름 아닌 훈구 세력과 사림 세력이었다. 두 세력 간의 정치적인 갈등은 새 왕조가 들어서기 이전부터 시작되었기 때문에 그 골이 매우 깊었다. 그런데 내면적으로 반대와 대립을 일삼는 꼭짓점이 있다는 게 놀라웠다.

"중앙의 높은 꼭짓점이 좌측의 꼭짓점을 견제하려고 우측의 꼭짓점을 이용했습죠. 그리고 중앙의 높은 꼭짓점과 우측의 꼭짓점은 오월동주(嗚越同舟)와 비슷한 실정입죠. 물론 좌측 꼭짓점과도 마찬가지로 보면 되겠습니다."

갖바치는 매우 놀랍게도 시국을 정확히 파악하고 있었다. 임금이 신진 사림 세력의 대표 격인 조광조를 발탁했던 것은 다름 아닌 이신제신술(以臣制臣術)이었다. 그런데 최산두는 임금과 신진 사림 세력, 또 임금과 훈구 세력이 오월동주와 비슷하다는 갖바치의 이야기를 이해하기 힘들었다.

오월동주.

이 말은《손자》의 '구지편'에 나온다. 그러니까 손자가 "오나라 사람과 월나라 사람은 서로 미워한다. 그러나 그들이 같은 배를 타고 가다가 바람을 만나게 되면 서로 돕기를 좌우의 손이 함께 협력하듯이 한다(夫嗚人與越人相惡也 當其同舟而濟遇風 其相救也 加左右手)." 라고 말했던 데서 비롯되었다. 덧붙여서 설명하자면, 서로 원수지간이면서도 어떤 목적을 위해서는 부득이 협력하게 된다는 의미였다.

갖바치의 이야기대로라면, 임금과 신진 사림 세력 혹은 훈구 세력이 상황에 따라서 동지가 되기도 하고 적으로 변하기도 한다는 것이었다. 최산두의 입에서 신음이나 다를 바 없는 소리가 흘러나왔다.

"중앙의 높은 꼭짓점과 아래쪽 좌우 꼭짓점의 관계가 오월동주와 비슷하다는 자네의 주장은 억측에서 나온 게 아닐까?"

"나리, 여기를 보십시오. 지금은 세 꼭짓점이 그런대로 제자리를 찾고 있어서 안정과 조화를 느끼게 해줍니다만……."

갖바치가 이야기를 중단하고 세모꼴이 그려진 가죽을 두 손으로 붙잡더니 힘을 주었다. 세모꼴이 서서히 일그러지기 시작했다. 그는 어떤 특별한 상황이 발생하면 세모꼴이 얼마든지 일그러질 수 있다는 것을 눈앞에서 보여주었던 것이다.

그 광경을 지켜보던 최산두의 동공이 점점 부풀어 올랐다. 지난해의 대지진처럼 지축이 흔들렸다. 수표교 일대가 와르르 무너지고 있었다. 종묘대제에 바칠 소가 종묘 문턱을 넘는 순간, 입에 허연 거품을 물며 꼬꾸라졌다. 부관참시를 당한 김종직,

효수당한 스승 김굉필 그리고 두 번의 사화와 다섯 번의 역모에 연루되어 목숨을 잃었던 모든 사람들이 피전 가게 안으로 꾸역꾸역 밀려들었다. 그들의 모습은 동곳이 뽑혀 봉두난발이었고, 입에는 검붉은 피가 흐르고 있었다. 환각 현상이었다.

2. 반역(反逆)과 반정(反正)

밝은 덕을 지닌 이 아래 있으면
위에는 밝은 천명 따르거니와
덕 없이 하늘만을 믿을 것이랴.
보존하기 어려운 제왕의 자리.
볼지어다, 은나라의 적자(嫡子)도
천하를 유지하지 못하였음을.

—《시경》의 '밝은 덕을 지닌 이'에서

[1]

경연(임금이 학식과 덕망이 높은 신하를 불러 공부하는 것)이 모두 끝났다.

중종은 경연관들이 모두 물러가자 보료 위에서 일어나 용평상으로 다가갔다. 뒷면에 자리 잡고 있는 일월오악(日月伍嶽) 병풍과 구름 속에서 용들이 노닐고 있는 운룡도 벽화가 온몸을 짓누르는 듯했다. 용평상 위에 털썩 주저앉은 채 눈을 질끈 감았다. 머리가 더욱 심하게 빙글빙글 돌았다.

아침 일찍부터 시작된 조강에서부터 낮 동안의 주강에 이어 저녁의 석강에 이르기까지 그야말로 강행군이었다. 어디 그뿐이랴. 날씨가 추웠기 때문에 온돌시설이 되어 있는 만춘전이나 천추전으로 경연 장소를 옮겼더라면 좋았을 터였다. 그런데 대사헌 조광조를 위시한 경연관들이 왕도(王道)의 중요성을 유난히도 강조하면서 사정전을 고집했기 때문에 어쩔 도리가 없었다. 그들은 편안하고 따뜻한 곳에서 공부하게 되면 정신이 흐트러질 수밖에 없다고 주장했다. 그래서 해동갑(해가 질 때까지 계속함)으로 백자 화로의 불기운에만 의지해서 경연을 마치게 되었다.

그뿐만 아니었다. 몇 해 전 시강관(임금에게 경적과 사서 등을 강론하는 정4품 벼슬)이었던 한충이 "전하, 경연에 나오실 때는 용평상에 앉지 마시고 평좌를 하심이 좋을 듯하옵니다. 왜냐하면 성리학을 깨우치는 것은 실로 중차대한 일이기 때문이옵니다."라고 해서, 그때부터 중종도 신하들처럼 보료를 깔고 평좌한 채 경연에 참가하기 시작했다.

중종은 머리가 어지러운 것 외에도 온몸이 얼음장으로 변해 자칫하면 산산조각이 나버릴 것 같았다. 성군이 되는 길이 이토록 험난할 것이라곤 예전에 미처 몰랐다.

중종은 그들이 사정전을 경연 장소로 고집했던 이유를 모르는 것은 아니었다. 궁궐의 건물 중에서 사정전이 지닌 의미는 실로 대단했다. 사정전은 삼봉 정도전이 "천하의 이치를 생각하면 얻고 생각하지 않으면 잃는다. 임금이 진실로 깊이 생각하고 세밀히 살피지 않으면 어떻게 사리를 분별할 수 있겠는가. 더욱 깊이 생각하지 않을 수 없다."라고 해서 붙인 이름이었다.

"음, 대사헌은 정말 대단했어."

중종은 정도전을 생각하던 중 대사헌 조광조의 얼굴이 느닷없이 떠오르자 자신도 모르게 중얼거렸다. 그리고 알성시에서 그가 '춘부(春賦)'라고 작성했던 글을 머릿속으로 되새겨보았다.

'하늘과 사람은 그 근본 됨이 하나입니다. 하여, 하늘이 사람에 대하여 도리에 어긋나는 일은 하지 않습니다. 임금과 백성은 하나입니다. 상고하건대 이상적인 임금이 백성에게 도리에 맞지 않은 일을 한 적이 없습니다…….'

중종에게 조광조의 글은 가슴 뭉클한 충격이었다. 그가 흐뭇한 미소를 머금다가 표정이 굳어졌다. 그리고 경연으로 지쳤기 때문인지, 조광조가 대단해서 감탄을 했던 것인지 알 수 없는 이상야릇한 신음이 흘러나왔다.

"전하, 여기는 너무나 차갑사옵니다. 옥체를 보존하시옵소서. 이젠 내전으로 납시어 편히 쉬시옵소서."

한동안 고개를 조아리고 있던 승전색(왕명을 전달하는 내시) 신순강이 임금의 신음을 듣고 제자리에서 바장이며 안타까워했다.

중종은 아무런 응답을 하지 않은 채, 경연이 시작되었을 때부터 끝까지 정좌했던 자세를 한 번도 흐트러뜨리지 않았던 조광조를 떠올리며 생각했다.

'인간이 아니라 돌부처였어. 어쩌면 그렇게 지독할 수 있단 말인가? 그래, 그런 지독함이 있었기 때문에 그만한 학문과 덕망을 갖출 수 있었을 테지. 그리고 기고만장했던 공신 세력의 기도 꺾을 수 있었겠지. 어허, 그런데 너무나 지독하고 완벽해서 무서움증이 들 정도였어.'

"그렇지, 최산두는 정말 믿음직했어."

중종은 경연관으로 참석했던 최산두를 떠올리다가 혼잣말로 중얼거렸다. 조광조가 돌이나 쇠붙이 같다면 최산두는 한 그루의 대나무였다. 그러니까 강함과 부드러움을 함께 지닌 인재 중의 인재였다.

그래서 지난해에 중종이 사간원의 헌납(종5품 벼슬)이었던 최산두에게 '일인유경보명유신[一人有慶寶命維新: 임금에게 선(善)이 있으면 천명(天命)이 새로워져 국운이 영원하리라]'이라고 새긴 옥으로 만든 홀(笏: 벼슬아치가 임금을 만날 때 손에 쥐던 물건)을 특별히 하사했다. 원래 신하들은 1품에서 4품까지 상아로 만든 홀을 들었고, 5품 이하는 나무로 된 홀을 들게 되었다. 그런데 아주 귀한 옥홀에 의미심장한 글까지 새겨서 하사했던 것은 최산두를 고굉지신(股肱之臣: 임금이 가장 신임하는 신하)으로 여긴다는 뜻이었다.

"전하, 부디 옥체를 보존하시옵소서."

승전색 신순강의 목소리가 울먹임에 가까워지기 시작했다.

중종이 감았던 눈을 떴다. 어느 틈인지 초자 육각등에 불이 밝혀져 있었다. 아침부터 피워놓았던 백자 화로의 불씨가 사위기 시작하면서 가물거리는 중이었다. 사정전 안이 냉기가 감돌다 못해 빙고(氷庫)처럼 변해갔다. 경연관들이 사정전을 빠져나가자마자 기온이 급속하게 변하기 시작했던 것이다.

"가까이 오너라."

중종이 신순강을 불렀다. 그는 임금이 입을 열자 구겨졌던 인상을 활짝 펴면서 종종걸음으로 다가왔다.

"전하, 대령했사옵니다."

"오늘 건춘문에 박힌 화살은 누구를 겨냥한 것이라고 생각하느냐?"

"전하께 감히 무엄한 생각을 가질 수 있었겠사옵니까. 그 화살에 매달린 종이를 승정원에서 불태워버렸다고 하던데, 거기에 적혀 있었던 내용은 사림 세력에 대한 불만이었다고 들었사옵니다."

"그렇다면 굳이 건춘문에 화살을 쏘아야 했던 이유가 뭐란 말이냐? 현량과를 실시하려고 했던 자들뿐만 아니라 과인의 가슴에도 화살을 쏘았던 게 아니겠느냐?"

"그건 천만부당한 일이옵나이다. 전하, 만약에 그런 의도가 있었다면, 천하의 대역무도한 짓이옵니다. 전하, 너무 심려하지 마시옵소서. 어느 누가 감히 전하께 그런 무엄한 짓을 할 수 있단 말이옵니까."

신순강은 마치 자신이 그런 일을 저지르기나 한 것처럼 바닥에 엎드리며 머리를 조아렸다.

중종이 다시금 눈을 감았다. 이번에는 지그시 감은 것이 아니라 무언가에 몹시 놀라고 겁먹은 듯이 질끈 감았다. 보위에 올랐지만 때때로 실감이 잘 나지 않았다. 그리고 외줄을 타는 광대처럼, 언제 이 보위를 박탈당할지 모르는 위태로운 나날을 보냈다. 중종의 머릿속에 지나온 날들이 병풍처럼 펼쳐지기 시작했다.

1506년 9월 1일, 3경(밤 11시에서 새벽 1시 사이)이었다. 일진의 말발굽소리와 함께 군사들이 진성대군의 사저로 들이닥쳤다. 그는 사서삼경을 읽다가 잠자리에 들기 위해 때마침 촛불을 끈 상태였다. 그런데 야심한 밤에 정체불명의 군사들이 들이닥치자 소스라치게 놀라지 않을 수 없었다.

그동안 진성대군은 숨소리조차 제대로 내지 못하고 살았다. 열두 살 위의 이복형인 연산군이 칼바람을 일으키며 수많은 사람들을 도륙할 때마다 그 칼날이 나약한 자신의 목을 치는 것 같은 고통을 겪어야만 했다.

어떤 때는 연산군이 꿈속에 나타나서 "네가 보위를 탐내고 있다지? 고얀지고! 그러면 살려둘 수 없지. 어리석은 놈, 냉큼 너의 목을 내놓아라!" 하고 외쳤다. 도망치려고 발버둥쳤지만 몸이 굳어버려 꼼짝할 수 없었다. 그리고 잠에서 깨어나면 온몸이

식은땀으로 흥건하게 적셔져 있었다.

그런 가위눌림 현상은 자신을 옹립하기 위해 경상도와 전라도에서 거병했다는 뜬소문이 도성 내에 퍼지며 극에 달하기 시작했다. 그 때문에 식욕을 잃고 안색도 핼쑥하게 변한 채 노심초사하며 살아왔다.

진성대군은 보위에 오를 욕심이 전혀 없었다. 아니, 욕심은커녕 그런 꿈조차 꾸어본 적이 없었다. 그는 포악한 연산군의 눈밖에 나지 않기를 바라면서 백면서생으로 가장하여 서책이나 열심히 읽고 지내왔던 것이다.

"부인, 이걸 어쩌면 좋겠소. 아무래도 금상께서 나를……."

진성대군이 부들부들 떨며 부인 신씨(단경왕후)를 끌어안았다.

신씨의 부친은 좌의정 신수근이었다. 그리고 신수근의 누이가 연산군의 비(妃)였기 때문에 임금이 곧 신씨의 고모부였다. 그러니까 할머니인 인수대비와 어머니인 자순대비(정현왕후)가 진성대군의 목숨이라도 부지시켜보겠다는 계산으로 신수근의 딸과 결혼을 시켰던 것이다.

"서방님, 이 모든 게 운명인지도 모르옵니다."

신씨 역시 연산군의 포악성을 익히 알고 있던 터라 체념에 가까운 목소리를 냈다. 그런데 상황이 이상야릇했다. 군사들이 방문을 박차고 들어와서 끌고 나가거나 아니면 칼로 목을 치리라 생각했는데, 묵직하고도 정중한 목소리가 들려왔다.

"대군께서 들으시옵소서. 지금 지중추부사 박원종, 부사용 성희안, 이조판서 유순정 나리들께서 거사를 일으켰사옵니다. 그

나리들께서 대군의 옥체(玉體)를 보존하라고 명령을 내리셨사옵니다. 지금부터 저희들이 아무런 위험이 발생하지 않도록 호위해드릴 테니 모쪼록 편안하게 계시옵소서."

죽음의 공포에 떨었던 진성대군은 신변 보호를 위해 호위하겠다는 소리를 듣자마자 우두망찰해지고 말았다. 더군다나 임금에게나 칭하는 '옥체'라는 말을 듣게 되자 무슨 일이 어떻게 벌어지고 있는지 도무지 감을 잡을 수가 없었다. 그러나 자세한 상황을 물어볼 수 있는 처지가 아니었다.

덴 가슴을 부여안고 하룻밤을 꼬박 뜬눈으로 새우다가 날이 밝았다. 이조판서 유순정이 나타나서 연산군의 폐위 소식을 알려주었다. 그리고 경복궁으로 행차하여 보위에 오르라고 권유했다.

진성대군은 보위를 물려받을 수 없다며 몇 번이나 사양했다. 보위를 물려받을 세자가 이미 정해져 있었기 때문이었고, 자칫 경거망동하다가 목숨을 잃게 될지도 모른다는 두려움이 몰려왔기 때문이었다.

"대군, 자순대비마마께서 이미 윤허하셨습니다. 그리고 근정전 앞에 백관이 도열해 있을 것입니다. 지체하지 마시고 어서 연에 올라 입궐하십시오."

진성대군은 유순정의 채근에 떠밀리다시피 해서 연에 올랐고, 경복궁 사정전으로 갔다. 궁궐 안은 반정군이 이미 모든 것을 장악한 상태였다.

미시(未時: 오후 1시부터 3시 사이)가 되었다. 반정군이 진성대군을 근정전으로 모셨다. 그곳에는 이미 조정의 모든 벼슬아치들이 도열해 있었다. 곧이어 자순대비의 교지가 반포되기 시작했다.

"우리 국가가 덕을 쌓은 지 백 년에 깊고 두터운 은택이 민심을 흡족하게 하여, 만세토록 뽑히지 않을 기초를 마련했는데, 불행하게도 임금이 지켜야 할 도리를 크게 잃어 민심이 흩어진 것이 마치 도탄에 떨어진 듯하다. 대소 신료가 모두 종사를 중히 여겨 폐립(廢立)의 일로 와서 아뢰기를, '진성대군 이역(李懌)은 일찍부터 인덕이 있어 민심이 쏠리고 있으니, 모두 추대하기를 청합니다.'라고 했다. 내가 생각하니, 어리석은 이를 폐하고 밝은 이를 세우는 것은 고금에 통용되는 의리이다. 그래서 여러 사람의 의견에 따라 진성을 사저에서 맞아다가 대위(大位)에 나아가게 하고 전왕은 폐하여 교동(喬桐)에 안치하게 하노라. 백성의 목숨이 끊어지려다가 다시 이어지고, 종사가 위태로울 뻔하다가 다시 평안하여지니, 국가의 경사스러움이 무엇이 이보다 더 크랴. 그러므로 이에 교지를 내리노니, 마땅히 잘 알지어다."

교지가 반포된 후에 즉위식이 거행되었다. 진성대군은 임금이 되어 곤룡포와 익선관을 착용하고 용평상에 앉았다. 원래 즉위식에는 면류관과 구장복을 착용하게 되어 있었다. 하지만 상황이 너무나 급박하게 돌아갔던 터라 임금이 편전에서 국사를 처리하거나 평상시에 입는 곤룡포와 익선관을 착용하고 즉위식을 거행할 수밖에 없었다.

중종은 모든 벼슬아치들의 하례를 받고, 반정군이 미리 준비해놓은 사면령을 반포했다. 그 내용은 대비의 분부를 받들고 보위에 오르게 되었으며, 대역 죄인을 제외한 모든 죄인들은 사면과 석방을 시키는 등 비상한 은혜를 베푼다는 것이었다.

"만세! 만세!"

만세를 외치는 백관들의 함성이 귀청을 강타하고, 북악산과 인왕산에 메아리쳤다.

그날 밤, 중종은 침전인 경복궁의 강녕전에 들었지만 눈앞에 벌어졌던 모든 일이 흡사 꿈처럼 여겨져서 잠을 제대로 이루지 못했다. 연산군이 총애했던 신하들이 반정(反正)을 일으켰다고 했다. 그런데 그게 반역(反逆)인지 반정인지조차 제대로 파악하기 힘들었으며, 장차 자신의 운명이 어떻게 변할 것인지조차 예견하기 힘들었다.

반역과 반정.

반역은 임금에게 나라 다스리는 권한을 빼앗으려고 하는 행위이다. 그리고 반정은 원래 왕위를 찬탈하려는 무리로부터 왕과 보위를 지킨다는 뜻이었는데, 맹자가 주장했던 일종의 폭군방벌론(폭군은 쫓아내도 정당하다는 이론)이 성리학에 원용되면서부터 옳지 못한 임금을 폐위하고 새 임금을 세워 나라를 바로잡는다는 뜻으로 변하기 시작했다. 그러니까 반정에서 말하는 '반(反)'은 '반대'라는 뜻이 아니라 '되돌려놓는다'는 뜻을 지니고 있었으며, '반정'은 '바르게 돌이키다'라고 해석할 수 있었다.

그런데 그런 논리만으로 반정을 설명하기 힘든 부분이 있었다. 반정 세력은 옳지 못한 임금을 폐위하고 새 임금을 세우는 일에 자신들의 논리나 이권을 끼워 넣은 다음에 모든 것을 반정이라는 단어로 미화하는 경우가 허다했기 때문이다.

중종은 그런 상황을 알고 있었기 때문에 자신의 장래가 불투명하다는 것을 예견하고 있었다. 그런 염려는 곧장 현실로 다가오기 시작했다. 장인인 신수근을 비롯해서 임사홍 등이 반정군에 의해 무참히 목숨을 잃었고, 중종의 부인인 신씨가 궁에 뒤따라 들어왔으나 반정 세력이 떼를 지어서 무수한 상소를 올리기 시작했다.

"전하, 지금 역적 신수근의 친딸이 궁궐 안에 있습니다. 만약 비로 책정한다면 인심이 불안해지고, 그렇게 되면 종사에 관계됨이 있으니 은정을 끊어 밖으로 내치소서."

역적의 딸이라 하여 폐(廢)하기를 강요하는 상소였다. 중종은 11년 동안이나 함께 살았던 부인 신씨와 생이별하게 될 상황에 처했다. 결국, 신씨는 아버지 신수근이 사망하자 비녀를 빼서 머리를 풀고 상복을 입고 지내다가 7일 만에 궁궐 밖으로 쫓겨 나가는 신세가 되고 말았다.

중종은 보위에 올랐다고 하지만 자신을 도와줄 우익을 갖고 있지 못했다. 그래서 그동안 정들었던 신씨를 궁궐에 두려고 《십팔사략》에 있는 '빈천지교불가망(빈궁했을 때 사귄 벗은 잊어서 안 된다)이요, 조강지처불하당(가난했을 때 의지하며 살아온 아내는 버리지 않는다)'이라는 논리를 내세우며 홀로 외쳐보았으나 허사였다. 또한 반정 세력은 신씨가 궁궐 밖으로 쫓겨 나가자 중종이 자신들의 딸과 정략적으로 혼인하도록 만들어버렸다.

그렇게 해서 제1계비로 윤여필의 딸을 장경왕후로, 제2계비로 윤지임의 딸을 문정왕후로 맞이했다. 그뿐만 아니라 박원종의 수양딸인 경빈 박씨, 남양군 홍경주의 딸인 희빈 홍씨 등을 차례로 맞이했다.

반정을 성공으로 이끌었던 주역들은 정략적인 혼인을 강요한 것 외에 자신들의 공을 논하는 자리에서 그들과 가까운 자들을 서로 공신 명단에 넣으려고 혈안이 되었다. 이렇게 해서 전례 없이 117명의 정국공신이 탄생하고 말았다.

중종은 반정 세력의 작태가 불만스러웠으나 그런 말을 입 밖에 낼 수 없었다. 그들이 자신에 대한 지지를 철회하게 되면 보위에서 쫓겨나기 십상이었다. 그래서 반정 세력의 주역인 박원종, 성희안, 유순정 등이 입실할 때마다 임금이라는 것을 잊고 자신도 모르는 사이에 벌떡 일어나는 습관이 생기고 말았다. 그건 곧 왕권 약화의 단면을 보여준 일례였다.

중종은 연산조의 잘못된 정치를 배격하고 약화된 왕권을 강화하고 싶었으나, 흔히 '반정 3대장'이라고 말하는 박원종, 성희안, 유순정의 눈치를 볼 수밖에 없었다. 그러다가 그들이 모두 죽자, "즉위한 후 일찍이 한 번 친정(親政)을 했으나 해당 관청의 주의(注擬)에 낙점했을 뿐이다. 이는 상정(常政)과 다름없다. 내 생각에는 전조(이조와 병조를 지칭)가 권원을 뽑아 아뢰면 친히 인물을 택하여 이름을 써서 제수하는 것이 옳으리라고 본다."라고 선언했다.

이런 선언은 중종 자신을 중심으로 한 새로운 통치 체제를 구축하겠다는 뜻을 담고 있었다. 그런데 '반정 3대장'이 죽었음에도 공신 세력은 여전히 막강한 힘을 가지고 있어서 쉽지 않았다. 그러자 중종은 공신 세력을 견제할 수 있는 사림 세력을 끌어들이면서 조광조를 전격 발탁하여 실추된 왕권을 회복시키려고 했다.

중종은 그런 와중에 다섯 번이나 역모 사건을 겪어야만 했다. 그러니까 재위 2년에 벌어진 김공저의 옥사에서부터 재위 8년 10월에 벌어진 박영문과 신윤무의 옥사에 이르기까지를 말한다. 특히 박영문과 신윤무의 역모 사건은 충격적이었는데, 정국공신인 두 사람이 '무재(武才)에 능한 영산군을 새 임금으로 옹립하고 무인 출신인 홍경주를 영의정으로 삼은 뒤 정국을 장악한다'는 복안을 세웠다가 기밀이 누설돼 처형되었다.

"전하, 신첩이 뫼시겠사옵니다. 어서 내전으로 드시지요."

중종이 감았던 눈을 번쩍 뜨자, 계속 이어지던 생각이 중단되었다. 언제 사정전 안으로 들어왔는지 모르지만, 경빈 박씨가 다소곳이 머리를 숙인 채 서 있었다. 초자 유각등 불빛 아래 드러난 자태가 매우 고혹적이었다. 더군다나 절세미인인 경빈이 미소까지 살짝 머금고 있어서 중종의 가슴을 울렁거리게 만들고도 남을 지경이었다.

"경빈이 아니오. 어인 일로 예까지 왔단 말이오?"

"전하께서 강녕전으로 납시지 않고 사정전에 머물고 계신다는 이야기를 듣고 찾아왔사옵니다. 혹시 편찮으신 데라도 있으신지요?"

"뭔가 생각할 게 있어서 잠시 머문 것뿐이오."

"아이, 전하, 여기는 몹시 춥사옵니다. 따스하고 포근한 강녕전이나 아니면 자미당으로 납시어 경연으로 지친 옥체를 편안하게 푸셔야지요. 아이, 어서요."

경빈 박씨의 목소리는 교교하게 내려앉은 달빛처럼 유혹적이었다. 중종은 그 목소리에 흠뻑 젖어서 모든 근심걱정을 말끔히 씻어내고 싶었지만 고통과 불안감의 늪이 너무나 깊어서 헤쳐나오지 못하고 있었다.

중종의 귓전에 경빈의 유혹적인 목소리가 사라지고 대신 자순대비의 앙칼진 목소리가 되살아나 울려 퍼졌다.

"전하, 소격서 폐지라는 게 도대체 말이나 되시오! 소격서를 폐지하라고 상소하는 것은 왕실과 전하의 권위를 우습게 여긴 처사나 다를 바 없소."

자순대비뿐만 아니라 좌의정 신용개 등의 대신들도 선왕 때 만든 것을 함부로 폐지할 수 없다며 반대했다. 중종은 그들의 힘을 등에 업고 왕권이 강화되기라도 한 것처럼 호기를 부려 소격서는 폐지할 수 없다고 강하게 나갔다.

그런데 조광조는 언제나 남다른 면을 보여주었다. 그런 정도의 반대가 나오면 다른 신하들은 뒤로 물러서곤 했는데, 조광조는 오히려 더욱 끈질기게 상소를 올리며 소격서 폐지를 끝끝내 고집했던 것이다.

"명군(明君)은 남의 말을 좋아하고, 암군(暗君)은 자기 의견 행하기를 좋아합니다. 남의 말을 좋아하면 창성하고 자기 의견을 고집하면 반드시 멸망에 이르게 됩니다. 지금 전하는 간언을 받아들이지 않을 뿐만 아니라 위엄으로 결단을 마구 내리면서 위망의 조짐을 보이니 이는 암군이 하는 일입니다. 전하는 자신을 뽐내어 스스로 전단(專斷)하다가 스스로 혼미한 지경에 빠지는 줄을 모르십니까. 전하는 속히 자신을 책하고 뉘우치는 교서를 내려 여러 사람의 마음을 시원하게 하고 선비의 기개를 펴도록 해야 할 것입니다."

조광조는 상소를 올려놓고 물러가지 않은 채 밤을 지새우며 고집했다. 게다가 대간들의 전원 사직이라는 초강경책까지 동원했다.

중종은 조광조의 주장을 잘 알고 있었다. 소격서는 유교 이념에 맞지 않았고, 궁중 여인들의 암투 장소로 쓰인다거나 막대한 재물을 탕진하기 때문에 폐지하는 것이 옳았다. 그런데 자신의 보위를 윤허해주었던 자순대비뿐만 아니라 비빈(妃嬪)들까지 소격서 폐지를 못마땅하게 여겼던 터라 실로 난처할 수밖에 없었다. 그러다가 결국 소격서 문제는 논쟁이 일어난 지 한 달여 만에 폐지가 확정되고 말았다.

"전하, 복성군의 나이가 몇인 줄 아십니까. 벌써 열한 살이옵니다. 요즈음 늠름한 기개가 넘쳐흐르옵니다. 보고 싶지 않사옵니까? 그리고 옹주들의 재롱도 보고 싶지 않단 말이옵니까? 전하, 어서 사정전을 나서시옵소서."

중종은 경빈이 복성군과 혜순, 혜정 옹주를 내세우자 용평상에서 천천히 일어났다.

"미가 벌써 열한 살이나 되었다구요?"

미는 복성군의 이름이었다. 중종은 복성군의 얼굴을 그리다가 자신이 열두 살에 신씨와 혼인을 올렸던 기억을 떠올렸다. 입궁하여 7일 만에 쫓겨 나간 신씨가 사무치게 그리웠다. 걸음을 조심스럽게 옮겨 사정전 밖을 나갔다. 그리고 신씨가 살고 있는 인왕산 쪽을 슬그머니 바라보았다.

어느 틈인지 밤하늘에 달이 떠올랐고, 별들이 보석처럼 빛나고 있었다. 사정전 좌우에 있는 만춘전과 천추전의 기와지붕 위에 쌓인 달빛과 별빛이 비단처럼 스르르 흘러 땅바닥으로 소리 없이 내려앉았다.

"경빈, 오늘은 과인 혼자 있고 싶소."

뒤따라 나와서 밤하늘을 올려다보던 경빈 박씨가 바투 다가섰다.

중종은 여태 전혀 느끼지 못했던 향기로운 냄새가 경빈의 몸에서 발산한다는 것을 감지했다. 사향(사향노루의 분비물을 건조하여 얻은 향료) 냄새였다. 경빈은 승은(임금의 총애를 받아 밤에 모심)을 받고 싶어 할 때마다 항상 이런 향기를 풍기곤 했다.

"전하, 수일 전에 누군가가 건춘문에 화살을 쏘았다지요? 신첩이 의심되는 자를 알고 있사옵니다."

경빈 박씨의 나지막한 목소리가 향기를 타고 흘러왔다. 그러나 그 소리는 모든 신경을 곤두세울 만큼 깜짝 놀랄 만한 것이었다.

"경빈이 그걸 어떻게 알고 있단 말이오! 누구에게서 그런 소리를 들었소?"

중종이 귀가 번쩍 뜨여 돌아섰다.

"정녕 누구인가를 아뢰어야 하나요?"

경빈 박씨가 뜸을 들였다.

"이야기해보시오."

"그러면 주변부터 물리치시옵소서."

경빈 박씨가 눈꺼풀을 감았다가 뜨면서 신순강을 은근히 지적했다.

중종이 승전색 신순강을 물러나도록 하자 경빈 박씨가 한층 바투 다가섰다. 사향 냄새가 더욱 짙게 느껴졌다.

"전하, 화천군을 아시는지요?"

화천군이라면 정국공신인 심정을 말했다.

"아다마다요. 화천군이 뭐라고 이야기했소? 혹시 화살을 쏜 자에 대해서 이야기라도 했더란 말이오?"

"전하, 무정하옵니다. 신첩이 복성군과 옹주들의 재롱이 보고 싶지 않느냐고 말씀 드렸을 때는 심드렁하시더니 건춘문 화살 이야기가 나오니까 깊은 관심을 보이시는군요. 아이, 정말 무정하옵니다."

"경빈, 미안하오. 요즘 시국이 혼란스럽다는 것을 경빈도 잘 알고 있지 않소. 내일이라도 복성군의 늠름한 모습과 옹주들이 재롱떠는 모습을 보러 찾아갈 것이오."

중종이 경빈 박씨의 어깨에 손을 얹고 가볍게 끌어당겼다. 살짝 토라진 모습을 보였던 경빈 박씨가 활짝 웃었다. 밤에 핀 한

떨기 꽃처럼 아름다웠다.

"동호독서당에 들어가서 공부를 하는 자가 화살을 쏘았다고 하옵니다."

"동호독서당에서 공부를 하는 자가?"

중종이 그럴 만한 인물을 헤아려보았으나 딱히 짚이는 자가 없어 고개를 설레설레 흔들었다.

"전하, 사간원 지평으로 있었던 최산두라는 자를 아시는지요?"

"신재 최산두?"

"건춘문을 지키던 수문장에 따르면, 건춘문에 화살이 박혔을 때 그자가 근처에 있었다고 하옵니다. 그리고 그 화살에 대해 잘 알고 있었고 너무나도 태연하게 굴어서 미심쩍었다고 하옵니다. 화천군이 그런 정보를 듣고 은밀히 내사한 결과 최산두의 혐의가 매우 짙다는 것을 알아냈다고 하옵니다."

중종은 경빈 박씨의 이야기가 청천벽력처럼 느껴졌다. 지난해에 옥홀까지 하사했던 최산두가 그런 일을 저질렀다는 것은 도저히 믿을 수 없는 일이었다.

"그럴 리가 없소. 그 화살에 매달린 종이에 적힌 내용을 보면 현량과 실시에 불만을 품은 자의 소행이라는 것이 드러났소. 그런데 최산두는 현량과 실시에 불만을 품은 사람이 아니오."

"전하, 신첩은 화천군의 이야기를 듣고 그대로 전할 뿐이옵니다. 화천군의 이야기에 따르면, 사림 세력이 허허실실 전법을 쓰고 있다는 것입니다. 그러니까 현량과를 반대하는 측이 건춘문에 화살을 쏜 것처럼 만들어서 전하의 노여움을 사게 만들겠다는 수작을 부렸다는 것이지요. 그리고 말입니다, 최산두와 대사헌 조광조는 오래전부터 도의지교를 맺은 막역한 사이라고 합니다. 그런데 그들이 현량과를 통해 사람들을 모아서 세력을 확장하려고 한답니다. 전하, 그러면 이제 무슨 이야기인지 아시겠는지요?"

중종은 경빈 박씨의 이야기를 듣고 머리가 복잡해졌다. 그가 보위에 오르고 난 뒤에 수많은 음모가 나돌았고 무옥(죄 없는 사람을 죄 있는 것처럼 꾸며 그 죄를 다스림) 사건도 손가락으로 꼽기 힘들 정도로 많았다.

시국이 혼란스러운 것은 왕권의 실추 탓이었다. 누구든 걸핏하면 역모를 꾀했고, 그 역모를 밀고한 자에게는 큰 상이 내려졌다. 그 가운데 대표적인 자가 박영문과 신윤무의 역모 사실을 고변(반역 행위를 고발함)한 정막개였다.

정막개는 박영문과 신윤무의 집을 수시로 드나들던 미천한 종이었다. 그런데 어느 날 두 사람의 대화를 엿듣고, 그들이 거사를 일으키려 한다고 꾸며내어 밀고했다. 정막개는 그 대가로 종의 신분에서 벗어났으며 당상관(정3품 통정대부나 절충장군의 품계를 가진 자)의 홍포를 입게 되는 상을 받았다. 이렇게 되자 상을 노린 자들의 근거 없는 고변이 여기저기서 홍수처럼 넘실거리곤 했다.

"경빈, 머리가 너무나 어지럽소. 제발 과인 혼자 있도록 내버려두오."

중종이 비틀거렸다. 경빈 박씨를 따라왔던 상궁이 깜짝 놀라며 다가와서 부축했다. 중종은 최산두를 의심하고 싶지 않았다. 그는 매우 강직해서 그런 술수를 부릴 인물이 아니었다. 하지만 하룻밤만 지나면 세상이 뒤바뀌곤 하는 실정이니 어느 누구도 믿을 수 없는 노릇이었다.

중종은 무엇이 진실이고 거짓인지 헷갈렸다. 손이 부르르 떨렸다. 안타깝게도 빈손이었다. 자신의 손에 상방검(임금이 간악한 신하를 제거할 때 쓰는 날카로운 칼)이 쥐어져 있다면 더 이상 소원이 없을 터였다. 그 검을 맘껏 휘둘러 흐트러진 질서를 완벽하게 바로잡고 싶었다. 하지만 언제나 빈손이었고, 일찍부터 실추된 왕권은 언제 회복될 것인지 요원할 뿐이었다.

밤하늘의 별들이 제멋대로 움직였다. 그 별들이 흡사 회오리바람처럼 선회하더니 자신을 허공으로 빨아올리는 듯했다. 아무리 발버둥쳐도 소용없었다.

[2]

중종은 경빈 박씨를 물리친 채 강녕전으로 들어갔다. 궁녀들이 수라상을 들여놓기는 했으나 밥술을 뜨는 둥 마는 둥 하고 자리에 누웠다.

보위에 오른 직후부터 연산조의 잘못된 정치를 배격하고 약화된 왕권을 회복시키고자 갖은 노력을 다했다. 그 일환으로 도덕규범을 가르치기 위해《소학》,《여씨향약》,《경국대전》,《삼강행실》등의 문헌을 편찬하거나 간행하도록 명령을 내렸다. 그러면서 생각해냈던 것이 이신제신술(以臣制臣術)이었다. 그러니까 막강한 공신 세력의 견제 수단으로 사림 세력을 끌어들였던 것이다. 그건 어느 정도 성공을 거둔 셈이었다.

박영문과 신윤무의 모반 사건이 일어난 지 1년 후였다. 9월에 우레가 크게 울리자, 군신들은 그 사건을 임금의 덕치와 연결시켜 해석했다.

중종이 정국 타개를 묻는 구언(求言)의 전지를 내렸다. 그때 담양부사 박상과 순창군수 김정이 폐비 신씨의 복위를 청원하는 '청복고비신씨소(請復故妃愼氏疏)'라는 장문의 상소를 올렸다. 그러자 공신 세력인 대사헌 권민수와 대사간 이행 등이 구언에 대해서 어떤 처벌도 하지 않는다는 관례를 깨고 이들의 처벌을 요구했다. 결국 박상과 김정은 문초를 받고 멀리 귀양 가게 되었다.

그런데 사간원 정언(종6품 벼슬)으로 임명된 지 이틀밖에 되지 않는 햇병아리 관료 조광조가 무고한 신씨를 강제로 폐출시킨 것은 유교적인 도리에 어긋난다면서, 대사헌 권민수와 대사간 이행 등을 통렬하게 비판하는 상소문을 올렸다. 그리고 사헌부와 사간원의 대간 전원을 파직하고 다시 언로(言路)를 열어야 한다는 주장을 펼쳤던 것이다.

결국 그 사건은 이듬해 초에 대사헌과 대사간 등이 체임(벼슬을 갈아냄)되고, 박상과 김정은 복직됨으로써 조광조가 기고만장했던 훈구 세력을 눌렀을 뿐만 아니라 정국의 중심적인 인물로 자리 잡는 계기가 되었다.

조광조의 활약은 거기에서 그치지 않았다. 임금에게 참언하여 사림 세력을 제거하려고 했다는 이유로 대간들이 병조판서 장순손과 예조참판 조계상에 관한 상소를 올리자, 조광조가 그들의 파직을 강력히 요구했다.

중종은 대간들에게 떠밀려서 대신들을 파직한다는 것이 못마땅하기는 했지만 훈구 세력과 사림 세력 간에 힘의 균형을 맞추기 위해서 파직 전교를 내렸다.

"어허, 나는 왜 조광조처럼 사나이다운 기개가 없는 걸까? 왜 상방검을 움켜쥐고 군신들 앞에서 호령할 수 없단 말인가."

중종이 천장을 바라보며 중얼거렸다. 사림 세력을 육성해서 유림들 간에 어느 정도 힘의 균형을 맞추었다고 하나 실추된 왕권은 도무지 회복될 기미를 보이지 않았다.

"여봐라, 게 아무도 없느냐!"

중종이 벌떡 일어나며 외쳤다.

"네에! 전하, 부르셨나이까?"

침소 옆에서 항상 대기하고 있던 대령상궁이 달려왔다. 옥색 저고리에 남색 비단 치마를 입고 머리에 은첩지를 단 모습이 위풍당당했다.

"아니다. 그만두어라."

중종이 고개를 살래살래 흔들며 말꼬리를 흐렸다.

"전하, 무슨 근심걱정이라도 있으신지요? 용안 빛이 좋지 못하옵니다."

"아무것도 아니니라. 그냥 물러가도록 하라."

"전하, 하명하실 일이 있으면 서슴지 마시옵소서."

대령상궁이 뭔가 심상치 않은 분위기를 눈치 채고 고개를 수그린 채 물러가지 않았다.

중종이 한참이나 생각에 잠겼다. 경빈 박씨가 말하기를, 화천군 심정이 건춘문 화살 사건의 주범으로 최산두를 지목했다는 것이다. 최산두를 직접 불러들여 진위를 알아보고 싶은 마음이 굴뚝같았다. 그런데 그렇게 해도 괜찮은 것인지 판단이 잘 서지 않았다.

"불러들일 사람이 있는데 이 밤에 괜찮겠느냐?"

"전하께서 어느 누구인들 불러들이지 못하겠사옵니까."

"그게 아니라 불러들여야 할지 말지 판단이 잘 서지 않아서 묻는 게다."

"누구를 부르시는데 그러는 것이옵니까? 혹시 미리 점찍어놓은 참한 궁녀라도 있으신지요?"

"그게 아니다."

"서슴지 마시옵소서."

"일단 승전색 신순강을 불러오너라."

잠시 후 중종의 명을 받고 신순강이 달려왔다.

"여봐라, 오늘 경연관으로 참석했던 최산두를 소견(불러서 만나봄)하고 싶은데 어떻겠느냐?"

"성리학에 대해서 하문하고 싶은 게 있으신지요?"

"그 이유에 대해서 묻지 말고 대답만 하여라."

신순강과 상궁은 임금의 속마음을 읽을 수 없어서 안절부절 못했다. 하지만 관료 한 사람을 부른다는데 뭐가 어쩌랴 싶어서 입을 열었다.

"전하께서 어느 신하인들 소견하지 못하겠사옵니까."

"알겠느니라. 그러하다면 강녕전으로 즉시 소치(불러서 오게 함)하여라."

"편전이 아니라 강녕전으로 말이옵니까? 그리고 사관은 어찌하오리까?"

소대(임금이 신하를 불러 만나는 일)를 할 때 편전이 아닌 강녕전으로 불러들인다는 것은 파격적인 일이었다. 더군다나 독대(사관이 배석하지 않은 채 단독으로 만나는 것)는 더욱 파격적이었다. 그래서 신순강이 여쭈었던 것이다.

"독대할 것이니 사관은 필요 없다. 그리고 매우 은밀하게 소치하여야 할 것이야."

"매우 은밀하게 다녀오려면 신무문을 이용해야겠사옵니다. 그러면 즉시 명을 받들어 뫼시겠사옵니다."

신순강은 강녕전을 나선 뒤, 임금의 어압이 새겨진 표신(임금이 신하를 비밀리에 부르는 징표)을 준비하고 궁궐 북문인 신무문을 빠져나갔다. 그가 신무문을 택한 것은 다른 궐문과 달리 승정원의 통제를 받지 않기 때문이었다.

중종은 승전색 신순강과 상궁이 물러가자 가부좌를 틀고 앉았다. 그들이 밖으로 나가자 강녕전 안에 정적이 흐르기 시작했다. 어둠을 지키며 가물거리던 황초가 정적에 화답이라도 하듯이 움직임을 멈추면서 고운 빛살을 소리 없이 뿌렸다.

"황극(皇極)을 닦아야 하느니라. 황극을 닦아야 하느니라."

중종이 눈을 지그시 감고 혼잣말로 끝없이 중얼거렸다. 흡사 무슨 주문이라도 외우는 듯했다.

황극이란 태극(太極)과 같은 말이었으며, 우주만물이 생성되기 이전의 근본을 의미했다. 그러니까 황극은 음과 양 또는 상하좌우로 나누어지기 이전의 근원으로, 식욕과 색욕 그리고 권력욕 등 인간의 원초적 욕망이 발생하기 이전의 상태를 말했다. 그래서 황극은 중용(中庸)이었다.

정도전이 임금의 침소를 강녕전이라고 했던 것은 밤에 황극을 닦으며 인간의 원초적 욕망을 잠재우라는 의미였다. 그래야 하늘이 내리는 오복을 받을 수 있다고 보았던 것이다. 만약에 그렇지 못하면 오복이 아니라 천벌이 내린다는 경고가 숨어 있기도 했다.

그래서 정도전은 임금의 침소인 강녕전을 황극을 기준으로 하여 궁궐의 정중앙에 위치시켰다. 그리고 강녕전 좌우에 연생전과 경성전, 전면에 사정전과 근정전, 후면에 왕후의 침소인 교태전을 세웠다.

얼마나 시간이 흘렀을까? 중종은 상궁의 목소리가 들려오자 슬며시 눈을 떴다. 관복을 말끔히 차려입은 최산두가 머리를 조아리고 있었다. 그리고 좌우에는 대령상궁과 승전색 신순강이 서 있었다.

"신, 최산두, 전하의 부름을 받고 달려왔나이다."

최산두는 야밤에 임금이 편전도 아닌 강녕전으로 자신을 불러들인 이유가 무척이나 궁금했다. 신표를 갖고 찾아온 내시에게 무슨 정보라도 알아내려고 물어보았다. 그런데 전혀 모른다면서 신속히 입궐하자고 재촉만 했을 뿐이었다.

"은밀하게 불러오라고 했다. 어찌했느냐?"

중종이 신순강에게 물었다.

"분부대로 이행하였사옵니다."

"그러면 상궁과 함께 물러가 있도록 하여라."

중종이 두 사람을 물리치더니 최산두에게 물었다. 사실은 건춘문 화살 사건에 대해 단도직입적으로 물어보고 싶었으나 입안에서 말이 뱅뱅 돌 뿐 그렇게 하지 못했다.

"어떻게 백성을 다스려야 하오?"

최산두는 임금이 치국에 관한 이야기를 하려고 야밤에, 그것도 은밀하게 자신을 불렀다고 생각하지 않았다. 그래서 평범하달 수 있는 이야기가 나오자 다소 어리둥절해지고 말았다.

"하늘의 뜻에 따라 올바른 정치를 하시면 되옵니다."

"지치주의를 말함이 아니오?"

"그렇습니다.《서경》의 '군진편'을 보면 '지치형향(至治馨香) 감우신명(感于神明)'이라고 했사옵니다. 그러니까 잘 다스려진 인간 세계의 향기는 신명을 감동시킬 수 있다는 것이옵니다. 이런 이론을 바탕으로 해서 왕도정치를 실현시켜야 하옵니다."

최산두뿐만 아니라 조광조가 경연 때마다 입이 닳도록 말했고, 중종 역시 귀에 못이 박히도록 들었던 이야기였다.

"그러면 왕도정치는 어떻게 해야 하오?"

"《서경》의 '홍범편'에 나오는 이야기인데, 왕도란 공평무사한 정치를 말합니다. 왕도 사상을 체계적으로 완성한 맹자는 왕도의 핵심적인 내용을 인정(仁政)이라고 했사옵니다. 그 후 왕도 사상을 결정적으로 정립한 동중서는 자연 현상과 인사, 특히 정치는 긴밀하게 대응하는 것이어서 군주의 통치 행위는 우주 질서의 근원인 하늘에 따라야 한다고 했습니다."

"동중서라고 했소?"

"그렇습니다. 그분은 유교 학설의 통일을 확립하고, 군주권 확립에 초점을 맞췄습니다. 그리고 삼강(三綱)과 오상(伍常)을 도덕적 규범으로 제시했사옵니다."

삼강과 오상.

공자가 말하기를 "임금은 임금, 신하는 신하, 아버지는 아버지, 아들은 아들다워야 한다."라고 했다. 그런데 동중서는 이러한 인간관계의 차별화를 "임금은 신하의 근본(君爲臣綱), 아버지는 아들의 근본(父爲子綱), 남편은 부인의 근본(夫爲婦綱)"이라는 지배와 종속의 관계로 설정해서 발전시켰다. 이것이 바로 삼강이었다.

오상이란 '어짐[仁]', '의로움[義]', '바름[禮]', '지혜[智]', '믿음[信]'의 다섯 가지 덕목을 말했다. 동중서는 이러한 덕목을 갖춤으로써 인간은 서로의 관계를 올바르게 유지할 수 있다고 강조했다.

중종의 눈동자에 촛불 빛이 반사되어 반짝거렸다. 실추된 왕권을 회복시키기 위해 여러 모로 애써왔던 그였기에 정신이 바짝 들며, 하늘에서 한 줄기 빛이라도 내려와 어깨를 비추는 듯한 느낌에 사로잡혔다.

최산두는 임금의 눈빛이 달라지자 오늘 밤에 자신을 불러들인 정확한 이유가 밝혀질 것이라 예측했다.

"삼강에서 군위신강이라고 했지 않소. 그런데 건춘문에 화살이 박힌 것은 과인의 덕이 부족했던 게 원인이요, 아니면 어느 누가 군위신강을 망각했기 때문이오?"

최산두의 예측은 전혀 빗나가지 않았다. 임금이 자신을 불러들인 속내를 드디어 드러냈던 것이다.

"전하, 둘 다 아니옵니다. 화살을 쏜 것은 군위신강을 망각했다기보다 대역무도한 짓이옵니다."

최산두의 또렷한 목소리는 기개가 넘치며 확신에 가득 차 있었다.

중종은 최산두의 목소리에서 건춘문의 화살 사건과 관계가 없다는 것을 느낄 수 있었다. 오늘 저녁에 경빈 박씨로부터 귀띔을 받았을 때도 최산두를 의심하고 싶지 않았던 것이 사실이었다. 만약에 최산두가 그 사건에 연루된 것으로 생각했다면 야밤에 강녕전으로 불러들이지 않았을 것이며 내시와 상궁을 물리치지도 않았을 것이다. 어쩌면 중종의 속마음은 최산두에게 매달리고 싶었던 것이다.

"경이 건춘문 화살 사건에 연루되었다는 소리를 들은 적이 있소. 하지만 과인은 경이 그런 인물이 아니라는 것을 철석같이 믿고 있소."

중종이 최산두의 표정을 슬며시 훔쳐보았다. 최산두가 엄청나게 놀란다든지 아니면 특별한 반응이라도 보일 줄 알았는데 뜻밖에도 그는 아무런 대답 없이 입가에 가벼운 미소만 머금고 있었다.

"경은 시국이 어떠하다고 보시오?"

최산두는 잠시 입을 다물고, 며칠 전 수표교 근처의 갖바치와 시국에 대해 이야기했던 것을 되새겨보았다. 그리고 손가락 세 개를 펴 보이며 셋의 의미에 대해 설명했다.

"아뢰옵기 황공하오나, 셋은 안정과 화합을 뜻하는 숫자입니다만 반대와 대립을 뜻하기도 합니다. 전하께서는 세모꼴의 세 꼭짓점 중의 하나이며 또 그중에서 으뜸이옵니다. 그리고 나머지 꼭짓점들이 조화와 안정을 유지하도록 만드느냐, 아니면 반대와 대립을 일삼도록 만드느냐 하는 결정권을 움켜쥐고 계시옵니다."

최산두는 시국이 혼란스러움을 전제로 해서 세모꼴을 통해 조화와 안정을 취할 수 있도록 설명했다. 하지만 임금이라는 꼭짓점과 다른 두 꼭짓점이 오월동주의 형세와 비슷하다는 설명은 하지 않았다. 감히 그런 말을 입 밖에 낸다는 것은 불경(不敬)을 떠나 대역무도에 버금가는 일이었기 때문이다.

"좀 더 확실하게 이야기해줄 수 없겠소?"

"전하께서 임금이 신하의 근본이라는 것을 확실히 세우십시오. 그리고 옥석(玉石)을 구별하십시오. 훈구대신 중에도 이부(임금의 귀)를 기울여 들을 만한 사람들이 있사옵나이다."

"과인에게 군위신강을 강조하는구려. 그런데 그럴 만한 사람들이란 구체적으로 누구누구란 말이요?"

"영상, 좌상, 우상 같은 분들입니다."

최산두는 갖바치가 가죽을 잡아당겼을 때 한쪽으로 치우치며 일그러지고 말았던 세모꼴을 다시금 그려보았다. 세모꼴이 안정과 화합을 취하려면 힘의 균등한 분배가 필수적이기 때문에 훈구 세력이라도 합리적인 사람의 이야기는 귀 기울여야 한다는 조언을 했던 것이다.

중종은 내심 놀랐다. 대사헌 조광조가 군자와 소인에 관한 논쟁을 벌였을 때 훈구 세력을 싸잡아서 소인으로 폄하했던 적이 있었다. 그런데 최산두는 훈구 세력인 영의정 정광필, 좌의정 신용개, 우의정 안당을 합리적인 인물로 보고 있었다. 역시 조광조가 바윗덩어리라면 최산두는 강하면서도 부드러운 대나무였다.

한참 후에 최산두가 물러갔다. 중종이 최산두의 이야기를 곰곰이 되새기고 있을 때 대령상궁의 목소리가 들려왔다.

"희빈마마께서 납시오!"

곱게 화장을 한 희빈 홍씨가 상궁의 안내를 받으며 강녕전으로 들어섰다. 오늘따라 경빈 박씨가 나타났다가 이번에는 차례라도 정해두었다는 듯이 희빈 홍씨가 나타났다. 비빈과 숙의나 숙원 모두 마찬가지였지만, 시도 때도 없이 암투를 벌이던 그들이 연달아서 찾아왔다는 것이 이상스럽게도 혼란스러움으로 다가왔다.

하지만 중종은 최산두가 다녀간 뒤에 어느 정도 마음의 안정을 되찾았던지라 밝은 얼굴로 희빈 홍씨를 맞이했다. 그렇지만 마음 한편으로 찜찜한 구석이 없지는 않았다. 얼마 전에 대간들이 희빈 홍씨의 부친인 남양군 홍경주를 탄핵해서 관직에서 물러났던 사건이 불쑥 떠올랐기 때문이었다.

중종은 총애하는 희빈 홍씨를 생각해서 탄핵을 무마해볼 생각이었으나 대간들의 기세가 드높고 남양군의 비리가 백일하에 드러났던지라 모르쇠로 일관해버렸다. 그래서 희빈 홍씨에게 빚을 지고 있다는 마음을 갖고 있던 차였다.

"야심한데 어인 일이오?"

"전하께서 심려가 깊으시다는 이야기를 듣고 찾아왔나이다. 마침 야참 때도 되었고요."

희빈 홍씨가 방긋 웃으면서 뒤따라온 궁녀들에게 수라상을 내리도록 명했다. 붉은 주칠을 한 호족반 두 개와 책상반 한 개가 놓였다. 은반 상기에 각종 음식이 놓여 있었다. 야참이었음에도 많은 음식을 차린 것은 희빈 홍씨의 배려인 듯싶었다.

기미상궁이 여벌의 수저로 음식을 떠서 곁상에 있던 빈 접시에 담았다. 그리고 손으로 음식을 집어 기미를 보았다. 음식에 독이 들어 있는지 확인하는 절차였다.

"전하, 젓수십시오."

기미상궁이 고개를 조아렸다. 희빈 홍씨가 기미상궁과 음식 시중을 들 전골상궁뿐만 아니라 나인들까지 모조리 물리쳤다. 그 대신에 자신이 다소곳이 앉았다. 직접 중종의 시중을 들 요량이었다.

"전하, 어서 젓수십시오. 이 야참은 전하의 옥체를 위해서 신첩이 특별히 준비한 것이옵니다. 기력이 떨어지는 환절기에는 이것보다 더 좋은 것이 없다고 하옵니다. 졸수(90세)의 노인이라도 아들을 낳는다는 이야기가 전해올 정도이오니 이 얼마나 훌륭한 보양 음식이겠나이까."

희빈 홍씨가 용봉탕을 가리켰다. 황금빛이 살아 있는 잉어와 어린 닭으로 만든 특별 보양 음식이었다. 그것 외에도 오미자국에 꿀을 타서 끓이다가 녹두 녹말가루를 풀어놓은 오미자응이, 사태편육과 새우를 포함해서 야채 등을 다양하게 넣어 불을 지핀 신선로, 각종 정과 등이 놓여 있었다.

중종은 용봉탕 국물을 떠먹자 기운이 불끈 치솟는 듯했다. 게다가 희빈 홍씨가 갖은 아양을 떨며 손수 수발을 들자 기분이 점점 좋아졌다.

"전하, 오늘 경연이 있었다지요? 용평상이 아니라 보료를 깔고 앉아서 경연을 하셨다지요? 그래도 다행이옵니다. 야대(임금이 밤에 신하를 불러서 하는 경연)까지 있었다면 전하의 요부(임금의 허리)에 탈이 났을지도 모릅니다."

희빈이 중종의 허리를 가볍게 주물렀다. 섬섬옥수가 허리를 스칠 때마다 뭉쳐 있던 근육이 슬슬 풀리기 시작했다. 중종은 음식을 먹다가 허리를 주물러주자 느긋한 기분에 빠져 눈을 지그시 감고 가벼운 신음을 흘려냈다.

"경연관들은 하늘 같은 전하를 가볍게 보는 자들이어요. 어찌 용평상에 앉지 못하시게 가로막는단 말입니까. 신첩에게 힘이 있다면 그 무례한 자들을 당장 혼내주고 싶어요. 안하무인이란 바로 그런 자들을 두고 하는 소리……."

희빈의 볼멘소리를 중종이 가로막았다.

"희빈의 마음은 잘 알고 있소. 하지만 성군이 되는 길은 어려운 법이오. 경연관들이 말하기를 옛 성군들은 경연에 나가 학문 연마하기를 침식보다 더 소중히 했다고 했소."

"그건 그렇다고 하지만, 전하를 혹독하게 다루며 무시하는 처사는 차마 두고 볼 수 없나이다. 전하는 곧 하늘이지 않사옵니까. 신첩이 풍문에 듣자 하니, 신진 사림 세력이 군자니 소인이니 하고 따지면서 자신들의 마음에 들지 않는 사람들은 아주 무시한다고 하더이다. 그래서 그들의 눈에 나지 않으려고 많은 자들이 몰려들어 아첨을 일삼고 붕당까지 맺었다고 하더이다."

희빈의 볼멘소리가 앙칼지게 변했다. 중종은 또다시 머리가 어지러워지는 것을 느끼고는 재빨리 화제를 바꾸었다.

"희빈, 영의 나이가 몇 살이나 되었소?"

영은 희빈이 낳은 아들의 이름이었다.

희빈이 대답 대신에 엉뚱한 소리를 했다.

"전하, 경빈이 사정전으로 찾아왔었다지요? 전하를 어떻게 홀리더이까? 혹시 복성군을 미끼로 던져서 낚시를 하지는 않았습니까?"

여인이란 질투의 화신인 모양이었다. 누구한테 그런 정보를 얻었는지 모르지만 희빈은 모든 것을 알고 있었다.

중종은 떨떠름한 기분을 참지 못하고 헛기침을 터트렸다. 소격서를 폐지하기 전에는 비빈에서부터 숙의와 숙원에 이르기까지 저마다 앞 다투어 찾아가서 왕자 출산을 기원한다거나, 자기가 낳은 아들이 차기 보위를 차지하도록 치성을 드렸다. 그래서 소격서가 궁중 여인들의 암투 장소라는 소리가 은밀히 나돌기도 했다.

"희빈, 그렇게 말하면 피곤해지오. 자, 야참이나 듭시다."

중종이 정색을 하자 희빈이 빙그레 웃으며 상 아래에서 술을 꺼냈다.

"전하, 언짢으셨나이까? 아이, 전하, 한번 취하게 되면 천 일 동안 기분 좋게 취하여 누워 있게 된다는 천일주를 아시나요? 부러 사람을 풀어 어렵게 구한 술이옵니다. 모든 언짢으심을 이 천일주로 말끔히 씻어내시옵소서."

희빈이 잔에 술을 따라 건넸다.

일취천일(一醉千日).

《박물지》에 이런 고사가 있다. 유현석이라는 사람이 중산(中山)의 술집에서 술을 마시고 집에 돌아왔다가 죽자, 장례를 지내고 묘소에 묻었다고 한다. 그런데 천 일 만에 묘를 파헤쳐보았더니 그가 마침 술이 깨어 일어난 참이었다고 한다. 그래서 그 술을 중산주 또는 천일주라고 했다.

"몹시 향기로운 냄새가 나는구려."

"전하의 비궁(임금의 코)을 천일주에 가까이 대어 그윽한 향내를 맘껏 맡아보셔요. 천하의 명주라는 것을 금방 느끼실 테고, 기분 좋게 취하지 않고는 못 배길 것이옵니다."

희빈이 중종의 가슴팍에 머리를 기대었다. 창포의 독특한 향기가 중종의 후각을 건드리더니 어느새 불두덩 언저리를 자극했다.

"알았소. 오늘 밤은 기분 좋게 취해보리다."

중종은 세 잔의 술을 연거푸 들이켰다. 피로가 말끔히 가시면서 몸이 하늘로 두둥실 떠오르는 느낌이었다.

희빈이 머리를 기댄 채 노래를 불렀다.

"일 년 빚어 일년주냐, 석 달 열흘 빚어 백일주냐, 석삼년을 빚어 천일주냐, 혼자 빚어 걱정주냐, 둘이 빚어 합이주냐, 셋이 빚어 공론주냐, 똑 떨어졌다 낙화주냐, 어디 한번 맛을 보자……."

중종은 분위기에 빠지고 술기운에 젖어갔다. 하늘로 두둥실 떠올랐다가 하얀 뭉게구름 위에 벌러덩 드러누웠다. 그 옆에 희빈이 나란히 누워 있었다. 중종은 취향(醉鄕)으로 돌아갔다. 그동안 쌓였던 근심걱정과 불안감이 말끔히 씻겨지고 말았다. 그래서 술을 망우물(忘憂物)이라고 했던가. 또 모든 약 중에서 으뜸(酒百藥之長也)이라고 했던가.

"과인은 진정한 하늘이니라."

중종의 혀가 꼬부라지기 시작했다.

"전하, 성은을 입고 싶나이다. 아이, 어서요."

"그래, 오늘 밤 운우지정을 실컷 나누어봅시다."

희빈 홍씨가 임금의 이부자리인 기수(이불)와 푸지(요)를 깔았다. 그리고 옥대를 풀고 곤룡포를 벗겼다. 촛불이 너울거리기 시작했다. 이어서 희빈 홍씨의 백설 같은 속살이 드러나자 중종이 어수(임금의 손)를 뻗으며 굶주린 맹수처럼 덮쳤다.

"전하, 조급하지 마시오소서. 그러다가 성후(임금 신체의 안위) 미령(병으로 인하여 편하지 못함)하시게 되나이다."

희빈 홍씨가 몸을 살짝 도사리며 중종의 애를 태웠다.

"안달이 나서 참을 수가 없소."

"전하, 잠시 신첩의 이야기를 들어보소서. 요즘 조광조를 위시한 대간의 무리가 안하무인이옵니다. 첩이 왕후와 어깨를 나란히 하는 것은 법도에 어긋난다는 소리를 하지 않나, 뭇 대신들을 소인배라고 얕잡아보질 않나, 이러다가 무엄하게도 전하까지 소인배로 폄하하게 생겼사옵니다. 특히 전하를 보위에 오르게 했던 반정공신들을 소인배로 취급하는 것은 곧 전하를 폄하하는 것이나 진배없사옵니다. 그런데 어이해서 좌시하고 있는 것이옵니까?"

"희빈, 안달이 나서 참을 수가 없다고 했지 않소. 희빈, 어서……."

중종이 희빈 홍씨의 가슴에 용안(임금의 얼굴)을 파묻느라 말이 끊겼다. 여인의 알몸은 깊이를 알 수 없는 늪이었다. 중종이 그런 늪 속으로 뛰어들어 자맥질을 거듭했다. 희빈 홍씨의 헐떡거리는 숨소리에 너울거리던 촛불이 파르르 떨기 시작했다.

3. 현량과(賢良科)

하늘을 대신하여 만물을 다스리는 데는 현명하고 유능한 사람보다 더 급한 것이 없고, 사람을 가리고 유능한 사람을 뽑는 데는 소인들에게 가려지고 통하지 않는 것보다 더 걱정되는 것이 없다.

— 김종직의 '인사론'에서

[1]

세 명의 사내가 말을 타고 봄바람을 가르며 질주하고 있었다. 말발굽에서 피어오른 짙은 먼지가 꼬리를 길게 이어가다가 꽃샘바람에 뒤섞이며 자취를 감추었다.

두 필의 말은 붉은빛에 가까운 누런빛을 띤 결따마였고, 다른 한 필은 여구(驪駒)라고도 부르는 검정말이었다. 특히 선두의 사내가 타고 있는 검정말은 윤기가 자르르 흘러 명마임을 한눈에 알 수 있었다.

그 말들이 허연 입김을 거침없이 쏟아내며 갈기를 세차게 휘날렸다. 그런 모습에서 매우 급박하다는 것을 읽을 수 있었다. 사내들은 연신 박차를 가하고 또 가했다.

말을 탄 사내들이 무관복을 착용하지는 않았지만 토시와 행전을 질끈 동여매고 활과 환도를 휴대한 것으로 보아 무사처럼 보였다.

길 주변의 산에 개나리가 피어 있고 진달래가 꽃망울을 머금기 시작했지만, 그들은 곁눈질 한 번 하지 않았다. 게다가 입술을 한 일(一)자로 굳게 다물고 있었으며, 양 볼이 우둘투둘하게 튀어나온 것으로 보아 뭔지 모를 비장함까지 엿보였다.

사내들이 한강 연안의 압구정을 지나 나루터에 도착했다. 강 건너편은 두모포였다. 강을 건네줄 나룻배가 아직 보이지 않았다. 그들은 한시바삐 배를 타야 한다는 듯 말안장에서 잽싸게 뛰어내린 뒤에 초조한 표정으로 바장이기 시작했다.

"형님, 무슨 일이 벌어진 것일까요? 혹시 건춘문에 쏜 화살 건 때문에?"

눈초리가 위로 치솟은 사내가 윤기 흐르는 검정말을 타고 온 구레나룻 사내에게 물었다. 그 사내는 얼굴에 커다란 검은 점이 하나 박혀 있었으며, 인상이 매우 싸늘했다.

"그건 아닐 테고, 뭔가 짚이는 것이 있긴 하다."

"도대체 무슨 일이란 말입니까?"

"눈엣가시 같은 놈들 때문일 거야. 아마, 대감마님을 뵙게 되면 지엄하신 명령이 떨어질 것이다. 우리는 어지러운 나라를 바로잡기 위해 하룻강아지 범 무서운 줄 모르고 설쳐대는 그놈들을 단칼에 요절내버려야 할 것이야."

"모조리 말입니까?"

"그래, 가능하면 모조리 쓸어버릴 것이야."

"예? 그렇게까지 해야 할 정도로 사태가 심각하다는 말씀입니까?"

섬뜩한 말을 뱉어냈던 구레나룻 사내는 무표정을 유지하고 있었으나, 눈초리가 위로 솟구친 사내는 눈이 동그랗게 변하더니 이내 안색이 붉으락푸르락해지기 시작했다.

"그놈들은 전하의 혜안을 어지럽히고 있느니라. 기강을 바로잡기 위해서 모조리 쓸어버릴 수밖에 없다. 그런 막중한 임무가 우리 손에 쥐어져 있다는 것을 잊어서는 아니 된다."

"나라에 대한 충성심으로 행동하란 말씀이시지요?"

"바로 그렇다."

구레나룻 사내의 말이 끝나자 몸집이 우람한 사내가 끼어들었다.

"소문에 듣자 하니 성균관 유생들을 비롯해서 수많은 백성들이 그들을 칭송하고 있다는 겁니다. 그런데 쉽게 베어버릴 수 있을까요?"

"무슨 소리를 하느냐. 우매한 자들이 시국을 바로 보지 못하고 그자들을 칭송하고 있다. 나라를 걱정하는 우리의 환도에는 눈이 달려 있지 아니 하다. 나라를 좀먹는 그자들을 단칼에 베어버리는 거다. 알겠느냐?"

"알아 뫼시겠습니다."

"이놈들, 한 명도 남기지 않고 일도양단해버릴 것이야."

말을 끝내고 난 구레나룻 사내가 한강 건너편의 도성을 쏘아보았다.

두모포는 도성에서 동남쪽으로 5리쯤 떨어져 있었고, 한천(중랑천)과 한강 본류가 합쳐지는 곳에 위치했다. 상류에는 저자도와 뚝섬이 강물 위에 둥둥 떠 있고, 두모포의 강물은 호수처럼 잔잔해서 흐르지 않고 고여 있는 것처럼 보였다. 강 건너 동쪽에는 봉은사 뒷산인 수도산과 남한산, 그리고 남쪽에는 청계산이 자리 잡고 있어서 그야말로 산수가 아우러지는 멋진 풍경을 연출하고 있었다.

강물 위에는 시회를 열고 있는 배들이 떠 있었다. 한가롭고 여유로운 풍경 옆에 조운(각 지방에서 거둔 쌀이나 곡물을 수도인 중앙으로 운송하는 제도)을 위해 떠 있는 평저선(밑바닥이 평평한 배) 선단들이 바지런을 떨고 있었다.

나루터 역시 번잡하기 이를 데 없었다. 도성으로 들어가려는 지방의 관원들은 물론이고 일반 백성들이나 상인들이 강을 건너려고 나룻배를 기다리며 북적댔다.

강을 건네줄 나룻배가 도착했다. 성인 50여 명은 거뜬히 실을 수 있는 대형 나룻배였다. 사내들이 말을 끌고 신속하게 올라탔다. 구레나룻 사내가 입을 꾹 다문 채 강물을 바라보고 있자, 눈초리가 위로 치솟은 사내가 바투 다가서서 나지막한 소리로 물었다.

"대감마님 댁으로 곧장 갈 것입니까?"

"강을 다 건널 때까지 함구하도록 하여라."

구레나룻 사내가 조용하면서도 사뭇 단호한 목소리로 내뱉었다. 강을 건너는 사람들이 두모포 인근의 멋진 풍경을 손가락으로 가리키며 재잘거렸지만, 사내들은 강 건너편에 도착할 때까지 입을 다물고 있었다.

그들은 강 건너편에 도착하자마자 잽싸게 말에 올라타더니 도성 쪽으로 질주했다. 말을 이용하는 자들에게 홍인지문(동대문)은 지척이나 마찬가지였다. 사내들은 명철방(동대문운동장 부근)에 위치한 훈련원 앞을 지나서 홍인지문으로 들어가자마자 북촌(北村)으로 곧장 향했다. 고위 관료들의 저택이 바둑판처럼 배열되어 있었다. 그들은 유난히 거대한 저택을 향해 다가갔다. 남양군 홍경주의 소유였다.

홍경주는 중종의 총애를 받고 있는 희빈 홍씨의 부친이었을

뿐만 아니라 중종반정에서 공을 세워 정국공신이 되었다. 그리고 2년 후 8월에는 대사간 이과가 서얼 종친들과 윤귀수 휘하의 무사 4백여 명을 거느리고 거사하여 임금을 폐위하고 견성군을 옹립하려던 이른바 '이과의 옥사'를 잘 처리하여 다시금 정난공신에 책봉된 인물이었다. 하지만 근래에 대간들에게 탄핵을 받아 벼슬자리에서 물러난 상태였다.

홍경주의 저택 솟을대문 앞에는 두 명의 사내가 창을 움켜쥔 채 서 있었다. 저택을 지키는 호위무사들이었다. 평소에는 그들이 문을 지키지 않았다. 그런데 오늘따라 삼엄한 경비를 펼치고 있는 것으로 보아 뭔가 심각한 일이 벌어지고 있는 모양이었다.

말을 탄 사내들이 홍경주의 저택 앞에 내릴 즈음, 솟을대문 안쪽에서 두 명의 사내가 급박하게 튀어나왔다.

"자네들은 어디를 그렇게 황급히 가는 것인가?"

구레나룻 사내가 뭔가 심상치 않다는 것을 파악하고 물었다. 두 명의 사내가 구레나룻을 알아보고 머리를 조아렸다.

"대감마님의 명을 받잡고 관광방으로 가는 길입니다요."

그들은 더 이상 말할 여유가 없다는 듯 다시금 머리를 조아려 보인 뒤 급하게 걸음을 재촉했다.

"음, 관광방이라면……."

구레나룻 사내는 곧바로 짚이는 것이 있어서 대충 알겠다는 듯 고개를 몇 번 끄덕거리다가 대문 앞으로 다가갔다. 호위무사들이 구레나룻 사내를 알아보고 예를 갖추었다.

"대감마님의 부름을 받잡고 달려왔느니라. 지금 어디에 계시느냐?"

구레나룻 사내의 말이 끝나기도 전에 대문 안에서 홍경주의 하인이 튀어나왔다.

"박배근 나리가 아니십니까요. 대감마님께서 지금 중요한 이야기를 나누고 계시는 모양입니다요. 나리께서 찾아오시면 행랑채에서 잠시 기다리라고 분부하셨습니다요."

하인은 박배근이라고 불렀던 구레나룻 사내의 일행을 행랑채로 안내했다. 행랑 마당에는 10여 명의 무사들이 무예 수련에 여념이 없었다.

[2]

홍경주의 저택 사랑채에는 몇 사람이 모여 있었다. 책상을 사이에 두고 가부좌를 튼 채 머리를 맞대고 있는 사람들은 호조판서 고형산, 예조판서 남곤, 오위도총관 심정, 병조참지 성운, 그리고 이 저택의 주인인 남양군 홍경주였다.

사랑채 앞 화단의 청매화가 꽃망울을 터트려 그윽한 향기를 흩날리고 있었지만, 사랑채 안의 공기는 침울하기 짝이 없었다. 전혀 예측하지 못했던 사건이 터졌기 때문이었다. 그 사건이란 정국공신 강윤희의 고변(변고를 알림)이었다.

신평군 강윤희는 서얼(양반 첩의 소생) 출신으로 중종반정에 참여

해서 정국공신이 되었으며 삼포왜란 때도 공을 세워 일등공신이 되었는데, 같은 정국공신이었던 김우증을 고발했다. 그러니까 "현량과 출신이 조정을 장악하면 반드시 정국공신을 장악할 것이다. 그러니 그 전에 그들을 먼저 없애야 한다."라고 김우증이 모의했던 내용을 강윤희가 고발한 것이었다. 그뿐만 아니라 강윤희는 건춘문에 화살을 쏜 사건이 현량과 실시에 불만을 품은 자들의 소행이라는 것도 일러바쳤다.

"어허, 어허, 이건 분명코 자중지란이야. 갈치가 갈치 꼬리를 문 꼴이 되고 말았으니, 이게 말이나 되느냔 말이오. 어허, 어허, 이래서 내 화병이 더 도지고 있소이다."

홍경주가 입맛이 쓰다는 듯 혀를 끌끌 차고 나서 두 손으로 긴 수염을 훑어 내렸다. 그런 행위는 몹시 못마땅하며, 느닷없이 벌어진 고변 사건을 속히 떨쳐버리고 싶은 마음의 표현이기도 했다.

"대감, 자중지란을 따질 때가 아니옵니다. 그리고 이렇게 좌시하고 있으면 더욱 큰 화를 입게 될지도 모릅니다. 당장 무슨 대처를 하셔야 합니다. 그동안 삼공(三公: 영의정, 좌의정, 우의정)을 믿고 있었습니다만, 이젠 더 이상 기대할 수 없게 되었사옵니다. 김우증의 예견처럼 얼마 후면 우리 모두는 그들에게 장악되고 말 것입니다."

성운이 말했다. 그는 약관의 나이를 갓 넘겼기 때문에 혈기가 넘쳐흘렀다.

"그러면 김우증이 말했던 것처럼 우리가 선수를 쳐야 한단 말인가?"

"망설일 이유가 없사옵니다. 이건 우리의 생사와 직결된 문제입니다. 그들을 제거하지 아니 하면 우리가 제거되고 말 것입니다. 김우증이 국문(鞫問)에서 고신(拷訊)을 견디지 못하고 대감 이하 우리까지 연루되었다고 거짓 발설이라도 하는 날이면 우리는 억울하게 끝장을 보고야 말 것이옵니다."

'국문'이란 중대한 죄인을 국청에서 신문하던 일인데, 친국과 정국 두 가지가 있었다. 전자는 임금이 중대 죄인을 여러 대신들이 있는 가운데서 친히 신문하는 것이고, 후자는 의금부나 사헌부에서 일반 죄인을 신문하는 것이었다.

고신이란 증거 수집이 미약하던 당시에 자백이 유일한 수단이었으므로 숨기고 있는 사실을 밝혀내기 위해 육체적인 고통을 가하는 일이었다.

"어허, 고신에 견뎌낼 장사가 없을 터. 그리고 무슨 소린들 못할까."

"그러니 그들을 제거해버리자는 것 아니겠습니까."

"나도 생각해두었던 바가 있네. 나를 잘 따르는 자들을 이미 불러놓았다네. 그 무사들은 능력이 출중할뿐더러 나라를 매우 걱정하는 인물들이거든. 또 조광조의 동태를 면밀히 살피도록 사람들을 관광방으로 밀파해놓았네."

관광방은 조광조의 집이 있는 도성 안 마을 이름이었다. 말을 하는 내내 홍경주의 눈빛이 매섭게 빛났다.

그때 좌중에서 연배가 제일 높은 고형산이 끼어들었다. 그는 수리에 밝아 행정 능력이 뛰어났고, 성품이 곧고 근검해서 많은 사람들로부터 존경을 받는 인물이었다.

"대감, 그들을 모두 무조건 제거하자는 것은 어리석은 일이올시다."

"왜 어리석다는 것이오?"

홍경주가 날카로운 눈빛을 거두어들이지 않은 채 고형산을 바라보았다.

"대감, 타초경사(打草驚蛇)라는 고사성어를 잘 아시겠지요. 그래서 드린 말씀입니다."

타초경사.

당나라 때 단성식이라는 사람이 쓴 책《유양잡조》를 보면 이런 이야기가 있다. 지방의 한 탐관오리가 온갖 명목으로 세금을 거둬들이자 이를 견디다 못한 백성들이 그 부하들의 부정부패 사실을 일부러 일일이 열거해 고발장을 올렸다. 그러자 탐관오리가 깜짝 놀라며 "여수타초 오이경사(汝雖打草 吳已驚蛇)"라는 글귀를 적었다. 그것은 '너희들이 비록 풀을 건드렸지만, 나는 이미 놀란 뱀과 같다.'라는 내용이며, 백성들이 자기 부하들의 비리를 고발한 것이 곧 자신의 비리를 고발하는 것으로 생각되어서 지레 겁을 먹었다는 뜻이기도 하다.

소설《삼십육계》에도 '타초경사'라는 말이 나오는데, 뱀을 잡기 위해 자기 스스로 놀라는 척하며 풀밭을 두드리라는 것이다. 다시 말해서 변죽을 울려 적의 정체가 드러나게 함을 비유하는 말이다.

그런데 고형산이 말한 '타초경사'는 공연히 문제를 일으켜 화를 자초하지 말라는 뜻이 담겨 있었다. 그의 뜻을 알아차린 홍경주가 어떻게 결정해야 좋을지 몰라서 심정을 돌아보았다.

심정은 꾀가 많다고 해서 지낭(지혜의 주머니)이라는 별명을 갖고 있었다. 그런 그가 빙긋 웃기만 할 뿐이었다. 홍경주가 안달이 나서 물었다.

"화천군, 왜 웃기만 하오?"

심정은 중종반정 이후 3등 정국공신이 되면서 화천군에 봉해졌다.

"두 분의 말씀이 모두 옳기 때문입니다."

"도대체 그게 무슨 말이오? 혹시 진퇴양난이기 때문에 어쩔 수 없다고 생각하는 게요?"

"절대로 그게 아닙니다. 그들을 제거해야 한다는 것에는 동의하지만, 때와 방법을 잘못 선택하면 풀을 건드려 뱀을 놀라게 만드는 꼴이 되어 오히려 우리가 당할 수도 있기 때문입니다."

"그렇다면 좋은 때와 방법에 대해 말해보시오."

"그건 차후에 말씀 드릴 기회가 있을 것입니다."

심정이 뜻밖에도 차분한 태도를 취하면서 뒤로 물러섰다.

"어허, 지난해에 화천군이 당했던 일의 원한을 벌써 잊었단 말이오?"

홍경주가 심정을 자극하기 위해 지난해에 있었던 일을 거론했다. 그러니까 심정이 형조판서 물망에 올랐을 때 조광조 등의 신진 사림이 그를 소인배로 지목하며 탄핵했고, 당시 이조판서 안당의 거부로 임명되지 못했던 사건을 말했다. 그런데 심정은 그에 대한 원한은 없다는 듯 계속 웃기만 할 뿐이었다.

홍경주의 안달이 더욱 부풀어 올라, 심정 대신에 여태 침묵만 지키고 있던 남곤에게 의견을 물었다.

"가만있지 말고 뭔가 좋은 의견을 내보시구려. 이 사태를 어떻게 처리했으면 좋겠소?"

남곤이 한참 동안 뜸을 들이다가 입을 열었다.

"우선 벌어진 상황부터 정확히 짚어나가는 것이 현명할 듯하옵니다. 얼마 후면 전하께서 김우증을 친국할 게 확실합니다. 그리고 자백을 받아내려고 고신도 하겠지요. 그런데 김우증이 허튼소리라도 하는 날이면 세상이 발칵 뒤집힐 수도 있사옵니다. 대감, 그래서 말인데 이번 김우증의 사건을 축소시킬 수 있는 묘안을 짜내야 합니다. 그렇지 못하면 저들을 제거하기도 전에 우리가 낭사(헛된 죽음, 개죽음)하고야 말 것이옵니다."

심정이 남곤의 이야기에 동조하면서 고개를 끄덕거렸다. 홍경주도 남곤의 이야기를 이해할 수 있었다. 천하장사라도 심한 매질을 당하면 없는 일도 거짓으로 만들어 불어야 할 판이 된다. 그런데 김우증이 고신을 당하면서 정국공신 대다수가 연루된 일이라고 말한다면 모두 다 옴짝달싹할 수 없게 되고 말 터였다. 더군다나 대신들이 현량과 실시를 반대하고 있다는 것은 천하가 다 아는 사실이었기 때문에 자칫하면 모두 연루될 가능성이 매우 많았다.

"그렇다면 전후 사정이야 어떻든 간에 김우증 혼자서 모든 것을 책임지도록 해야겠구려."

홍경주가 입을 열자 남곤이 한숨을 내쉬며 말을 받았다.

"어떻게 해서라도 감싸 안아야 마땅하겠지만, 자칫하면 모두에게 불벼락이 떨어질 판이니 어쩔 도리가 없습니다. 그리고 이걸 아셔야 합니다. 저는 조광조를 어느 누구보다 잘 알고 있습니다. 그의 별명이 뭔지 아십니까? 사람들은 그를 일러 광인(狂人)이나 화태(재앙의 근원)라고 합니다. 미친 듯이 공부에 열중하고, 잘못된 자와는 절대로 타협하지 않고 끝끝내 상대를 궤멸시키기 때문입니다. 그래서 드리는 말씀인데, 조광조는 이번 고변 사건을 빌미 삼아 현량과 실시를 적극적으로 밀어붙일 가능성이 많사옵니다. 더군다나 사림 세력은 젊고 혈기 왕성하여 물불을 가리지 아니합니다. 그러니 우리는 우군을 많이 확보하여 조광조를 견제하는 것이 시급한 실정입니다."

남곤의 정세 판단은 정확했다. 그동안 정국공신들의 반대에 부딪혀 현량과 실시가 차일피일 미뤄져왔는데 이번 고변 사건을 빌미로 박차가 가해질 가능성이 많았다.

"그런데 현량과는 영상(영의정)과 좌상(좌의정)도 극구 반대하고 있기 때문에 말처럼 밀어붙이는 것이 쉽지 않을 것이오. 또 우리가 극구 반대하고 있지 않소이까."

홍경주는 영의정 정광필과 좌의정 신용개의 의중을 잘 파악하고 있었다. 그리고 제아무리 혈기 왕성한 사림 세력이라 해도 아직까지 정국을 틀어쥐고 있는 대신들의 힘을 무시할 수 없을 것이라 보고 있었다.

정광필은 현량과를 통해 인재를 천거할 때 재주가 특출한 사람이 빠질 수 있고, 현량과로 취재(과거와 별도로 관리를 뽑던 임용 시험)하는 것은 가장 근본적이고 주요한 법을 무너뜨릴 수도 있다며 반대 입장을 분명히 했다.

좌의정 신용개는 천거할 때 세밀히 살피지 않고 평상시 과거의 경우와 같이 한다면 사람마다 다투어 나오고자 할 것이며, 그렇게 된다면 시행하지 않는 것만 못하게 된다고 했다. 또 성균관 유생 중 어떤 사람은 뽑고 어떤 사람은 뽑지 않으면 선발에 참여하지 못한 사람들은 원한을 품게 된다며 현량과 실시 반대 이유를 밝혔다.

하지만 현량과 실시를 찬성하는 의견도 만만치 않았다. 가장 두드러진 주장은 수많은 사람들이 현량과를 실시하자는데 폐단이 있을 것이라고 해서 원대한 일을 막아버리는 것은 잘못된 것이며, 현량과를 통해 어진 사람들을 등용하면 국가가 반드시 힘을 얻을 것이라고 주장했다.

"대감, 낙관적으로 보시면 아니 됩니다. 조광조는 보통 사람과 다르다고 하지 않았습니까. 여태 모든 일이 그러했듯이, 그는 수백 차례 상소를 올려서라도 자신의 뜻을 끝끝내 관철시켰습니다. 오죽했으면 그와 마주친 자는 모두 다 염라대왕을 만난 것 같다고 했겠습니까."

남곤의 이야기에 모두들 자신도 모르게 몸을 부르르 떨었다. 조광조의 집념이 상상을 불허할 만큼 끈질기고 악착같았기 때문이다.

심정이 나섰다.

"대감, 조광조는 상대하기 매우 어려운 자라는 것을 아셔야 합니다. 그 이유는 조광조가 미쳐서 날뛰기 때문이 아니라 그자의 뒤에 전하가 계시기 때문입니다. 그리고 사림 세력과 우리가 견해 차이를 보일 때 전하께서 마지막 결정권을 쥐고 있다는 것도 아셔야 합니다. 전하께서는 조광조 일파의 세력을 이용해서 우리를 견제하려고 합니다. 그래서 조광조를 매우 신임할 수밖에 없다는 것입니다."

"그건 나도 이미 눈치를 채고 있소. 그러니까 묘책이 있으면 말해보시오."

"눈엣가시 같은 조광조를 제거하는 게 중요합니다. 그 첫 단계는 계략을 써서 전하와 격리시키자는 것입니다. 다시 말해서 조광조를 물 밖에 나온 고기 꼴로 만들어버려야 합니다. 그래서 제가 일전에 경빈마마의 계집종에게 연락을 취하도록 해서 나름대로 묘책을 부렸던 적이 있습니다……."

심정이 경빈 박씨의 계집종에게 서신을 주어서, 건춘문 화살 사건은 조광조의 사주를 받은 최산두의 소행이었으며, 그들이 허허실실 전법으로 훈구 세력을 궁지에 몰아넣으려 한다고 전하께 이야기하라고 했던 것을 털어놓았다.

"그리고 사람을 시켜서 최산두의 일거수일투족을 감시하도록 지시했습니다. 그런데 전하께서 10여 일 전 야밤에 그를 강녕전으로 불러들였다는 보고를 받았사옵니다."

심정의 이야기를 듣던 사람들은 그가 왜 지낭이라는 별명을 얻게 되었는지 알 수 있었다. 그의 말처럼 임금을 훈구 세력의 편으로 끌어당기게 되면 조광조는 종이호랑이에 지나지 않게 되어 있었다.

"애먼 최산두를 끌어들였다는 게 마음에 걸리기는 하오. 그는 겸손하며, 조광조와 질적으로 다르거든요. 그리고 전하께서 최산두를 은밀히 불러서 무슨 이야기를 나누었다는데, 거기에 대한 정보도 갖고 있소?"

고형산이 자신의 마음을 털어놓으면서 심정에게 물었다.

"초록이 동색이라고 했으니 최산두는 동정할 가치가 없습니다. 그리고 안타깝게도 무슨 이야기를 나누었는지 알아내지 못했지만, 전하의 성격이 여리고 우유부단해서 최산두 면전에 대놓고 따지지 못했을 것으로 봅니다. 그렇지만 전하께서 젊은 사림 세력에게 경계심을 갖기 시작했다는 것만큼은 확신할 수 있습니다."

강경론을 펼치다가 다른 사람들의 의견에 눌려 입을 다물고 있던 성운이 다시금 나섰다.

"전하께서는 신진 사림 세력에게 깊이 빠졌사옵니다. 우리가 머뭇거리다가 낭패를 당할 수 있사옵니다. 쇠뿔도 단김에 빼라고 했듯이, 이번에 확 밀어붙여 뿌리까지 뽑아버려야 후환이 없을 것이옵니다."

말을 끝낸 성운이 환도를 움켜쥐며 결연한 뜻을 보였다. 홍경주가 그의 패기에 넘치는 모습을 보고 가슴이 후련해져서 너털웃음을 날리며 생각했다.

대간들이 제아무리 관료들을 감찰하고 탄핵하는 위치에 있다고 해도, 천하의 세도가라고 자부했던 자신을 감히 탄핵하다니 괘씸하기 짝이 없는 노릇이었다. 하지만 엉겁결에 당하고 보니 복수할 뚜렷한 묘안이 없어서 그동안 화병을 앓게 되었다. 그래서 이번 기회에 후련하게 복수전을 펼치고 싶었다.

"자네는 역시 믿음직하네그려. 그런데 그게 이여반장은 아니거든."

홍경주는 맹자가 제자인 공손추에게 "제(齊)나라의 제왕 노릇을 하는 것은 손바닥을 뒤집는 것과 같다(以帝王 易如反掌)."라고 했던 말을 인용하면서 자신의 손바닥을 뒤집었다 되돌리기를 반복했다.

"분하오. 나도 단김에 쇠뿔을 빼고 싶은 마음이긴 하외다. 예전에 병조판서 장순손과 예조참판 조계상을 탄핵하는 상소가 올라왔을 때 조광조와 내가 심하게 부딪친 적이 있지 않소이까. 그런데 근자에 또 심히 불쾌한 사건이 발생했지요. 우리 두 사람은 아마 악연으로 맺어진 사인인 듯싶소이다."

고형산이 헛기침을 몇 번 터트리더니 입을 열었다. 그리고 분한 사연을 털어놓았다.

불과 며칠 전이었다. 임금의 부름을 받고 입궐하던 길에 앞서가던 고형산의 가마꾼들이 조광조 가마의 길을 비켜주지 않은 일이 발생했다. 그러자 조광조가 그의 가마꾼들을 불러다가 볼기를 쳤다.

물론 대사헌인 조광조가 형조판서인 고형산보다 서열이 높다고 하지만 나이 차는 조광조가 19세나 연하였기 때문에 자식뻘에 지나지 않았다. 그런데 고형산의 가마꾼들이 볼기를 맞는 수모를 당했으니, 그게 곧 자신의 수모나 다를 바가 없어서 울분을 참지 못하고 있었던 것이다.

남곤이 분노를 터트렸다.

"아래 관직이 길을 열어주는 것이 예도라고 하지만, 어찌 노대신을 안하무인으로 여긴단 말이오. 더군다나 《소학》을 중시한다는 자가 그런 이중적인 태도를 보이다니 가증스러울 뿐이외다. 혹시 강윤희의 고변 사건은 그들이 거짓으로 꾸며낸 흉계일지도 모르오. 그리고 조광조가 전하를 등에 업고 무소불위의 힘을 행사하면서 우리를 소인배라 폄하하고 자기들은 성인군자인 체하는 게 말이나 되느냔 말이오. 우리 훈구대신들 일부가 연산군을 몰아냈던 반정 이후에 정치적 실권을 움켜쥐고 부정과 비리를 좀 저질렀다고 하나 지금까지 전하를 뫼시고 나라를 잘 이끌어왔던 게 사실 아니겠소이까. 그런데 우리의 단점만 들춰내며 시비를 걸어오니 울화가 치밀지 아니 하고 배길 수 있겠느냔 말이외다."

"그래서 뿌리째 뽑아버리자는 게 아니겠사옵니까."

성운이 울분을 참지 못하고 벌떡 일어서며 환도 손잡이를 움켜쥐자 심정이 꾸짖었다.

"어허, 때가 있는 법일세. 치밀한 계획 없이 덮치다간 우리가 낭패를 당하게 되네. 자고로 상대를 치는 것은 대의명분이 있어야 하고, 없다면 그럴싸한 것이라도 만들고 나서 치라고 했네."

심정이 성운을 자리에 앉히고 모두의 의견을 모아 결론을 짓기 시작했다. 밤이 새도록 이야기를 나누어봤자 신진 사림 세력을 성토하는 차원에만 머물 뿐 뾰쪽한 대책이 나오지 않을 상황이기 때문이었다.

심정은 고형산의 의견대로 상대를 함부로 건드리면 안 된다고 했다. 그리고 강윤희의 고변 사건은 그 화가 당사자인 김우증에게만 국한되도록 사전에 손을 쓰도록 하고, 그 임무는 홍경주와 남곤이 맡기로 했다.

또 조광조가 쉽게 상대할 수 있는 인물이 아니라는 것은 모두가 공감하고 있었기 때문에 자신이 냈던 의견처럼 전하와 조광조를 격리시켜 물 밖에 난 고기 꼴로 만들기로 했다. 그 묘책은 심정이 짜내기로 했다.

그 밖에도 이번 고변 사건을 계기로 조광조 일파가 현량과 실시를 강행할 경우에 훈구 세력을 하나로 결집시키고 사력을 다하여 저지하기로 의견을 모았다. 그들의 기세에 굴복하는 것은 정국공신들의 입지가 그만큼 좁아진다는 것을 의미했다. 게다가 더 우려되는 점은, 조광조가 현량과를 실시해 자기편 사람들을 대거 등용시키게 되면 또 무슨 엄청난 일을 저지를지 모른다는 거였다.

심정은 고형산과 남곤의 의견만을 중시한 것이 아니었다. 성운과 그를 은근히 지지하는 홍경주의 의견도 존중했다. 그래서 특별한 기회를 엿보아 조광조를 비롯한 주도 세력을 은밀히 척살하여 사림 세력의 기세를 일시에 꺾어버리겠다는 전략도 병행하기로 했다. 거기에 앞서 사림 세력이 자중지란(같은 편끼리 하는 싸움)에 빠지도록 할 묘책을 강구하여 실시하기로 했다.

모든 결론이 나자, 홍경주가 사랑채 마당에서 대기하고 있던 청지기에게 소리쳤다.

"박배근을 안으로 들라 해라!"

그 말이 끝나자마자 심정이 홍경주에게 물었다.

"대감, 박배근이라면 오위도총부 경력(經歷)을 맡고 있는 자가 아니옵니까?"

경력은 종4품 벼슬이며, 행정 실무 책임자였다.

"그렇소이다. 박배근이야말로 나라를 걱정하는 아주 훌륭한 인물이오. 그에게 임무를 맡기면 물불을 가리지 않고 완수해내거든."

"박배근이 저의 수하에서 일하기 때문에 익히 잘 알고 있사옵니다. 아무튼 그런 유능한 자를 심복으로 부릴 수 있는 대감의 능력이 부럽습니다."

두 사람이 대화를 나누고 있을 때, 박배근은 행랑채에서 눈을 지그시 감고 가부좌를 튼 채 하단전에 기를 모으며 기별이 오기만을 기다리고 있었다. 마침내 무사가 달려와서 홍경주가 부른다고 하자 눈을 번쩍 뜨며 벌떡 일어났다. 그는 함께 왔던 정귀아와 정연종을 데리고 중문을 통과해서 사랑채를 향해 머리를 조아렸다.

"대감마님, 소인 박배근이옵니다."

"다른 자들도 함께 있는가?"

"그렇사옵니다. 정귀아와 정연종도 데리고 왔사옵니다."

"그렇다면 자네만 안으로 들어오게."

두 사람은 마당에 남고, 박배근만 사랑채로 들어갔다. 박배근은 사랑채에 호조판서, 예조판서, 오위도총관, 병조참지가 함께 앉아 있는 것을 보고 내심 놀랐다. 홍경주가 얼른 눈치를 채고 말했다.

"우리와 같은 생각을 갖고 있는 사람들이니 경계하지 않아도 되네. 그렇지만 밖에 나가면 여기서 보았던 것이나 들었던 것은 모두 지워버려야 한다는 것을 잊어서는 아니 되네. 알겠는가?"

"소인이 어찌 모를 리가 있겠사옵니까. 대감마님, 분부만 내리시옵소서. 소인은 일찍부터 어지러운 나라를 바로잡기 위해 이 한 목숨 초개처럼 여기기로 했사옵니다."

"그래, 언제 봐도 믿음직하네."

"대감마님, 명을 내리시기만 하면 당장 임무를 수행하겠사옵니다."

"나라에 대한 자네의 충성심은 높이 살 만하네. 잠시 귀 좀 빌리세."

홍경주가 파안대소를 터트리며 박배근을 가까이 다가오라고 손짓했다. 그리고 한참 동안 지시를 내렸다. 홍경주가 귀엣말을 하는 것은 옆에 앉아 있던 사람들도 알아듣기 힘들 정도였다. 그래서 사랑채 안에 침묵 아닌 침묵이 흐르기 시작했으나 사실은 경천동지할 밀계(密計)가 진행되는 중이었다.

그런 분위기가 숨 막혀서 고형산이 헛기침을 몇 번 터트렸고,

성운은 눈알을 부라린 채 어금니를 깨물었고, 심정은 의미를 알 수 없는 웃음을 지었다. 남곤은 뜻밖에도 시 한 편을 읊조리기 시작했다.

뜰 앞의 잣나무는 삼엄하게 늘어서
아침저녁 우뚝한 그림자가 회랑을 돈다.
서쪽에서 온 조사의 뜻 물으려 하니
북산의 신령한 바람 서늘한 기운 보내온다.

문장과 글씨에 매우 뛰어난 남곤이었다. 그가 읊조린 것은 예전에 자신이 지은 '신광사(神光寺)'라는 시였는데, 밖에 있는 사람들이 그 소리를 듣게 되면 시회를 열고 있는 것으로 착각할 만했다.

[3]

어제 봄비가 내리더니 비거스렁이치레인 양 꽃샘추위가 몰려왔다. 꽃망울을 터트리기 직전이었던 진달래는 다행히도 옷깃을 바짝 여밀 수 있었으나, 봄나들이에 성급히 나서서 일제히 함성을 질렀던 개나리는 느닷없는 추위에 놀라 허둥대다가 서로 봄빛을 많이 받으려고 노란빛을 흩뿌리며 아득바득댔다.

한강변의 두모포 인근에 내리는 봄 햇살은 인색하기 그지없었다. 그 햇살이 돌각담 주변에서 잠시 바장이며 애면글면하던 개나리를 실컷 희롱하더니 이내 저만큼 달아나버렸다. 천지는 통과의례를 겪듯 온통 봄 몸살을 앓고 있었다.

최산두는 동호독서당에 들앉아서 책을 읽다가 그만 정신이 산만해져서 손을 놓고 말았다. 예전에는 독서를 하면 삼매에 빠져 헤어날 줄 몰랐는데 근래에 와서 달라지기 시작했다. 그건 자신의 내부와 외부에 켜켜이 쌓여 있던 모순이 비 온 후의 죽순처럼 다투어 솟구쳐 올랐기 때문이었다.

정신을 가다듬기 위해 차 한 잔을 끓여놓았다. 문풍지를 비집고 들어온 찬 바람이 찻잔 속에서 잔잔한 파문을 일으켰다. 밤새 심란하게 만들곤 했던 소쩍새 울음소리가 찻잔 속의 파문 위에 되살아나 너울댔고, 수많은 상념이 나불나불 날갯짓하며 어지럼증을 불러일으켰다.

찻잔을 밀쳐놓고 가부좌를 틀었다. 무념무상의 경지에 빠지고 싶었으나 쉽지 않았다. 시절이 하 수상하기 그지없었다. 겉으로 보기에는 평온한 것 같으면서 내면은 불순 기후가 몰아닥친 이 봄날보다 더했으면 더했지 나을 리가 없었다.

"그래, 벗에게 서신이나 보내야겠어."

최산두는 안처순의 얼굴을 떠올리며 문방사우를 끌어당겼다. 그는 지난해 봄에 홍문관 박사로 있다가 고향인 남원에 있는 어머님을 모시겠다고 하여 구례현감 자리를 제수받고 내려간 인물이었다. 안처순은 최산두보다 10세 연하였으나 두 사람은 망년지우(나이에 거리끼지 않고 허물없이 사귄 벗)였다.

붓을 잡자 정신이 맑아지기 시작했다. 그는 《역경》의 '계사상'에 "일음일양(一陰一陽)을 도라고 한다. 도는 음양 2종의 기의 모순적 통일이다. 우주 간에는 양의 기가 만물을 창조하는 것은 쉬운 방법이며, 양의 기가 만물을 생성하는 것은 간단한 방법이다. 쉬우면 알기 쉽고, 간략하며 순응할 수 있다. 쉽고 간단한즉, 사회의 모든 일은 합리성을 가질 수 있고 이것들을 천지간의 적절한 위치에 안정시킬 수 있다."라고 했던 이야기를 떠올리며 붓을 움직이기 시작했다. 필획마다 벗에 대한 그리움이 듬뿍 묻어 있어서 글을 다 읽어보지 않아도 서한에 담긴 내용을 느낄 수 있었다.

"신재(新齋), 엄청난 소동이 벌어졌소이다."

신재는 최산두의 호였다.

동호독서당에서 사가독서(인재 양성을 위해 학문에 전념하게 하던 일)를 함께 하는 동료가 방문을 박차고 들어오면서 소리쳤다. 그는 도성안에 볼일이 있다고 나갔다가 무슨 소식인가를 물어 온 모양이었다.

최산두는 고개는 물론 눈동자도 돌리지 않은 채 붓을 놀리기만 했다. 글씨를 통해 벗과 나누고 있던 교감을 깨트리고 싶지 않았다. 또 이런저런 소동이 워낙 많이 일어나는 하 수상한 시절이라 별로 놀라지 않았다.

"신재, 나를 좀 보시오. 이렇게 한가하게 붓이나 놀릴 때가 아니란 말이외다. 글쎄, 고변 사건이 또 터졌단 말이오."

그가 신재 옆에 바투 다가와 앉더니 강윤희의 고변 사건에 대해 소상히 이야기했다. 그리고 김우증이 현량과 실시를 주장했던 사림 세력을 깡그리 없애버리겠다고 했던 것은 일종의 역모나 다를 바가 없다며, 지금 도성 안의 분위기가 자못 심각하다고 전했다.

최산두는 고변 사건이 터졌다는 이야기를 들으면서도 계속 붓을 움직여 안처순에게 보낼 서신을 다 끝냈다. 그리고 옆에 있는 백지를 끌어놓고 '지치(至治)'라는 글씨를 커다랗게 썼다. 그 글씨는 용이 하늘을 날고 봉황이 춤을 추는 듯한 형상이었다.

"신재, 인간이 다스리는 세상이 바로 하늘의 뜻이 펼쳐진 이상 세계가 되도록 해야 한다는 이야기를 하고 싶은 게지요?"

"그렇소이다. 그런데 실로 안타깝기만 하오."

최산두가 자리에서 일어나 밖으로 나갔다. 차가운 강바람을 맞자 정신이 맑아지기 시작했다. 그는 발아래 두모포의 한강 물줄기를 바라보며 서서히 걸음을 옮겼다. 그의 걸음걸이는 소처럼 느릿느릿했지만 눈빛은 호랑이처럼 빛나고 있었다.

어머니를 봉양하기 위해 두모포에서 나룻배를 타고 한강을 건너 고향으로 떠나갔던 안처순의 모습이 생생하게 되살아났다. 그리고 그날 그에게 써주었던 이별의 시가 떠올랐다.

> 공의(公義)와 사은(私恩)의 무겁고 가벼움을 헤아리라면
> 때로 두 뜻이 서로 다퉈 둘을 온전하게 이루기는 어렵더라.
> 태어나서 효도로써 다스리는 시절을 만나
> 장차 어버이 봉양할 성주(城主) 한자리를 얻었도다.

몸은 점점 멀어져가도 마음은 대궐을 떠나지 못해
돌아다 아득히 흰 구름 바라보는 눈이 뚫어지네.
동풍 불어 따뜻한 봄날엔 당체(棠棣: 산앵두나무)를 노래하더니
이제 남(南)으로 돌아감은 모자(母子) 서로 의지하는 정일세.

두모포의 한강 물줄기는 명경지수였다. 하지만 물속은 겉으로 보기와 달리 심한 소용돌이가 치고 있음이 틀림없을 터였다.

최산두는 한강의 물줄기를 바라볼 때마다 공자의 이야기를 떠올리며 수양을 게을리 하지 않았다.

공자가 말하기를 "사람은 흘러가는 물에는 비쳐볼 수가 없고 고요한 물에 비쳐보아야 한다. 오직 고요한 것만이 고요하기를 바라는 모든 것을 고요하게 할 수 있다(人莫鑑於流水 而鑑於止水 唯止能止衆止)."라고 했다.

물은 생명의 근원임과 동시에 만물을 이롭게 해준다. 물은 산이 가로막으면 돌아 흐를 줄 알며, 서로 다투지 않고 흘러내려서 마침내 가장 낮은 곳에 임한다.

최산두는 고향의 앞바다를 떠올렸다. 예전에 광양에 있을 때 섬진포구에서 배를 타고 섬진강 물줄기를 따라 바다로 나갔던 적이 있었다. 바다는 실로 경이로운 대상이었다. 바다가 모든 강의 으뜸이라고 했는데, 그 말을 실감하고도 남음이 있었다.

그날 그는 바다에서 돌아왔어도 그 감격을 잊지 못했다. 그래서 호남정맥의 시발점인 망덕산(望德山)에 올라 그 바다를 끝없이 바라보았다.

바다는 어머니의 자궁이었으며 위대한 생명이었다. 바다를 가득 메운 해조음은 태곳적부터 노래했던 원시(元始)의 시(詩)였다. 그 바다는 삼라만상을 끌어안고 생명을 노래했다. 바다 위에 세찬 바람이 불자 하얀 메밀꽃처럼 파도가 일었다. 하지만 파도와 바다는 둘이 아니라 하나였다.

두모포 상류에 있는 저자도를 바라보았다. 그 섬은 나라에서 기우제를 지내던 곳이기도 했다. 기우제를 지낼 때면 용을 그린 깃발을 꽂아 신을 부르고, 거위 목을 잘라 그 피를 신에게 올렸다. 그리고 축문과 폐백을 강물 속에 던져 넣곤 했다.

저자도는 온통 갈대밭이었다. 아직 새순이 돋지 않아서 지난해에 피었던 갈대꽃이 그대로 매달린 채 바람에 이리저리 휩쓸리고 있었다. 그런 광경은 마치 하얀 빛살이 하늘로 솟구치는 듯했으며, 백발의 노인이 상투를 풀고 나라를 걱정하며 곡(哭)하는 것 같았다. 최산두는 마음이 다시금 혼란스러워지기 시작하자 눈길을 돌렸다.

동호독서당 주변의 응봉산 자락에는 예종의 차남인 제안대군이 지었다는 유하정과 연산군의 유연 장소였던 황하정이 서 있었다. 그 정자들이 낙랑장송과 어우러져 한 폭의 그림 같았으나 요즘 마음이 편치 않아서 별다른 감흥을 불러일으키지 못했다.

"나리, 학포(學圃) 선생님께서 찾아오셨습니다요."

하인 인동의 목소리가 들려왔다.

최산두가 소리 나는 쪽으로 고개를 돌렸다. 양팽손이 만면에 웃음을 띤 채 바라보고 있었다. 그는 전라도 능성현(능주) 태생으로 조광조와 함께 생원시에 합격했으며, 이조 정랑(인사 행정을 담당하는 정5품 벼슬)을 거쳐 홍문관 교리(문필에 관련된 일을 담당하는 정5품 벼슬)를 맡고 있었다.

양팽손 곁에는 양산보가 있었다. 그는 2년 전에 고향인 전라도 담양 창평에서 한성부로 올라와 조광조의 문하생으로 수학하면서 현량과가 실시되기를 기다리고 있었다. 그의 나이는 17세였다.

"학포가 예까지 어인 일로 찾아왔소. 허허, 언진(彦鎭)이는 만날 때마다 늘 새롭구나. 장차 이 나라의 대들보가 될 것이야."

학포는 양팽손의 호였고, 언진은 양산보의 자였다.

양팽손은 웃음으로 답했으나, 양산보는 고개를 숙여 예를 표한 뒤에 입을 열었다.

"호당에 들어 학문을 탐구하신다는 이야기를 일찍이 들었사옵니다만, 혹시 방해라도 될까 봐 여태 찾아뵙지 못했습니다. 그간 평안하셨는지요."

"그래그래, 여염집에서 멀리 떨어진 곳에서 책을 벗 삼아 지내고 있었으니 분에 넘치는 나날이라고 해야겠지. 언진이도 현량과에 급제하게 되면 이 호당에 들어와서 공부를 하게 될 날이 있을 것이야. 한시도 게으르지 말고 절차탁마하여 지치의 꿈이 이루어지도록 해야 할 것이야."

최산두는 총명하고 재능이 뛰어난 젊은이들을 누구보다 더 소중하게 여겼다. 그런 인재들이야말로 장차 '지치의 꿈'을 이루어낼 것이라고 믿었기 때문이었다.

"가르침을 소중히 받들겠습니다."

양산보의 말이 끝나자마자 양팽손의 얼굴이 침울하게 변하면서 입을 열었다.

"혹시 무슨 소문을 들으셨습니까? 아마 아직까지 아니 들으셨는지 몰라서 드리는 이야기인데, 제가 호당에 찾아오려고 길을 나섰다가 고변 사건이 발생했다는 소문을 듣게 되었습니다. 그런데 때마침 언진이를 도성 밖 명철방(동대문운동장 부근) 근처에서 우연히 만나 예까지 함께 오면서 더욱 자세한 내막을 알게 되었습니다."

"강윤희가 고변했다는 소문 말이오?"

최산두가 이미 알고 있다는 뜻으로 고개를 끄덕거렸다.

"알고 계셨군요. 허참, 그들이 현량과 때문에 엄청난 부담감을 느끼고 있었던 모양입니다. 그렇지 아니 하고서야 역모에 가까운 그런 일을 저지르려고 했겠습니까. 아무래도 시국이 급변할 것 같으니 모종의 대처 방안을 강구해야 할 듯싶습니다."

"김우증은 현량과 실시를 저지하려다가 오히려 촉발시키는 결과를 낳고 말았습니다. 그러니까 무리수를 둔 게지요. 내 소견이오만, 이번 사건으로 말미암아 현량과가 조기에 실시될 것입니다."

"그렇다면 오히려 잘된 일이로군요."

"그런데 그렇게 짧게만 생각해서는 아니 되오."

최산두가 궁궐 쪽의 하늘을 올려다보았다. 저녁이 되려면 아직 멀었는데 인색하게 내리쬐던 봄 햇살마저 먹장구름 속으로 완전히 숨어버려 도성 전체가 검기울고 있었다. 그런 분위기 속으로 날새들이 분주하게 비행하며 자신의 둥지를 찾아가고 있었다.

이번 고변 사건을 계기로 그동안 지체되었던 현량과 실시가 조기에 이루어질 가능성이 많았다. 그 점만 놓고 보면 잘된 일인지도 몰랐다. 그렇지만 현량과 실시 후에 발생할 수밖에 없는 반발력은 상상을 초월할 가능성이 많았다.

"무슨 염려가 있으신지요?"

"공자님도 말씀하셨지 않습니까. 소인은 궁핍하게 되면 반드시 어리석은 일을 하게 된다고 말이외다. 그들의 입지가 점점 좁아지게 되면 무슨 일인가를 벌이고야 말 것이오. 아마 세상을 몽땅 뒤집어버리려고 발악을 할지도 모르오. 학포도 이판사판이라는 말이 어떻게 해서 생겨났는지 알지 않소."

말을 끝내고 난 최산두가 한숨을 길게 내쉬자 양산보가 끼어들었다.

"스승님께서 신재 선생님을 모시라고 했습니다. 아마 많은 분들이 모이실 듯합니다. 때마침 황해도 관찰사께서 한성부에 올라오셨다가 스승님 댁에 머물고 계시기 때문입니다."

황해도 관찰사는 사재(思齋) 김정국이었다.

"오호, 사재가 한성부에 올라왔더란 말인가? 그렇다면 그동안 밀렸던 회포를 풀어야겠어. 어서 가보도록 하지."

김정국은 승지(承旨: 승정원의 정3품 당상관)를 거쳐 황해도 관찰사를 제수받았던 인물인데, 한훤당 김굉필의 문인이었다.

조광조와 최산두 역시 김굉필의 문인이었다. 조광조는 김굉필이 무오사화로 평안도 희천에 유배되었을 때 그 밑에서 학문을 닦았다. 최산두는 김굉필이 희천에서 전라도 순천으로 유배지를 옮겼을 때 인연을 맺고 학문을 닦았다. 그래서 세 사람은 한날한시 같은 곳에서 김굉필의 문하가 되지는 않았지만, 도의지교를 맺고 낙중군자회(洛中君子會)라는 모임을 결성했을 정도로 절친한 관계였다.

두어 식경 후였다. 최산두 일행이 말을 타고 조광조의 집이 있는 관광방(사간동)에 도착했다. 조광조의 집 대문 앞에 말과 가마가 즐비한 것으로 보아 벌써 여러 사람이 모여든 모양이었다.

양산보의 안내를 받아 사랑채로 갔다. 사랑 마당에서 대기하고 있던 사랑지기가 조광조에게 최산두와 양팽손이 도착했음을 알렸다. 말이 끝나자마자 방문이 열렸다. 방 안에는 낯익은 얼굴들이 모여 있었다. 정암 조광조를 비롯해서 자암(自庵) 김구, 충암(沖菴) 김정, 정수(靜叟) 유인숙, 사재(思齋) 김정국 등이었다.

그들 앞에 찻상이 놓여 있었다. 방문을 통해 향긋한 차 냄새가 먼저 흘러나왔다. 백자로 된 찻잔 속에 말갛게 고여 있는 차의 빛깔이 청정(淸淨)과 문아(시를 짓고 읊는 풍류의 도)를 넌지시 말해주고 있었다. 게다가 말이 통하는 벗들이 함께 모였으니 이보다 더한 즐거움이 있으랴 싶었다.

최산두는 그들의 유유자적하는 분위기에 내심 놀랐다. 조광조가 자신을 찾았던 원래 목적이 강윤희의 고변 사건에 따른 여파를 논의하려는 것으로 알았는데 그게 아니었다.

"신재, 학포, 어서 안으로 드시오. 정말 오랜만이오."

김정국이 벌떡 일어나며 두 사람을 반갑게 맞아들였다.

"사재, 유붕자원방래 불역락호(有朋自遠方來 不亦樂乎)라고 했던 공자님의 말씀이 실감나게 느껴지는구려."

최산두가 껄껄 웃었다.

유붕자원방래 불역락호.

그 뜻은 '벗이 먼 곳에서 찾아왔으니 즐겁다'는 것인데, 여기서 벗이란 그저 평범한 친구가 아니라 뜻을 같이하는 사람을 의미했다.

최산두의 말을 이어가기라도 하듯 양팽손이 입을 열었다.

"인불지이불온 불역군자호(人不知以不慍 不亦君子乎)까지 읊어야 하지 않겠습니까."

인불지이불온 불역군자호.

그 뜻은 '남이 나를 알아주지 않아도 노여워하지 않음이 군자의 자세이다.'였다.

양팽손이 그렇게 말했던 것은 방 안에 있는 사람들이 당상관(정3품 통정대부 이상의 품계를 가진 자)이나 거기에 버금가는 높은 자리에 올랐지만 자신은 홍문관 교리에 머물고 있음을 은근히 드러내는 거였다. 하지만 양팽손이나 최산두는 높은 벼슬에 욕심이 있다기보다 향리로 돌아가 부모를 봉양하고 학문에 정진하고 싶은 마음이 더 많았다.

"여위군자유(汝爲君子儒)요 무위소인유(無爲小人儒)라 했소이다. 그래서 나는 신재와 학포를 존경하오."

여위군자유요 무위소인유.

김정국은《논어》의 '옹야편'에 나오는 "너는 군자적인 선비가 되고, 소인적인 선비가 되지 마라."라는 이야기를 했다. 그건 곧 학문을 하는 것은 수양을 위해서이지 벼슬을 얻기 위함이 아니라는 뜻을 담고 있기도 했다.

세 사람의 이야기가 끝나자 방 안에 있던 사람들이 모두 즐거운 표정으로 활짝 웃었다.

최산두가 몇 잔의 차로 갈증을 달래고 심신을 맑게 만들었다. 인생이란 차를 마시는 것과 같다고 했다. 차 맛은 인생과 같아서 처음에는 쌉쌀하지만 점점 달콤해지다가 종래에는 담담하게 변하는 법이었다.

곧이어 찻상을 물리고 술상이 들어왔다. 차는 심신을 맑고 차분하게 만들어주며 벗과 서로 마음을 나누게 해준다면, 술은 호방(기상이 크고 성대하여 거리낌이 없음)함의 극치여서 벗과 서로 마음을 나누게 해주는 작용마저 뛰어넘어 완전히 하나로 만들어버리는 역동성을 지니고 있다.

"석 잔이면 대도에 통하고(三盃通大道), 한 말이면 자연과 하나가 된다(一斗合自然)라고 했소이다. 자, 듭시다."

항상 근엄했던 조광조도 술상이 나오자 표정이 부드럽게 변해버렸다. 하지만 꼿꼿한 자세만큼은 전혀 흐트러짐이 없었다. 그리고 눈썹이 짙고 광대뼈가 약간 튀어나오고 하관이 약간 홀쭉한 모습에서 그의 성품이 깐깐하다는 것을 한눈에 읽을 수 있었다.

술이 한 순배씩 돌자 양팽손이 지필묵을 끌어당겨 산수수묵화로 두모포의 경치를 재현해냈다. 그는 세종 때 화원(화가)이었던 안견의 화풍을 이어받았는데, 그의 절묘한 그림 솜씨에 모두 탄복할 지경이었다. 이어서 최산두가 양팽손의 그림을 보며 두모포에 관한 시를 즉흥적으로 읊어 좌중을 더욱 즐겁게 만들어 주었다.

그럴 즈음, 한 사람이 조광조의 집을 불쑥 찾아왔다. 환훤당 김굉필의 문인이었던 강릉인 최수성이었다. 그는 방 안으로 들어오자마자 술병을 들고 있던 김식에게 다짜고짜 술 한 잔 달라고 청해서 벌컥벌컥 마시더니 입을 열었다.

"내가 파선하는 배에 탔다가 거의 빠져 죽을 뻔했소이다. 그래서 마음이 심하게 두렵고 떨리더니 술을 마시고야 비로소 살 것 같소이다."

그는 그 말만 남기고 들어왔을 때와 마찬가지로 좌중을 향해 인사 한마디 남겨놓지 않고 휑하니 나가버렸다. 모든 사람들이 최수성의 이상한 언행 때문에 어리둥절했으나, 최산두는 그의 이야기가 개혁을 거세게 몰아치고 있는 신진 사림 세력에 대한 경고라는 것을 알아차리고 침울해졌다.

연회가 거의 끝나갈 무렵, 김구가 불쑥 입을 열어 강윤희의 고변 사건을 끄집어냈다. 그 바람에 분위기가 급변해버렸다. 그러자 도승지를 맡고 있던 유인숙이 걱정스러운 눈초리로 조광조를 바라보며 말했다.

"정암, 몸조심하시구려. 그자들이 칼을 벼르고 있소이다. 위기

의식을 느낀 그자들이 무슨 짓인들 못하겠소. 그자들은 정암을 눈엣가시처럼 생각하고 있소이다."

유인숙은 건춘문에 박혔던 유엽전에 매달린 무기명의 글을 직접 읽어본 사람이었다. 그리고 그 종이를 불태워버린 장본인이기도 했다.

양팽손 역시 조광조를 걱정하며 한마디 거들었다.

"그자들이 오죽했으면 그런 모의를 했겠습니까. 그자들은 반정을 통해 금상을 옹립했습니다. 그래서 무력을 너무나도 신봉하며 칼로써 모든 것을 이루어낼 수 있다고 믿는 자들이기도 합니다. 혹시 무슨 해코지를 당하게 될지 몰라서 심히 걱정됩니다. 부디 몸조심하십시오. 이루어야 할 꿈이 많지 않습니까."

조광조가 자신을 진심으로 걱정해주는 양팽손의 손을 붙잡았다. 그가 양팽손보다 여섯 살 위였지만 진사시에 함께 급제했던 인연이 있었고 도의지교를 맺어 함께 공부한 사이라서 남다른 관계였다. 그뿐만 아니라 두 사람이 성균관에서 공부할 때 주위에서 양팽손이 촌스럽다고 놀렸지만, 조광조는 그의 인품을 한눈에 알아보고 "학포는 지초(芝草)나 난초의 향기가 풍기는 것 같고, 기상은 비 개인 뒤의 하늘이요, 얕은 구름이 막 걷힌 뒤의 밝은 달과 같아 인욕(人慾)을 초월한 사람"이라고 평했을 정도로 서로가 서로를 인정해주는 사이였다.

이번에는 김정국이 나서서 조광조에게 말했다.

"정암, 제가 조언 하나 드려도 되겠습니까? 너무 서두르지 마시지요. 지금까지는 큰 문제가 발생하지 않았지만, 무슨 탈이라도 날까 싶어서 염려가 됩니다. 세상사 모든 일에 순리라는 게 있지요. 그런데 순리를 앞서 가게 되면 역작용이 나타나는 법이거든요."

김정국은 그의 형인 경상도 관찰사 김안국과 함께 조광조의 개혁에 동참하면서도 항상 신중론을 펼치곤 했던 인물이었다. 그러니까 개혁은 하되 급격한 개혁은 바람직하지 못하다는 측이었다.

조광조가 입을 계속 다물고 있기만 하자, 이번에는 김정이 나섰다.

김정은 순창군수 시절에 담양부사 박상 등과 함께 '청복고비신씨소'라는 장문의 상소를 올렸다. 그때 관인을 소나무에 걸어두고 상소를 올려두었는데, 그런 행위는 죽음을 불사하겠다는 뜻이었다.

그들은 신하가 왕비를 내쫓는 일이 유교 사회에서 있을 수 없는 일임을 주장했다. 그건 곧 연산군을 내쫓은 훈구 세력에 대한 강렬한 반발이기도 했다.

아무튼 그들은 폐비 신씨를 복위시키려다가 훈구 세력에 의해 귀양을 가는 처지가 되고 말았다. 그리고 그 후에 조광조 등의 상소를 통해 귀양에서 풀려나왔고, 다시금 관직을 제수받았던 인물이라서 원한의 앙금이 남아 있었다.

"그들은 소인배들이라서 무슨 짓을 저지를지 모릅니다. 남곤이 송재(松齋)를 충청수군절도사라는 외직으로 전임시켰던 것을 보면 자명하지 않습니까? 남곤이 하찮은 일로 앙심을 품고 보복했던 것을 보면 소인배 중에서도 소인배라는 것이 분명합니다. 사실 말해서 그런 보복 행위는 송재에게만 국한된 것이 아니라 우리 모두를 겨냥한 것이었습니다."

송재는 좌승지였던 한충(韓忠)의 호였다. 그런데 그가 지난해에 종계변무(宗系辨誣)를 위한 서장관이 되어 주청사 남곤을 따라서 명(明)나라에 가던 중에 의견이 서로 맞지 않아 미움을 받게 되었고, 얼마 전에 그 여파로 충청수군절도사로 전임되었던 일이 있었다.

김정국이 곧바로 말을 이어갔다.

"그건 충암의 이야기가 옳습니다. 남곤은 송재가 우리와 가까운 사이였기 때문에 멀리 격리시켜서 우리의 힘을 분산시키려고 못된 수작을 부렸던 것입니다. 남곤은 필히 경계해야 할 인물입니다."

"그런 자들을 가만두어서는 아니 됩니다. 그런 소인배들은 그냥 두면 세상 무서운 줄 모르고 설쳐대기 마련이거든요. 강하게 밀어붙여야만 합니다. 그리고 연산군만 물러났지 전대의 온갖 부정부패는 고스란히 남아 있는 실정입니다. 어쩌면 공신 숫자만 엄청나게 늘어나서 그때보다 더했으면 더했지 나아진 게 하나도 없습니다. 백성들은 송곳 하나 찌를 땅이 없는데 그들은 엄청난 토지를 움켜쥐고 호화 방탕한 생활을 하고 있지 않습니까. 개혁을 하려면 제일 먼저 그런 자들부터 깨끗이 쓸어버려야 합니다. 자암은 내 이야기를 어떻게 생각하시오?"

김정이 묻자, 김구가 그를 바라보며 붓을 들었다. 김구는 홍문관 부제학(정3품 벼슬)을 맡고 있었으며, 왕희지의 필체를 깊이 연구하여 서예로써 일가를 이룬 인물이기도 했다. 그가 대답 대신에 붓으로 한 일(一)자를 그었다. 한 줄기의 직선이 강직함을 보여주었는데, 마치 살아 있는 듯 꿈틀거리는 글씨였다. 그건 곧 김정의 의견과 동일하다는 표현이기도 했고, 일도양단(一刀兩斷)해야 한다는 뜻이기도 했다.

한동안 입을 다물고 있던 조광조가 별안간 가가대소를 터트렸다. 사람들의 눈초리가 그에게 쏠렸다.

"나는 그런 소인배들에게 하등의 두려움도 없소. 나는 그들이 어떻게 나오든지 무시해버릴 것이오. 상대할 아무런 가치가 없는 자들이기 때문이오. 모든 분들이 현량과 실시를 어렵게 생각하는데, 나는 현량과 실시에 있어서 뒤로 물러선다거나 결코 좌절하지도 않을 것이오. 내가 현량과 실시에 박차를 가하는 것은 너무나도 시급한 일이기 때문이오. 새로운 인재가 있어야지 개혁다운 개혁을 일으킬 게 아니겠습니까."

조광조의 호탕한 웃음 속에 냉소나 검소(마음속에 칼을 품고 웃는 웃음)가 깃들어 있었다. 또 그는 혼란스러운 정국을 아주 차분하게 바라보고 있었으며, 모든 일에 자신감이 가득해 보였다. 그의 말 한마디가 좌중의 의견을 정리해버린 셈이 되어서 다시금 연회 분위기로 돌아갔다.

최산두는 자신의 의견을 낼 기회가 없어지자, 거센 바람 속에 서 있는 대나무 한 그루를 마음이라는 종이 위에 그리기 시작했다. 그건 곧 그림이라기보다 '정이불강유이불굴(貞而不剛柔而不屈: 곧

되 강하지 않고 부드럽되 비굴하지 않음)'이라고 마음속에 새기는 글씨이기도 했다.

그가 조용히 눈을 감았다. 그리운 고향 집 뒤란의 대숲이 생생하게 떠올랐다. 벽옥처럼 아름다운 줄기와 이파리로 이루어진 그 대숲이 바람에 흔들리며 최산두에게 속삭였다. 그 소리는 다름 아닌 '청풍만죽림(淸風滿竹林: 맑은 바람이 대숲에 가득함)이요, 허심청절(虛心淸節: 마음은 비웠으나 절개는 맑음)'이었다.

4. 지치(至治)의 꿈

얼룩소의 새끼라도 털이 붉고 뿔이 바르니, 사람들이 비록 제물로 쓰지 않으려 하나, 산천의 신이 그것을 버리려 하겠느냐.

—《논어》의 '옹야편'에서

[1]

교태전의 후원인 아미산에 봄빛이 무르익어가기 시작했다. 백두산에서 백두대간을 타고 내려온 정기가 한북정맥을 통해 북악산을 거치고 아미산과 교태전으로 물밀듯이 밀려오는 듯했다. 돌을 4단으로 쌓아 올린 화단에는 매화, 철쭉, 앵두, 모란 등이 이미 꽃을 피웠거나 때가 되면 꽃을 활짝 피우기 위해 한창 치장에 열중하고 있었다. 겨우내 독야청청했던 소나무는 오늘도 변함없지만, 나목으로 지냈던 느티나무와 팽나무는 새순을 다닥다닥 매단 채 생명의 신비로움을 유감없이 보여주기 시작했다.

봄나들이를 나왔던 중종이 왕후의 침전인 교태전을 바라보았다. 가장 중심부에 은밀하게 자리 잡고 있는 곳이 중궁전이었다. 그리고 그 건물 동쪽에 원길헌, 서쪽에 함홍각, 동북쪽에 ㄱ자 형으로 된 건순각이 편안하며 안정적으로 배열되어 있고, 그 모든 건물은 후원의 아미산을 포근히 감싸주는 형국이었다.

"전하, 저기에서 봄을 찬미하고 있는 철쭉꽃을 보시옵소서. 그 얼마나 화사하고 아름답습니까."

뒤에 서 있던 문정왕후 윤씨가 봄기운에 들뜬 목소리를 냈다. 길게 도열해 있던 상궁들과 무수리들까지도 봄기운에 젖어서 얼굴이 붉게 물들어 있었다.

중종의 얼굴에도 모처럼 희색이 감돌았다. 그건 아미산의 아름다운 풍경을 바라보고 있다거나 따스하게 내리쬐는 봄기운의 영향 때문만은 아니었다.

얼마 전 중종은 강윤희가 김우증을 고변하는 사건이 발생하자 어떻게 처리해야 좋을지 몰라서 속마음을 태웠던 것이 사실이었다. 강윤희의 고변에 따르면, 김우증의 모의는 반역죄나 다를 바 없었다. 그런데 김우증이 무사들을 동원하여 조광조 등을 해치려 했다는 정확한 물증이 드러나지 않아서 매우 난감했다.

아무튼 그 사건은 같은 공신끼리 고변하는, 전혀 예기치 못했던 상황이었다. 그래서 자칫하면 그 화가 훈구대신들에게 천파만파로 번져나갈 우려가 많았던 기이한 사건이기도 했다. 그래서 훈구 세력은 자신들에게 불똥이 튈까 봐 수단과 방법을 가리지 않고 대응했다.

중종은 그 문제를 놓고 무척이나 고심했다. 그는 진성대군이었던 시절만 해도 궁궐 안에서 벌어지는 일에 대해서 잘 몰랐다. 어떤 사안이 발생했을 때 어명(御命)이 모든 것을 결정짓는 초월적인 힘을 갖고 있는 줄 알았다. 그런데 그게 전혀 아니었다. 임금의 자의가 아니라 엄격한 법률에 근거하여 어명을 내릴 수 있었고, 자칫 잘못하면 사헌부나 사간원 같은 언관(言官)들의 극심한 반발에 부딪히게 되었다.

그런데 강윤희의 고변 사건은 약간 미묘했다. 정국을 장악하고 있는 훈구대신들의 눈치가 보통이 아니기 때문이었다. 그렇다고 해서 그들에게 무작정 끌려갈 수는 없었다. 만약에 김우증의 모반을 관대하게 처리하면 언로를 장악하고 있는 사림 세력의 거센 반발이 불을 보듯 뻔했기 때문이었다.

중종이 가슴을 졸이며 친국(親鞫)에 들어갔다. 삼공(三公)을 비롯하여 예조판서 남곤 등의 훈구 세력이 고변 사건을 무마시키거나 축소시키려고 안달했다. 그 반면에 대사헌 조광조를 필두로 한 사헌부와 사간원에서는 엄벌에 처해야 한다고 강력하게 주청했다. 그러다가 결국 조광조의 주장대로 김우증을 멀리 귀양 보내게 되었다.

그런데 그 후에 훈구대신들의 반발이 만만치 않았다. 그들은 김우증을 엄벌하라고 주청했던 조광조를 벌 떼처럼 논박하기 시작했다. 억울한 자를 귀양 보냈으니 대사헌 자리를 체직(遞職)시켜야 한다는 것이었다.

중종은 골머리를 싸매다가 조광조의 체직을 어쩔 수 없이 명하게 되었는데, 다행히도 우의정 안당의 계청으로 유임시킬 수 있었다. 그리고 얼마 후에 훈구대신들의 분위기를 감안하여 조광조를 홍문관 부제학에 제수하게 되었다.

강윤희의 고변 사건이 그런대로 잘 마무리된 며칠 후였다. 경연을 위해 출석했던 조광조를 비롯한 몇몇 대간이 현량과 실시를 강력하게 주장하기 시작했다. 그들은 현량과 설치 문제가 이미 결정되었음에도 아직까지 실시를 미루고 있기 때문에 고변 사건이 발생했다는 이유를 내세웠다. 현량과 실시 문제는 아주 오래전부터 문제시되어왔던 것이며, 중종의 골머리를 줄곧 아프게 만들었던 일이기도 했다.

중종이 보위에 오른 지 8년에 "풍속을 유지하고 국가를 유지하는 데는 청렴한 관리와 절의 있는 선비를 본받는 것보다 나은 것이 없으니 조정 사대부와 초야에 있는 사람 가운데 어찌 마땅한 사람이 없겠는가. 그들을 뽑아 쓰는 방도를 강구하라."라고 어명을 내린 적이 있었다.

그렇게 말했던 이유가 있었다. 막강한 권력을 자랑하던 훈구세력을 약화시키고 왕권을 회복하려면 새로운 세력이 꼭 필요했기 때문이었다. 중종은 느닷없이 보위에 올랐기 때문에 그렇게 대처할 수밖에 없었다. 만약에 일찍이 왕세자에 책봉되어서 여러 신하들을 불러 제왕학을 공부했더라면, 그 기간 동안에 자신을 도와줄 우익을 얼마든지 만들 수도 있었고 왕권 강화에도 별다른 문제점이 없었을 것이다. 하지만 야속하게도 중종 주변에는 그를 도와줄 신하가 처음부터 없었다.

중종이 인재를 뽑아 쓸 방도를 강구하라고 어명을 내린 지 얼마 후였다. 최산두가 "정승을 뽑는 일은 중대한 일이옵니다. 한 세대에 삼공의 인재가 많이 나오지 않기 때문입니다. 삼공에 궐원이 있을 경우 의망(벼슬아치를 발탁할 때 세 사람의 후보자를 추천하는 일)해서 보직하는 것은 옛날 방법이 아니옵나이다. 또한 옛날 방법은 사람에게 있고 위계(벼슬의 품계)에 있지 않았사옵니다. 비록 산속에 숨어 있는 사람이라도 뽑아서 쓸 수 있사옵니다."라고 중종에게 아뢰었다. 그리고 고구려 때도 산속에 숨어 살았던 을파소(乙波素)라는 자를 불러서 정승으로 삼은 일이 있다는 예를 제시하기도 했다.

그와 때를 같이하여 조광조를 비롯한 사림 세력이 과거제도를 배제하고 천거를 통해 인재를 발탁하자고 제안했다. 그러니까 과거제도를 폐지하고 한(漢)나라에서 실시했던 현량방정과를 모방한 현량과를 설치하자는 주장이었다.

그런 주장이 제기되자마자 훈구 세력과 사림 세력 사이의 갈등이 표면으로 불거지기 시작했다. 그것은 당연지사였다. 대부분 과거제도를 통해 대신이 된 훈구 세력은 경학을 위주로 하는 신진들이 천거제도를 통해 정계에 진출해서 그 세력이 강화되면 사장을 위주로 하는 자신들의 입지가 상대적으로 약화될 수밖에 없기 때문이었다.

현량과 설치를 반대했던 훈구 세력은 과거제도에 쓰이는 글이 퇴폐한 학문이라 하여 정학을 해친다고 하지만 과거(科擧)의 학문은 삼대 이래로 폐지할 수 없었던 것이라면서, 과거를 시행하더라도 왕도정치를 행할 수 있다고 주장했다. 그리고 비록 과거로 취재하더라도 훌륭한 사람은 스스로 도리를 다할 것이며, 덕행이 있는 사람을 취재하는 데 과거제도가 가장 적합하다고 역설했다.

현량과 설치를 찬성했던 사림 세력은 재행을 겸비한 인재를 중앙과 지방에서 추천한 다음에 전정(殿庭)에서 친히 책문하여 뽑기 때문에 과거제도처럼 요행으로 뽑힐 수 없으며, 명망과 실덕이 어긋나는 경우를 방지하기 위해 천거한 자의 성명도 함께 기록하여 후일의 증빙으로 삼기 때문에 천거가 소홀히 될 수 없다고 주장했다. 그리고 과거제도는 문사만 숭상하기 때문에 정치적 능력이 부족하다는 것이었다.

중종은 현량과 설치를 찬성하는 쪽에 마음을 두고 있었다. 그래서 지난해에 현량과 설치에 대한 논쟁의 종지부를 찍으며 이렇게 어명을 내렸다.

"옛적에는 과거제도에 의존하지 않고 향거리선(鄕擧里選)으로 인재를 뽑았기 때문에 그 사람들의 덕행이 모두에게 추앙받았는데, 근래에 과거제도로 뽑힌 사람들은 그의 재주를 알 수 있어도 마음과 행실을 잘 알 수 없소. 그러니 조정 대신들은 인재를 힘써 찾아내어 천거토록 하시오. 그리고 의정부에서는 현량과 천거책취(薦擧策取)에 관한 절목(節目)을 마련토록 하시오."

이렇게 해서 현량과 문제가 매듭지어졌다. 그런데 훈구 세력의 거센 반발로 한동안 실시 명령을 내리지 못하고 있던 즈음에 사림 세력이 강윤희의 고변 사건을 계기로 강력하게 밀고 나왔던 것이다.

중종은 오랫동안 골머리를 썩였던 문제가 다시금 전면으로 불거지자 적이 당황했다. 사림 세력의 주장처럼 현량과를 실시하고 싶었으나 적극적으로 반대하는 훈구 세력을 무시할 수 없었기 때문이다.

한동안 중종은 엄청난 고통과 고민에 시달렸다. 그가 보위에 올랐던 것은 자신의 의지와 전혀 상관없이 공신 세력에 의해 이루어졌다. 그리고 간사한 무리가 보위를 빼앗으려고 호시탐탐 노리고 있었으며, 언제 보위에서 쫓겨날지 모르는 불안한 상황에 처한 채 여태 이리저리 끌려왔던 게 사실이었다. 그래서 자신의 의지대로 밀고 나갈 힘이 없었다.

중종이 진퇴양난에 빠졌을 때 생각났던 신하가 최산두였다.

지난 3월에 그를 은밀히 불러 건춘문 화살 사건에 대해서 이야기했고, 왕도정치 구현에 대해 물었던 적이 있었다. 그때 그가 세모꼴의 꼭짓점을 이야기했고, 그 꼭짓점을 좌지우지할 수 있는 사람이 곧 임금이라고 했던 기발한 이야기가 떠올라서, 얼마 전에 경연을 끝내고 퇴궐하려던 그를 내전으로 불러들였다.

"과인이 덕이 부족하여 진퇴양난에 처했소. 경이 그 해답을 속 시원히 일러주시오."

"아뢰옵기 황공하오나, 현량과 실시 문제 때문이옵니까?"

"바로 그 문제요. 경이라면 어떤 결단을 내리겠소? 각자의 주장이 모두 다 일리가 있어서 어찌할 바를 모르겠소."

"성은이 망극하여이다. 신에게 그 결단을 내리시라 하면, 지치의 꿈이 실현될 수 있는 방향을 택하겠나이다."

최산두가 서슴없이 아뢰었다. 그가 말했던 '지치의 꿈이 실현될 수 있는 방향'이란 곧 현량과 실시였다.

"과인이 그걸 몰라서 물었던 게 아니오. 밀어붙이자니 반발이 거셀까 보아서 망설이고 있는 게 아니겠소."

중종이 이마를 짚으며 고심에 빠졌을 때, 최산두가 붓을 들어 '공휴일궤(功虧一簣)'라는 글씨를 써서 올리며 아뢰었다.

"전하,《서경》'여오편'에 나오는 글이옵니다."

중종은 최산두가 가고 난 뒤에《서경》'여오편'을 찾아보았다.

그 서책에 주(周)나라 무왕의 동생인 소공(召公) 석(奭)이 무왕에게, 나라를 건국한 뒤에 혹시 만심하여 정치를 등한히 할까 염려되어 했던 말로 '위산구인 공휴일궤(爲山九仞 功虧一簣)'라는 글귀가 적혀 있었다. 그 글을 직역하자면, '아홉 길 산을 만드는데 일[功]이 한 삼태기로 무너진다.'였다. 그리고 그 말이 품고 있는 뜻은 '조금만 더 하면 목적이 달성될 수 있는데 중단했기 때문에 애쓴 일이 모두 허사가 되고 만다.'였다.

얼마 전이었다. 중종은 최산두의 조언에 힘입어 과감하게 현량과 실시에 따른 어명을 내렸다.

현량과의 선정 기준으로 성리학적 소양, 성리학적 가치관, 새로운 향촌 질서 수립의 공적, 현실 개혁 의지 등을 갖추고 있는지를 살폈다. 그렇게 해서 먼저 120명이 천거되었고, 근정전 앞에서 중종이 직접 참여한 가운데 김식을 비롯한 28명을 최종 선발하기에 이르렀다.

이렇듯 강윤희의 고변 사건과 현량과 실시 문제를 무난하게 처리했기 때문에 중종의 얼굴에 모처럼 희색이 감돌 수 있었던 것이다.

"그래, 신재 덕분에 모든 일이 잘 처리되었어. 이젠 지치의 꿈을 하루속히 이루어야 해. 아, 그렇지. 현량과 실시가 무사히 끝나면, 신재가 어버이를 봉양하기 위해 고향인 광양에 잠시 다녀오겠다고 말했지? 그는 정말 하늘이 내린 효자야. 하사품은 무엇을 준비해야 좋을까? 그리고 고향 가는 길에 민정을 은밀하게 살펴보라고 했는데 그 임무를 잘 해낼 수 있을까?"

중종이 최산두를 떠올리며 중얼거리고 있을 때 후원의 건순문 쪽에서 인기척이 들려왔다. 그는 재빨리 미소를 거두어들였다. 그리고 버릇처럼 몸을 움츠리며 경계심을 발동했다. 연산군

치세 때도 그런 버릇이 있었지만, 보위에 오르고 나서 부쩍 심해졌다.

"게, 누구더냐?"

"전하, 대왕대비마마께옵서 편찮으시다고 하옵니다."

상궁이 다가와서 머리를 조아렸다.

"어마마마께서……."

편안한 마음으로 봄나들이를 나왔던 중종의 얼굴에 당혹감이 드러나기 시작했다. 자순대비는 오래전부터 건강이 좋지 못했기 때문이다.

중종의 어머니인 자순대비는 당시의 우의정 윤호의 딸로 두 살 때 궁에 들어왔다가 연산군의 생모인 윤씨가 폐비되자 뒤를 이어 정현왕후라는 칭호를 얻기에 이르렀던 인물이었다. 자순대비는 폐비 윤씨의 아들인 연산군을 친자식처럼 돌보기도 했다. 그런데 연산군은 보위에 오른 다음에 자신의 생모인 폐비 윤씨가 억울하게 사사당했다는 사실을 알게 되자, 아버지 성종의 승은후궁(承恩後宮) 정씨와 엄씨가 폐비 윤씨를 모함했다는 이유로 무참히 죽였다. 그리고 할머니인 인수대비마저 머리로 받아서 결국 죽음으로 내몰았다. 자순대비는 그런 처참한 상황을 곁에서 고스란히 지켜보았기 때문에 정신적으로 큰 병을 얻을 수밖에 없었다.

"어서 대왕대비마마의 침소로 안내하여라."

중종이 봄나들이를 접고 자순대비의 침소로 행어(幸御)하기 시작하다가 잠시 걸음을 멈추더니 전갈을 가져왔던 상궁을 불러

세웠다.

"대왕대비마마의 병환이 깊더냐?"

"지금 침소에 누워 계신 중이나이다."

"그러면 내의원에서 다녀갔느냐?"

"아뢰옵기 황송하오나, 쇤네는 그런 것까지는 알지 못하옵나이다."

상궁의 말투가 왠지 자신 없어 보였다.

중종은 퍼뜩 이상한 예감이 떠올랐다. 연산군이 교동으로 안치되고 자신이 보위에 앉게 되자, 예전의 지고지순하고 순종적이었던 자순대비의 모습이 변모하여 국정에 깊이 개입하는 적극적인 인물로 변하기 시작했다. 오늘 자신을 찾는 일이 병환 때문만은 아니라 뭔가 다른 속셈이 있는 듯싶었다.

얼마 지나지 않아서 중종의 예감이 현실로 드러났다. 중종이 침실을 찾아갔을 때 몸이 편찮다고 전해 들은 자순대비는 누워 있지 않았다. 침실을 지키는 상궁의 이야기에 따르면, 종회당으로 갔다는 거였다.

중종이 종회당으로 발걸음을 옮겨 안마당으로 들어섰다. 안쪽에서 옥추경(玉樞經)을 읊어대는 소리가 낭랑하게 흘러나왔다.

도가(都家)의 경문인 옥추경은 병(病)을 다스리기 위한 것으로 병굿이나 신굿을 할 때 독송했으며, 셀 수 없이 많은 신장(神將)을 불러 위험과 질병에 처한 자를 도우라고 명령하거나 부탁하는 내용으로 되어 있었다.

중종이 우두망찰하여 우뚝 걸음을 멈췄다. 조광조의 끈질긴 상소에 못 이겨 도성 내의 진장방(삼청동)에 있던 소격서를 폐쇄하고 더 이상 초제(무속 신앙이나 도교에서 별을 향해 지내는 제사)와 기도를 올리지 못하도록 어명을 내렸다. 그런데 놀랍게도 자순대비가 종회당에서 초제를 올리고 있었던 것이다.

중종의 귓속에는 경을 읊는 소리 대신에 조광조를 위시한 신진 사림의 목소리가 이명처럼 울리기 시작했다.

'전하, 도교는 세상을 더럽히고 세상을 어지럽히는 좌도(左道), 즉 이단이기 때문에 소격서는 혁파되어야 마땅한 줄 아뢰오…….'

중종이 악머구리 끓듯 소란스러운 그들의 목소리를 간신히 잠재우고 정신을 차리면서 고개를 살래살래 흔들었다. 그가 우두망찰하여 걸음을 멈췄던 것은 신진 사류의 집요한 상소에 진절머리가 났던 기억 때문만은 아니었다. 소격서를 혁파했는데 경복궁 안에 그 잔재가 고스란히 남아 있었고, 어머니인 자순대비가 그 제사를 주관하고 있어서 어찌할 바를 몰랐던 것이었다.

"여봐라! 이게 어떻게 된 노릇이더냐?"

중종이 뒤따라왔던 승전색 신순강에게 물었다.

"황공무지하오나, 대왕대비마마께서 전하의 성군 되시기를 축원하는 제사를 올리는 것으로 알고 있사옵니다."

"그러면 승전색은 진즉부터 이런 상황을 알고 있었더란 말인가? 그런데 왜 과인에게 이야기하지 않았더란 말이냐?"

"아뢰옵기 황공하오나, 대왕대비마마께서 일체 발설하지 못하도록 엄명하셨기 때문에 씻을 수 없는 죄를 짓게 되었나이다.

전하, 소인을 벌하시옵소서."

중종이 신순강을 더 이상 나무라지 못하고, 자순대비가 보냈던 상궁에게 화살을 돌렸다.

"병환이 깊다고 했던 전갈은 어떻게 된 노릇이더냐? 저렇게 치성을 올리고 있지 않으시냐. 혹시?"

상궁이 중종의 말뜻을 곧장 알아차리고 머리를 몇 번이나 조아리며 말했다.

"전하, 감히 어느 안전이라고 허튼소리를 하겠사옵니까. 대왕대비마마의 병환이 깊었던 것은 사실이옵니다."

"어허, 얄궂구나."

중종은 더 이상 할 말을 잃었을뿐더러, 자기모순에 빠져 안절부절못했다. 종회당 안으로 들어가는 것은 어명으로 혁파시켰던 소격서를 다시금 인정하는 격이었고, 되돌아가는 것은 불효를 저지르는 일처럼 여겨졌기 때문이었다.

중종의 귓속에 다시금 조광조의 목소리가 이명처럼 울리기 시작했다.

'임금의 덕은 공경보다 더 큰 것이 없고, 안에서 실천이 있은 뒤에라야 아랫사람들이 보고 감화를 일으키게 됩니다. 일을 제도하고 만물에 응하기를 마치 거울과 같이 비고 저울처럼 공평할 것이며, 임금의 용색도 단정하고 엄하면 환관이나 궁첩이 스스로 가까이 못하게 되는 것입니다.'

이어서 자순대비의 얼굴이 눈앞에 어른거렸다. 이복형인 연산군에게 아무런 피해를 입지 않도록 온갖 방패막이를 다해주었고, 때를 만나자 보위에 오를 수 있도록 음양으로 뒷배를 봐준 자신의 생모였다.

종회당 안쪽에서 흘러나오는 경 읽는 소리가 더욱 낭랑해지고 있었다. 그 소리가 오랏줄처럼 변해 중종의 몸을 친친 휘감고 있는 듯했다. 두통이 번개처럼 번지면서 심장이 쪼개어지는 듯한 고통이 엄습해왔다.

중종은 고개를 들어 하늘을 올려다보았다. 구름 한 점 없이 맑은 봄날이었고, 따사로운 햇살이 대지 위로 내려앉아 평화스러운 풍경이었다. 하지만 무정하게도 잔인한 봄날이었다. 지금까지 '지치의 꿈'을 위해 남모르게 노력해왔지만 매사가 꼬이고 뒤틀리기 일쑤여서 살얼음판을 밟고 있는 듯했다.

"전하, 대왕대비마마께옵서 안으로 듭시라고 하옵나이다."

귀에 익지 않은 목소리가 중종의 발밑에서 들려왔다. 고개를 숙여 바라보니 흰옷에 검은 두건을 쓴 사내가 발밑에 엎드려 있었다. 초제를 집전(執典)하는 도사(道士)의 복장이었다. 그가 곧장 일어서더니 길 안내라도 하듯 앞장서서 걸었다. 중종은 도깨비에게 홀리기라도 하듯 비틀걸음으로 끌려갔다.

종회당 안쪽 벽면에 성제단이 마련되어 있었다. 그리고 옥황상제를 비롯한 수백 개의 상(像)이 모셔져 있었다. 그런데 특이한 것이라면, 제단 앞에 검 한 자루가 놓여 있다는 것이었다. 그 검의 칼머리는 세 개의 원이 꽃잎 모양을 하고 있었다.

초제를 올리는 종회당 안의 분위기는 엄숙하기 짝이 없었다. 중종이 안으로 들어서자 옥추경을 읊는 소리가 그쳤다. 껌벅거리는 촛불과 향불의 연기만이 살아 있을 뿐 실내에는 괴괴한 적막이 흘렀다.

옥추경을 읊었던 도사가 푸른 종이에 불을 붙이기 시작했다. 축원하는 글을 그 푸른 종이에 써서 불사르는 의식이 진행되는 중이었다. 자순대비가 성제단을 향해 큰절을 올리고 나서 중종에게 말했다.

"주상, 어서 이쪽으로 오시오."

자순대비는 성제단 앞에서 무릎을 꿇은 채 뒤돌아보지도 않았다. 발바닥이 땅에 붙어버리기라도 한 듯 장승처럼 서 있던 중종이 지남철에 이끌리듯 자순대비 옆으로 다가갔다.

"주상, 어서 큰절을 올리시고 저기에 놓여 있는 사인검(四寅劍)을 취하도록 하시오. 저 사인검이야말로 주상을 에워싸고 있는 사악한 모든 것을 물리쳐서 왕도를 바로 세울 수 있도록 해줄 것이오."

중종은 '사인검'이라는 소리를 듣자마자 몸을 부르르 떨었다.

사인검은 사인참사검(四寅斬邪劍)이라고도 했다. 이 검은 인년(寅年) 인월(寅月) 인일(寅日) 인시(寅時)에 제작되며, 순양(純陽)의 성질이 있기 때문에 음(陰)하고 사악한 귀신을 물리칠 수 있다고 믿어졌다. 그러니까 벽사용(僻邪用)의 부적(符籍)에 가까운 물건이었다.

중종은 몸을 가늘게 떨기만 할 뿐 큰절을 올리거나 검을 취하지 못했다. 신진 사림이 이런 사실을 알기라도 하면 유교에 어긋난 사교(邪敎)에 빠졌다고 연일 상소를 올릴 게 뻔했다.

자순대비가 고개를 올려 중종을 바라보았다. 그 눈동자에서 정체를 알 수 없는 형형한 기운이 흘러나와 거역할 수 없는 힘을 부리는 듯했다.

중종은 사악한 것을 물리쳐 왕도를 바로 세울 수 있도록 해준다는 말을 듣고 강한 호기심과 함께 소유욕이 꿈틀댔으나 선뜻 취하지 못한 채 몸이 점점 굳어지는 것을 느꼈다.

"주상, 왜 이러시오. 왕권을 바로 세우고 싶지 않단 말이오. 주상, 지금까지 왕권이 약했기 때문에 역모 사건이 다섯 번이나 발생했고, 또 왕실을 무시하는 소격서 폐지 상소까지 올라왔던 것이오. 어서, 저 사인검을 취하고 강력한 힘을 얻어서 하루속히 왕도를 바로 세우셔야 하오."

자순대비의 목소리는 낭랑하다 못해 쩌렁쩌렁해서 종회당 안의 촛불들이 일렁거릴 정도였다.

중종의 무릎이 힘없이 꺾였다. 이어서 자신의 의지와 상관없이 움직이는 꼭두각시처럼 큰절을 올리기 시작했다. 자순대비가 두 손을 비비며 진언을 읊조렸다. 그것이 신호라도 되듯 성제단 좌우에 도열해 있던 도사들이 일제히 진언을 읊조리기 시작했다.

"주상, 아주 훌륭하시오. 이젠 사인검을 취하시오."

중종이 자순대비의 말을 좇아 사인검을 취하기 위해 앞으로 나섰다. 도사 두 명이 중종 좌우에 시립한 상태로 성제단까지 따라갔다. 중종이 바들바들 떨리는 두 손으로 사인검을 붙들었다. 그 순간 좌우에 있던 도사들이 번갈아서 주문을 읊조리기 시작했다.

"하늘은 정(精)을 내리시고 땅은 영(靈)을 도우시니 해와 달이 모양을 갖추고 산천이 형태를 이루며 번개를 몰아치도다."

"현좌(玄坐)를 움직여 산천(山川)의 악한 것을 물리치고 현묘(玄妙)한 도리로써 베어 바르게 하라."

도사들이 번갈아 읊조렸던 주문은 사인검에 신령한 기운이 깃들게 하기 위해서 검에 새겨놓은 총 24자의 글이었다.

중종이 사인검을 한 손으로 치켜들었다. 왕권을 강화시켜야겠다는 생각으로 이를 악물었다. 그리고 사자후 같은 옥음을 터트렸다.

"과인은 기필코 왕권을 강화할 것이오!"

"성은이 망극하여이다!"

종회당 안에 있던 도사들과 승전색 신순강 그리고 궁녀들이 일제히 부복하며 소리쳤다. 그와 때를 같이하여 자순대비의 얼굴에 흐뭇한 미소가 번졌다.

"오늘 종회당에서 있었던 일을 발설하는 자는 죽음을 면치 못할 것이니라. 알겠느냐!"

중종이 사인검을 붙잡은 손에 힘을 주면서 소리쳤다. 추상같은 호령이었다. 종회당 안마당으로 한가하게 내려앉고 있던 따사로운 봄볕이 그 소리에 흠칫 놀라 어깨를 움츠리는 듯했다.

[2]

현량과 급제자들이 발표되자 한성부 도성 안에 수많은 이야깃거리가 넘쳐흘렀다. 예전에 3년마다 정기적으로 실시했던 식년시, 국가에 크고 작은 경사가 있을 때 실시했던 증광시와 별시, 임금이 성균관 문묘에 참배할 때 실시했던 알성시에도 이야깃거리가 많았지만 이번 현량과는 훨씬 더 많은 이야깃거리를 자아냈다. 그것은 예전의 과거제도와 다른 현량과가 최초로 실시되었기 때문이다.

이번에 떠도는 이야깃거리 중에서 양산보라는 인물에 관한 것이 있었다. 그는 정암 조광조의 애제자였고, 약관의 나이도 채 되지 않은 17세에 불과했으나 당당히 급제했다. 그런데 나이가 어려서 벼슬을 하사받지 못했다는 사실이 알려지면서 많은 백성들의 안타까움을 사기도 했다.

또 하나의 이야깃거리는 강릉인 최수성과 서경덕이라는 인물이 만들어냈다.

최수성은 김굉필의 문인으로 시서화(詩書畵)뿐만 아니라 음률에도 뛰어나 사절(四節)이라고 소문난 인물이었다. 그는 현량과에 천거받았으나 벼슬을 마다하고 학문에만 열중하며 정처 없이 떠돌아다녔다.

서경덕은 가세가 빈약하여 독학으로 공부했는데 학문이 매우 뛰어났다. 그래서 그의 인물 됨과 학문을 높이 평가하여 조정에 추천했으나 끝내 출사하지 않았다. 훗날 그는 황진이, 박연폭포와 함께 개성을 대표하는 송도삼절(松都三絶)로 지칭되었으며, 성리학의 양대 학파 중 하나인 주기론(主氣論)의 선구자라는 평을 받았다.

이번 이야깃거리 중에서 가장 큰 화제를 몰고 왔던 인물은 28명의 급제자 중에서 당당히 장원을 차지한 김식이었다.

그는 어려서 아버지를 여의고 학문에 열중하여 연산군 치세 때 진사가 되었으나, 벼슬에 관심이 없어서 성리학 공부에만 몰두했다. 그 후 안당의 천거로 궁중의 채소전과 원포(과일나무나 채소 따위를 심어 가꾸는 뒤란이나 밭)를 관장하던 정6품 사포와 정4품 장령이라는 관리를 잠시 역임하다가 이번에 현량과에 응시해서 장원급제했다.

그의 보잘것없는 이력에도 불구하고 장원급제를 차지했다는 사실이 뭇사람들의 입을 떠억 벌어지게 만들었다. 그런데 그는 현량과가 끝난 뒤 4일 만에 종3품 사성(유학을 가르치는 관직)에 임명되었고, 10일 후에는 다시 정3품 당하관인 홍문관 직제학에 임명되었다. 백성들은 그의 빠른 출세에 또다시 놀라고 말았다.

남양군 홍경주는 현량과가 실시되고 급제자들이 발표되는 등 정국이 훈구 세력에게 매우 불리하게 돌아가자 애가 타서 더 이상 앉아 있지 못하고 집을 나섰다. 이러다가 더 이상 설 자리가 없어지고 말 터였다. 그래서 조광조 무리가 국정을 어지럽히고 주상을 협박하여 종사를 위태롭게 하는데 이대로 있을 수 있냐는 내용의 익명서(匿名書)를 돌리는 등 훈구 세력의 결집을 꾀하며 안간힘을 쓰는 중이었다.

"게 물렀어라!"

"에라, 게 들어섰어라!"

갈도(喝道)들의 벽제 소리가 연이어 들려왔다.

홍경주는 어느 누가 감히 자신의 가마 앞길을 비켜주지 않는 것인지 괘씸하여 전방을 노려보았다. 무엄하게도 한 대의 가마가 앞을 가로막고 있었다. 그 가마의 앞길을 치우며 인도하는 나장(羅將)이 검정 두건과 혁대를 차고 주황색 공복 차림을 하고 있었다. 그렇게 제법 위엄을 부린 것으로 보아 사헌부나 사간원의 벼슬아치 행차임에 틀림없었다.

"어이쿠! 저게 누구야? 화태, 조정암이 아닌가."

전방을 바라보던 홍경주의 가슴이 주저앉았다. 홍문관 부제학(정3품 벼슬)인 조광조가 타고 있는 가마였다. 조광조는 양쪽 가마의 갈도들이 약간의 실랑이를 벌이고 있는 상황이었으나 전혀 괘의치 않다는 듯 눈을 지그시 감은 채 정좌한 자세를 흐트러트리지 않고 있었다.

홍경주의 미간에 골이 깊게 파이기 시작했다. 며칠 동안 먹었던 음식물이 모두 소화되지 않고 배 속에서 답답하게 처져 있는 느낌이 들었다. 어쩌면 비위가 상해 그 음식물을 한꺼번에 게워내고 싶은 역겨움까지 느꼈다.

홍경주의 가마꾼들이 상대 가마의 신분을 알아차리고 성큼 옆으로 비키기 시작했다. 예전에 호조판서 고형산의 가마꾼들이 조광조 가마의 앞길을 열어주지 않았다가 볼기를 맞았다는 소문이 저자에 파다하게 퍼졌기 때문에 지레 겁을 집어먹은 모양이었다.

탄핵을 당해 관직에서 물러난 홍경주였다. 그래서 배알이 뒤틀릴 정도로 아니꼬웠지만 어쩔 도리가 없었다. 하지만 조광조가 눈을 감고 있어서 길을 양보하고 있는 자신의 초라한 모습을 보지 못하고 있다는 것이 천만다행이었다. 홍경주는 아니꼬운 상황을 더 이상 지켜보고 싶지 않아서 눈을 질끈 감아버렸다.

길을 잠시 비켜났던 홍경주의 가마가 다시 움직이기 시작했다. 조광조의 가마가 지나간 모양이었으나 그는 눈을 뜨고 싶지 않아서 혀를 끌끌 차기만 했다.

"대감마님, 하명을 받잡고 놈의 일거수일투족을 면밀하게 감시하는 중입니다요. 때가 오면 계획했던 것을 실행에 옮길 것입니다."

홍경주의 귓전에 속삭이는 듯한 목소리였다. 그가 눈을 번쩍 뜨고 소리 난 곳을 바라보았다. 평범한 복장에 환도를 휴대한 사내 두 명이 가마 옆에 바투 달라붙어 따라오다가 예를 갖추었다. 박배근의 수하에 있는 무사, 정귀아와 정연종이었다.

"자네들이로구먼. 수고가 많네."

홍경주가 손을 내밀어서 그들의 등을 토닥거려주었다. 박배근이 심복인 그들에게 조광조를 미행하라고 지시했던 모양이었다.

"어지러운 나라를 위하는 일인데 수고랄 게 있겠습니까요. 대감마님, 그러면 계속 임무에 충실하겠습니다요."

그들이 예를 갖춘 후 떠나갔다.

"여봐라! 왜 이렇게 굼뜨게 움직이느냐! 어허, 흡사 굼벵이 같구나."

홍경주가 조금 전 조광조에게 길을 비켜주고 난 것에 대한 분풀이로 신경질적인 호통을 쳤다. 그 바람에 애꿎은 가마꾼들만 바짝 긴장했다.

홍경주의 가마가 진장방(삼청동)에 있는 예조판서 남곤의 집 앞에 도착했다. 남곤은 신평군 강윤희의 고변 사건이 터졌을 때 조광조를 위시한 신진 사류가 기회를 놓치지 않고 현량과 실시를 서두르게 될 것이라고 예견했을 만큼 눈치가 빠르고 정확한 인물이었다. 그래서 홍경주는 현량과 급제자 발표 이후의 문제점들을 상의하고 짚어보기 위해 그를 찾았던 것이다.

"대감께서 어인 행차이십니까? 어서 안으로 드십시오."

남곤이 사랑방에서 나오면서 홍경주를 맞이했다.

"분통이 터져서 그냥 들앉아 있을 수가 없었소. 생각해보시구려. 조광조 무리가 개혁 운운하면서 현량과 실시를 몰아붙이더니 급기야 자기들 세력만 확장했지 않소이까. 뭔가 대책을 세워야겠소이다."

홍경주는 거두절미하고 찾아온 용건부터 털어놓았다.

"모두 예견했던 일이었잖습니까."

"어허, 그렇게 태연하게 말하면 아니 되오. 전하께서 왕도를 세우고 지치의 꿈을 이루시도록 해드리려면 그자들의 무례한 작태를 좌시해서는 아니 되오."

"대감, 노골적으로 이야기하겠습니다. 전하께서 왕도를 세우고 지치의 꿈을 이루시게 해드리는 것은 차후의 일입니다. 그것보다 시급한 것은 우리가 서 있을 자리가 없어진다는 게 아니겠습니까."

"바로 그렇소. 이번 현량과 급제자 대부분이 사림 세력을 동조하는 자들이었소. 그리고 그들이 사헌부, 사간원, 홍문관 등의 모든 요직을 장악해나가고 있는 실정이니 어쩌면 좋단 말이오."

"현량과는 근본부터 잘못되었습니다. 현량과에 천거되었던 인물들은 그들과 친근한 사람들 일색이었습니다. 그뿐만 아니라 급제자들의 인물 됨됨이를 살펴보면 명성과 실지가 어긋나고 바탕은 아름답지 못하면서 겉만 번지르르하더군요. 이런 상황으로 비춰볼 때 조광조 무리가 붕당을 만들어 나라를 위험에 빠트리게 될 것입니다. 대감, 그자들의 작태는 관작을 사사로운 물건으로 여기고 있으며, 시정잡배들이 명예와 이익을 다투는 추태와 전혀 다를 바가 없습니다."

"말 한번 시원하게 잘했소. 그 무리는 조정의 정사를 변란하고 국론을 어지럽히며 자기에게 붙는 자는 좋아하고 자기와 의견이 다른 자는 인정사정없이 배척했소이다. 그게 어떻게 해서 개혁이란 말이오. 그리고 말인데, 대부분의 사람들이 그 기세를 두려워해서 감히 입을 열지 못하고 있으니 나라가 위망할 지경이 되어버렸단 말이외다."

홍경주가 주먹으로 방바닥을 내리쳤다.

"대감, 조광조와 이번에 장원급제한 김식은 싹이 돋아날 때부터 제거했어야 옳았습니다. 그런데 그대로 방치해두었던 게 재앙 덩어리로 변하게 되었습니다."

남곤의 이야기를 듣고 홍경주가 눈을 번쩍 떴다.

"도대체 그게 무슨 이야기요?"

"김공저의 옥사가 있었을 때 두 사람 모두 연루되었다는 혐의를 받은 적이 있었습니다. 그들은 그 당시부터 공신 세력에 불만이 많았던 자들이었거든요. 아마 누군가가 선견지명이 있었더라면 그때 깨끗이 제거해서 후환을 남기지 않았을 것입니다."

김공저의 옥사란 박원종이 연산군의 궁녀를 거느리고 호화방탕한 생활을 하고, 무오사화의 주역인 유자광이 중종반정을 성공시킨 공신으로 책정된 것에 대해 불만을 품고 공신 세력을 척살하려고 했던 사건이었다. 그때 조광조와 김식이 연루되어 문초를 받았으나 아무런 혐의가 없다고 해서 방면되었던 적이 있었다.

"아, 그랬더란 말이오? 그때 화근을 제거하지 못했다니 실로 유감스럽소. 어허, 내 발등을 찍고 싶은 심정이외다."

두 사람은 앞 다투어 가슴속의 불만을 한참이나 토해냈다. 그러더니 홍경주가 준비했던 대책을 털어놓기 시작했다.

"내가 오래전부터 수하들을 풀어 그들의 동태를 기찰하고 있는데, 여차하면 칼이라도 뽑아 들어 깨끗하게 쓸어버려야 할 것 같으오. 지정(止亭)은 어떻게 생각하오?"

지정은 남곤의 호였다.

"대감, 이 세상에 칼로 제거하지 못할 것이 뭐가 있겠습니까.

궁지에 몰리면 그렇게라도 해야겠지만 아직은 때가 아닌 듯합니다. 왜냐하면 지금의 분위기로는 백성들이 우리 편이 아니거든요."

남곤이 정색을 하면서 목청을 낮추고 딴소리를 늘어놓자 홍경주가 눈을 부릅떴다.

"무슨 엉뚱한 이야기를 하시오? 혹시 다른 마음을 먹고 조광조 무리를 편드는 것은 아니요?"

"그럴 리가 있겠습니까. 대감, 제 이야기를 좀 들어보십시오. 요즘 백성들은 새로운 세상이라도 찾아올 것처럼 좋아하고 있습니다. 다시 말씀 드려서 나라 인심이 모두 다 조광조에게 쏠렸다는 이야기입니다."

"어허, 왜 그렇다는 거요. 자세히 이야기해보시오."

"조광조 무리가 진언하여 여염의 소민(小民)에게까지 널리 반포했던 《소학》과 《여씨향약》 등을 아시지요? 그들이 그렇게 했던 것은 민간을 유교적 도덕관으로 묶어놓고 왕도정치를 실현시켜보겠다는 목적이 아니었겠습니까. 아무튼 그 결과 백성들이 서서히 교화되면서 우리 공신 세력이 왕도정치를 바로 세우는 데 걸림돌이라고 여기게 된 것이지요. 그리고 반사적으로 신진 사림의 개혁정책은 왕도정치를 바로 세우는 지름길로 여기게 되었고 말입니다. 그뿐만 아니라 이태 전에 조광조가 진언했던 한전법과 균전법, 그리고 노비 숫자를 제한하자고 했던 것이 백성들에게 크나큰 환심을 사고 있기 때문이기도 합니다."

남곤의 설명이 끝나자 홍경주가 안절부절못했다.

"어허, 이거 큰일이로군. 우리도 주상이 지치의 꿈을 실현하는 데 당연히 동조하고 있지만, 조광조 무리가 중심에 서서 그 일을 처리하는 것은 절대로 용납할 수 없다는 것이오. 지정, 무슨 묘안이 없겠소이까?"

"대감, 지금의 상황을 제대로 읽어야 합니다. 지금 우리는 기득권을 지키는 일이 중요한 게 아니라, 우리가 죽느냐 사느냐를 염려해야 될 지경이라는 것입니다. 상황이 이렇게 절박한데도 대하처럼 도도히 흘러가는 물길을 가로막을 방도가 없다는 게 괴롭긴 합니다. 그렇지만 너무 염려하지 마십시오. 화천군이라면 혹시 무슨 좋은 수가 있을지도 모릅니다. 속히 그를 부르도록 하시지요."

남곤이 오위도총관 심정을 거론했다.

"아참, 내가 화천군을 깜박하고 있었소이다. 그는 꾀가 많다고 해서 별호가 지낭이 아니오. 어허, 요즘 그의 소식을 전혀 듣지 못하고 있어서 무척 궁금했던 차였소. 지정, 우리가 이렇게 앉아 있을 게 아니라 직접 찾아가 보도록 합시다."

"아, 화천군은 천천히 만나기로 하고 신용개 좌의정부터 만나는 게 어떨까요?"

"느닷없이 좌의정은 왜 들먹거리는 거요?"

"얼마 전에 제가 이야기했지 않습니까. 우군을 많이 만들어서 조광조를 견제하자고 말입니다. 제가 좌의정을 만나서 의중을 떠볼 테니까 밖에서 잠시 기다리시기만 하면 되옵니다."

"그를 움직인다는 게 쉽지 않을 거요. 하지만 좋소. 밑져야 본

전이니까요."

홍경주가 고개를 갸웃거렸다.

두 사람이 집을 나섰다. 봄이 무르익는 계절이라 길거리를 지나가는 사람들의 모습이 활기에 넘쳤다. 하인들을 거느리고 시전 거리를 찾아가는 대갓집 마나님들의 행차가 빈번했고, 부상청(負商廳)에 소속된 부보상들의 발걸음도 골목을 누비느라 여념이 없었다. 그런데 예전에 비해 눈에 두드러진 광경은 옆구리에 《소학》을 끼고 다니는 사내아이들이 늘어났다는 거였다.

홍경주는 그런 광경이 눈꼴시어서 볼 수가 없었다. 요즘 걸핏하면 모든 사람들이 '《소학》 타령'이었다. 그 모든 것이 조광조 무리가 밀어붙인 현량과 때문이었다. 세상이 이처럼 엄청나게 변하다니, 어이가 없어서 헛웃음만 나올 뿐이었다.

좌의정 신용개의 집은 그리 멀지 않은 곳에 있었다. 홍경주는 밖에 있고 남곤만이 주변을 조심스럽게 살피다가 안으로 들어가서 신용개를 만났다. 그는 혼자서 술을 마시며 시조를 읊고 있다가 찾아온 남곤을 의외라는 표정으로 바라보았다.

"공이 나를 찾아오다니 도대체 무슨 일이오?"

"인사 차 왔습니다."

남곤은 속내를 얼른 드러내지 않다가 술 한 잔을 받아 마신 뒤에 슬그머니 말을 꺼냈다.

"요즘 젊은것들이 제멋대로 활개를 치다 보니 나라가 어지럽사와 심히 걱정되옵니다."

"정암에 대해서 이야기하고 싶다는 거요?"

신용개가 곧바로 핵심을 짚었다.

"그렇습니다. 그자가 바로 전하를 등에 업고 조종의 법을 무너트리려고 하옵니다. 그래서……."

남곤의 말이 채 끝나기도 전에 신용개가 가로막으며 술 한 잔을 더 건넸다.

"내 집을 찾아온 손님이니 너그럽게 생각하고 술 한 잔 드려서 돌려보내겠소. 자, 어서 쭉 마시고 가던 길이나 조심스럽게 잘 가시오."

남곤은 얼굴이 불콰해진 채 밖으로 나왔다. 술 때문이 아니라, 나머지 이야기를 꺼내기도 전에 면박을 당했기 때문이었다.

밖으로 나온 남곤이 홍경주를 보고 고개를 절레절레 흔들었다. 홍경주는 신용개의 성품이 강직하다는 것을 잘 알고 있었기 때문에 처음부터 기대를 하지 않았다. 그래서 껄껄 웃기만 했다.

두 사람은 심정의 집을 찾아갔다. 그런데 먼저 온 손님들이 있었다. 판중추부사 김전과 승전색 신순강이었다.

"남양군 대감께서 어인 행차십니까?"

"아니, 노대신께서는 어인 일로 화천군의 집을 찾아왔습니까? 그리고 신 승전색은 또 어인 일인가?"

홍경주가 유별나게 반색하며 그들의 손을 덥석 잡았다.

판중추부사 김전은 회갑을 넘긴 노대신이었으며, 원래 중추부 관료들이 다 그러하듯 아무런 직무를 맡지 않고 그저 우대만 받고 있었다. 그래서 큰 힘을 갖고 있지 않았지만, 홍경주는 현량과 실시 이후로 곤경에 처하게 되자 한 사람의 동지라도 아쉬운 상황이라서 무척이나 반가운 표정을 지었던 것이다.

그런데 김전의 처지는 그렇다고 해도 승전색 신순강은 달랐다. 그가 비록 내시부에 소속된 내시에 지나지 않는다고 하지만 승전색이라는 직책의 왕명을 전달하는 매우 막중한 임무를 맡고 있었다.

"화천군이 차나 한 잔 마시자고 해서 찾아왔는데, 신 승전색이 먼저 와 있더이다."

김전이 상황을 설명하자 신순강이 덧붙여서 말했다.

"소인은 준수방(효자동 일대)에 있는 내시부에 들렀다가 화천군의 집 앞을 지나가게 되었사온데, 그냥 모른 체하고 지나칠 수 없어서 잠시 들렀사옵니다."

홍경주가 신순강의 손을 다시 한 번 덥석 잡으며 딸의 안부를 물었다.

"우리 희빈은 잘 있던가?"

"전하의 총애와 고아한 용모를 여전히 유지하고 계시옵니다. 아무런 염려하지 마시옵소서."

신순강의 이야기에 홍경주가 파안대소를 터트렸다. 그에게 희빈 홍씨야말로 크나큰 믿음이었으며 등을 비빌 수 있는 언덕이기도 했다.

"어려운 분들께서 한자리에 모이셨사오니 제가 주안상을 준비하겠습니다. 오늘 편안하게 마시고 즐기도록 하시지요."

심정이 손님 접대를 위해 주안상을 준비하고 관기들까지 불러들였다. 홍경주와 남곤은 약간 떨떠름했다. 임금이 사회 풍기에 대해서 여러 가지 규제를 하는 가운데 기녀의 연회 참여를 금지했기 때문이기도 했지만, 훈구 세력에게는 비상시국이나 다름 바 없어서 한가하게 가무나 즐기고 있을 상황이 아니었기 때문이다. 하지만 꾀가 많다는 심정이 의미 없이 벌인 일은 아닐 것으로 여겨 아무런 내색을 하지 않았다.

진수성찬을 차린 음식상이 나왔고, 곧이어 크고 화려한 얹은머리를 하고 능라비단으로 만든 옥색치마나 남치마를 입은 기녀들이 들어왔다.

"네 이름이 무엇이더냐? 어쩌면 이렇게 얼굴이 뽀얗단 말이냐? 그 비결이 있으면 말해보려무나."

심정이 방 안에 감도는 어색한 분위기를 희석시키기 위해 얼굴이 갸름한 기녀에게 질문을 던졌다.

"나리, 소녀는 월홍이라고 하옵니다. 그리고 소녀의 얼굴이 뽀얀 것은 쌀뜨물로 세안을 했기 때문이옵니다."

기녀들은 치장을 위해 창포로 머리를 감고, 홍화 가루로 만든 연지를 찍었으며, 달걀과 행인(살구 씨) 가루를 섞어서 만든 '면약'이라는 것을 얼굴에 바르기도 했다.

"좋은 향기가 나는구나. 이건 또 무슨 조화이더냐?"

"백단향나무를 증류하여 얻은 백단유를 몸에 발라서 나는 향내이옵니다."

"오, 그런 비결로 이 나리들의 이목구비를 즐겁게 만들었구나. 좋다, 월홍아. 그러면 가무에 제일 능한 기녀가 누구이더냐? 나리들을 위해 냉큼 풍류를 잡아보아라."

"가무라면 영홍 출신의 소선이 조선 땅에서 제일입지요."

월홍의 말이 끝나자 다소곳이 앉아 있던 소선이 조심스럽게 일어나서 '창용비어천가(唱龍飛御天歌)'를 부르기 시작했다. 그 노래는 조선 건국의 유래가 유구함과 조상들의 성덕을 찬송하고, 태조의 창업이 천명에 따른 것임을 밝히고 있으며, 후세의 왕들에게 경계하여 자손의 보수(保守)와 영창(永昌)을 비는 뜻으로 이루어져 있었다.

노래는 인심의 화합이라서 어색했던 분위기가 차츰 풀려갔다. 그리고 주연이 무르익어가기 시작했다. 하지만 어느 누구도 주연석상에서 현량과 급제자들이 발표된 이후의 문제점에 대해 언급하지 않았다.

한참 후에 승전색 신순강이 궁궐 안의 일이 바쁘다며 자리에서 일어나 돌아갔다. 그러자 홍경주가 때를 기다리고 있었다는 듯 기녀들을 물리치고 시국 문제를 곧바로 거론했다.

"지금 세상이 어지럽소. 관작을 사사로운 물건으로 여기는 조광조 무리가 붕당을 맺고 조정을 어지럽히고 있소. 참을 수 없어서 이렇게 길을 나섰던 게요. 화천군이라면 좋은 묘안이 있을 법하니 나의 답답한 가슴을 시원하게 해줄 수 있겠지요?"

그 말에 심정이 빙그레 웃었다. 그러자 남곤이 나섰다.

"화천군, 예전에 때가 되면 조광조 무리를 제거할 묘안에 대해 이야기하겠다고 했지 않소. 이제 때가 되었소. 속 시원하게 털어놓아 보시구려."

남곤의 채근에도 불구하고 심정이 계속 웃기만 하더니 입을 열었다.

"지정, 아직 때가 이르오. 그래서 여유 있게 주안상을 차리고 기녀들을 불렀던 것이오. 차분하게 기다리십시다."

그 이야기를 듣던 홍경주의 입술이 튀어나오고 말았다.

"아니, 뭐라고! 아직 때가 이르다고 했소? 어허, 이거 답답한 노릇이로구먼. 발등에 불이 떨어진 정도가 아니라 우리 목에 칼이 바투 다가왔는데, 그래도 때가 이르다는 거요? 이러다가 앉은 채로 그놈들의 칼을 받게 생겼소."

"대감, 요즘 세간에서 《소학》을 으뜸으로 치며 옆구리에 끼고 다니는 자들이 많다던데, 우리는 《손자》의 '모공편'을 다시 상기해야 하옵니다. 《손자》의 '모공편'에 이르기를……."

심정이 아주 여유 있는 자세로 설명하기 시작했다.

손자가 "적과 아군의 실정을 잘 비교 검토한 후 승산이 있을 때 싸운다면 백 번을 싸워도 결코 위태롭지 않다(知彼知己 百戰不殆). 적의 실정을 모른 채 아군의 전력만 알고 싸운다면 승패의 확률은 반반이다(不知彼而知己 一勝一負). 적의 실정은 물론 아군의 전력까지 모르고 싸운다면 싸울 때마다 반드시 패한다(不知彼不知己 每戰必敗)."라고 했다는 이야기를 전했다.

심정의 이야기가 길어지자 홍경주가 주안상에 놓여 있던 술병을 들어 자신의 잔에 술을 채우고 벌컥벌컥 들이켠 다음에 말했다.

"화천군, 지금 일이 화급한 판인데 한가하게 전략이나 논할 때가 아니잖소. 《손자》 이야기는 그만두시오."

그런데도 심정은 홍경주의 다급해하는 마음을 전혀 읽지 못한 체하면서 자신의 이야기만 계속 늘어놓았다.

"손자는 백전백승을 상책으로 삼지 않았습니다. 싸우지 않고 적을 굴복시키는 것이 상책이라고 했습니다. 그리고 으뜸가는 것은 계략으로 적을 치는 것이라고 말했지요……."

심정의 이야기는 끝없이 이어졌다. 홍경주가 자리에서 엉덩이를 몇 번이나 들썩거리면서 안달을 부렸지만 모른 체하고 있었다. 그러자 그런 광경을 지켜보다 못한 남곤이 끼어들었다.

"화천군, 때를 놓치면 전략이고 뭐고 필요 없어지는 법이오. 그리고 더 이상 밀리게 되면 손 한 번 쓰지 못하고 무너지게 될 것이오. 옛말에 물실호기라고 했소. 조광조 무리가 현량과를 강행하여 우리의 공분을 사고 있는 이때를 놓치지 말고 합심하여 몰아치는 게 마땅한 전략이지 않겠소?"

"그건 옳습니다. 그렇다면 어떻게 몰아칠 것인지에 대해 지정이 구체적인 방안을 말씀해보시지요."

심정이 남곤의 눈동자를 뚫어지게 쳐다보며 답을 기다렸다. 남곤은 지금이 행동해야 할 때라는 것만 느끼고 있을 뿐 별다른 묘안이 없어서 입을 다물어버렸다. 그러자 이번에는 김전이 나섰다.

"화천군의 이야기를 계속 들어보는 게 좋겠소이다. 모두 어떻습니까? 이견이 없는 모양인데, 그럼 화천군이 계속 이야기해보시오."

김전이 심정의 편을 들었다. 심정이 그것에 힘입어 또다시 미소를 짓다가 입을 열기 시작했다.

"《손자병법》에서 지피지기를 위한 구체적인 방법은 간첩을 이용하는 것이라고 했습니다. 정보 입수가 무엇보다 가장 필요하기 때문입니다. 그래서 《손자》의 '용간편'이 너무나도 중요합니다……."

심정의 이야기는 《손자》의 '용간편'에 집중되기 시작했다. 거기에는 간첩에 대한 전문적인 이야기가 많이 실려 있었다. 손자가 말하기를 간첩에는 향간(鄕間), 내간(內間), 반간(反間), 사간(死間), 생간(生間)의 다섯 종류가 있다고 했다.

여기서 향간은 상대국의 주민을 고용하는 것이며, 내간은 관리를 고용하는 것이었다. 그리고 반간은 일종의 이중간첩이었으며 역정보를 흘리기 위해 이용했다. 사간은 반간보다 조금 더 복잡한 것으로 배반할 가능성이 있는 간첩이었다. 그래서 사간에게 거짓 정보를 주어 상대국에 보고하도록 하고, 적의 손에 죽도록 만들었다. 끝으로 생간은 상대국의 정보를 탐지한 뒤에 살아 돌아와 상세하게 보고할 수 있는 간첩을 말하며, 제일 중요한 간첩이라고 했다.

심정이 《손자병법》에 대해 계속 이야기를 늘어놓자 홍경주가 더 이상 참지 못하고 분통을 터트렸다.

"답답해서 미치겠소. 뜸만 들이지 말고 단도직입적으로 말해봅시다. 지금 이런 판국에 조광조 무리에게 생간을 보내자는 이야기요, 뭐요? 나는 나대로 방안을 강구하고 있었소. 여차하면 그놈들을 단칼에 쓸어버릴 것이오. 그 길만이 가장 깨끗하고 확실한 해결책으로 생각하고 있으니까 말이오."

"대감의 뜻대로 하십시오. 그런 방법이 전혀 나쁜 것만은 아니니까 말리지 않겠습니다. 대감, 그렇지만 이것을 아셔야 합니다. 예전에도 말씀 드렸지만 조광조를 전하와 떼어놓는 게 무엇보다 중요한 전략이라는 것입니다."

"어허, 화천군은 상황 파악을 제대로 하지 못하오. 전하께서 '정암은 과인의 스승'이라고 말씀하셨다는 소문도 듣지 못했소. 그리고 일전에 조광조가 병석에 누워 있자 전하께서 내시와 의녀를 집으로 보내 병문안을 했을 정도로 신임이 두둑하오. 그런데 무슨 수로 떼어놓는다는 거요? 또 말이외다, 조광조는 영민할뿐더러 칼자루까지 쥐고 있어서 얕은꾀에 쉽사리 농락당하지 않을 것이오."

"대감, 조광조가 갖고 있는 힘이란 오만불손하고 허풍에 가득 차 있는 도덕주의라는 글자일 뿐입니다. 그리고 모든 사람들이 조광조가 칼자루를 쥐고 있는 것처럼 여길 것입니다만, 저는 그렇게 생각하지 않습니다. 그자가 쥐고 있는 칼자루라는 것은 때가 되기만 하면 칼날로 변해서 오히려 자신의 몸을 베게 될 것입니다."

심정의 이야기가 끝나자 방 안에 있던 사람들이 모두 놀랐다. 지금 조광조가 칼자루를 쥐고 있다는 것은 천하가 다 아는 사실인데, 그 칼자루가 칼날로 변해 자신의 몸을 벨 수 있다는 것은 믿어지지 않는 이야기였다. 하지만 그렇게 될 수만 있다면 더 이상 바랄 것이 없다는 마음에 얼굴이 밝아지기 시작했다.

남곤이 다급한 목소리로 심정에게 물었다.

"화천군, 그저 내뱉은 소리는 아닐 테고, 뭔가 가능성이 많기 때문에 그런 호언장담을 했겠지요?"

"그렇습니다. 조광조는 외줄을 타고 있는 광대나 다를 바 없습니다. 제가 신 승전색을 통해 많은 정보를 얻고 있는 중인데, 비빈에서부터 자순대비마마까지 소격서 혁파를 몹시 불쾌하게 여기고 있다는 것입니다. 말이야 바른 말이지만, 소격서 혁파는 왕실에 대한 도전이기도 하잖습니까? 그래서 우리가 조광조를 왕권에 도전하는 역모자로 몰아붙이게 되면 그가 쥐고 있던 칼자루가 칼날로 변하게 될 것이며, 급기야 그자는 외줄 위에서 떨어지고야 말 것입니다. 그래서 저는 그날을 기다리며 정보를 얻어내고 또 묘안을 짜내고 있는 중입니다. 모두들 걱정하지 마십시오. 제가 그 일을 분명히 해낼 테니까요."

심정이 승전색 신순강을 통해 들었던 정보를 낱낱이 이야기했다. 그러니까 자순대비가 종회당에 성제단을 차려놓고 치성을 드리면서 중종에게 사인검을 취하게 만들었고, 소격서를 혁파한 세력에 대해 몹시 진노하고 있다는 등의 내용이었다. 그리고 비빈들이 모두 다 소격서 혁파에 대해 못마땅하게 생각하고 있다는 정보도 곁들였다.

[3]

최산두가 동호독서당에서 몇 권의 서책을 챙겨서 밖으로 나왔다. 그 서책들은 이번 여행길에서 줄곧 지니고 다닐 요량이었다. 그중에는《소학》도 있었는데, '위편삼절(韋編三絶)'이라는 고사성어가 있듯이 읽고 또 읽어서 암기할 정도였지만 실천 의지를 망각하지 않겠다는 뜻에서 챙겨두었다.

동호독서당 뒤편의 수양버들 위에서 까마귀가 울어댔다. 최산두가 그 소리를 듣고 고향에 계시는 어버이를 생각하자 가슴이 뛰기 시작했다. 까마귀가 먹이를 물어다 어미 새를 봉양하듯 자식이 부모님께서 길러주신 은혜에 보답한다는 '반포보은(反哺報恩)'이라는 고사성어가 떠올랐기 때문이었다.

지금이라도 곧장 두모포에서 나룻배를 타고 건너 고향 땅으로 속히 내려가서 어버이를 뵙고 싶은 마음이 간절했다. 하지만 도성 안에 있는 집에 들러 아내와 아이들의 얼굴을 보고 떠나는 것이 도리라서 들뜬 마음을 가까스로 진정시켰다.

"나리, 어서 말에 오르시옵소서. 쇤네가 댁까지 곧장 모시겠습니다요. 그리고 나리, 댁에 가보시면 알겠지만, 전하께서 하사품을 보내셨습니다요. 아마 고향에 가서 긴히 쓰시라고 특별히 내려주신 모양입니다요."

인동은 흡사 자신이 하사품을 받은 것처럼 좋아했다. 그리고 그동안 도성 안에서 개미 쳇바퀴 돌듯 생활해오다가 여행길에 오른다고 하자 지레 신바람을 내며 입이 귀밑에 걸리고 말았다.

"전하께서 하사품을 보내셨다고? 이거, 성은이 망극하기 그지 없구나. 인동아, 집에 잠시 들렀다가 곧장 떠날 것이니라. 그런데 왜 네가 이렇게 어린아이처럼 좋아하느냐?"

"전하의 하사품을 아무나 받는 줄 아십니까요. 쇤네는 나리가 너무나 자랑스럽고, 쇤네가 덩달아 좋아서 춤을 덩실덩실 추고 싶을 지경입니다요. 그리고 나리, 여행길에 오르게 되면 견문이 저절로 넓어질 게 아니옵니까. 그래서 즐겁고 또 즐거울 뿐입니다요."

"허허, 천 리 길이 힘들게 느껴질 터인데?"

"아니옵니다. 나리를 뫼시고 떠나는 길이라면 천 리가 아니라 만 리라도 좋습니다요."

말고삐를 잡은 인동이 어린아이처럼 까치걸음을 했다.

두어 식경쯤 후에 최산두와 인동이 홍인지문(동대문)을 통과했다. 그리고 개천(청계천) 옆을 따라 북촌으로 방향을 잡았을 때, 인동이 느닷없는 질문을 했다.

"나리, 무엄하게 여기지 않으신다면, 쇤네 여쭈어볼 것이 있사옵니다."

"무슨 일이더냐? 염려하지 말고 물어보아라."

"수표교 옆의 갖바치가 생각나서 여쭙는 이야기이옵니다. 나리, 아무래도 이해가 되지 않사옵니다. 반상이 엄연한 법이온데, 나리와 정암 나리께서는 미천한 그자를 왜 가까이하시는 것인지요?"

최산두가 인동의 예리한 질문을 받고는 잠시 생각에 잠겼다.

수표교의 갖바치를 가까이 대했던 것은 그의 학문과 식견이 대단하고 뭔가 신비한 구석이 있어서 끌렸기 때문만은 아니었다. 물론 갖바치가 예사로움을 뛰어넘는 인물임에 틀림없었으나 그런 정도 수준이라면 주변에서 간간이 찾아볼 수도 있었다. 그렇다면 미천한 갖바치와 가까이했던 것은 무슨 이유 때문이었을까?

"인동아, 그게 그렇게 궁금하더냐?"

최산두가 껄껄 웃었다.

"아무렴입쇼."

"그 모든 것은 지치의 꿈을 이루기 위한 방편이다."

"예? 지치의 꿈을 이루는 방편이라굽쇼?"

인동은 최산두 곁을 오랫동안 따라다녀서 '지치'가 무엇을 의미하는지 잘 알고 있었다. 그런데 미천한 갖바치가 지치의 꿈을 이루기 위한 방편이라고 하자 이해하기 힘들어서 고개를 갸우뚱거리며 되물었다. 그런데 최산두의 대답은 명쾌했다.

"그럼."

"나리, 쇤네는 우둔해서 이해가 되지 않사옵니다."

"무슨 말인지 잘 알겠다. 인동아, 지치의 꿈을 이룩하려면 수많은 개혁이 우선되어야 하느니라. 그 개혁은 없는 것을 새롭게 만들자는 것이 아니라 잘못된 것을 바로잡자는 것이다. 또 높이 끌어올려서 평등을 지향하는 일이 필요하니라. 그래서 미천한 갖바치와도 가까이할 수 있었다고 보면 될 것이니라."

"나리, 높이 끌어올려서 평등을 지향한다굽쇼? 도대체……."

인동은 '평등'이라는 말도 놀라웠지만 '높이 끌어올려서 평등'이라는 소리에 더욱 놀라서 더 이상 말을 이어가지 못했다.

"인동아, 어서 가자꾸나. 차후에 모든 것을 알게 될 날이 있을 것이다."

최산두는 인동의 입장에서 이해하기 힘든 말이라고 생각되어 더 이상 설명을 하지 않았다.

그들 일행이 연화방(훈정동)에 도달하여 종묘의 건물이 훤하게 보일 즈음이었다. 반대편에서 한 필의 말이 말발굽에서 먼지를 날리며 쏜살같이 질주해오고 있었다. 최산두가 상대의 얼굴을 먼저 알아차렸다.

"아니, 웬일로 상지가 쏜살같이 달려오는지 궁금하구나."

"글쎄요? 필시 무슨 화급한 일이 있나 보옵니다."

"고향 길에 오를 때 데려가기로 했는데, 집에서 기다리지 않고, 어허, 무슨 화급한 일이 있어서 저렇게 야단이란 말이더냐."

최산두가 무슨 영문인지 몰라 고개를 갸웃거렸다. 그럴 즈음 정상지가 최산두를 발견하고 말고삐를 다급하게 채며 말을 멈췄다. 그 바람에 놀란 말이 두 발을 허공으로 치켜들며 길게 울부짖었다.

"나리, 긴급 상황이 발생했습니다. 그래서 지금 나리를 뵈려고 동호독서당으로 달려가는 길이었습니다요."

"도대체 긴급 상황이 뭐란 말이냐?"

"도성 안의 분위기가 심상치 않사옵니다. 뭔가 큰 불상사가 벌어질 듯하오니 나리의 신변을 철저히 보호해야 할 듯싶습니다요."

정상지의 이야기에 따르면, 도성 안 검계(군사 조직에 가까운 조직과 규율을 갖춘 무뢰배 집단)의 움직임이 일제히 분주해졌으며 살벌한 분위기까지 풍기고 있다는 거였다.

"누가 그들을 조종하고 있단 말이냐?"

"저잣거리에서 사귄 오종태라는 동무들을 통해 알아보려고 했습니다만, 아쉽게도 그들을 조종하는 자가 누구인지 밝혀내지 못했사옵니다. 나리, 지금은 그들의 우두머리가 누구인지 알아내는 것보다 신변에 아무런 이상이 없도록 대처하심이 중요할 듯하옵니다. 예전부터 나리 뒤를 미행하는 자가 있었지 않사옵니까. 그러하니 각별히 주의하십시오."

정상지는 말을 하는 동안에도 눈동자를 돌려 전후좌우를 살피며 경계를 게을리 하지 않았다. 그의 긴장된 표정으로 보아 보통 상황이 아님은 분명했다.

"어허, 도성 안에서 무뢰배들이 날뛰고 있다니, 심히 염려스럽구나."

"나리, 고향 길에 오르실 때 저의 동무들과 함께 호위를 해야 할 성싶습니다. 그렇지 않으면 포악무도한 그놈들이 무슨 일을 저지르게 될지 모를 일이옵니다. 나리께서 지시만 내려주시면 지금이라도 당장 무예에 능한 동무들을 불러 모으도록 하겠사옵니다."

정상지의 이야기에 최산두가 잠시 생각에 잠겼다가 입을 열었다.

"나에게 무슨 특별한 불상사가 생기겠느냐. 오히려 나보다 더 시급한 사람이 있느니라. 어서 나를 따라오너라."

"고향으로 곧장 내려갈 계획이었지 않습니까요?"

"아니다. 우선 관광방(사간동)으로 가서 조 부제학부터 만나봐야겠다."

최산두는 자신이 직접 말고삐를 잡고 관광방 쪽으로 향했다. 정상지와 인동이 그의 뒤를 따랐다.

시전 거리는 예전과 별로 다를 바가 없었다. 평상시처럼 이 거리에는 북촌 사람과 남촌 사람들이 뒤섞여서 북새통을 이루었다. 시전 거리 양쪽으로 길게 늘어선 행랑에는 물건을 사고파는 자들이 꿀벌처럼 쉴 새 없이 들락거렸다. 시전 거리 뒷골목인 피맛골은 그들 나름대로의 꿈과 희망을 안고 음지에서 피어난 꽃들이 무더기로 모여 있었다.

최산두 일행이 관광방 근처에 도달했을 때 길을 인도하는 갈도의 힘찬 목소리가 울려 퍼졌다. 길거리를 가득 메우고 있던 인파들이 좌우로 신속하게 갈라지며 길을 틔워주었다. 최산두가 말을 탄 채 누구의 행차인지 먼발치에서 바라보았다.

세 대의 가마가 줄을 지어 시전 거리를 의기양양하게 지나가고 있었다. 선두는 남양군 홍경주의 가마였다. 그는 턱을 하늘로 치켜든 채 한껏 위엄을 부리고 있었다. 대간들의 탄핵을 받아 벼슬에서 물러났다고 하지만 중종이 총애하는 희빈의 부친이었기 때문에 천하의 세도가였으며 그 위세가 하늘을 찌를 듯했다. 뒤이어 판중추부사 김전의 가마였다. 그다음 가마에 타고 있는 사람은 예조판서 남곤이었다.

"어, 무슨 일로 저렇게 모였지?"

최산두가 혼잣말로 중얼거렸다. 그때 남곤의 싸늘한 눈빛이 최산두를 잠시 훑고 지나갔다. 그가 최산두를 발견하고 일부러 그런 눈빛을 보낸 것인지, 아니면 시전 거리 일대를 싸늘한 눈빛으로 바라보았던 것인지 알 수 없었다. 하지만 소름이 오싹 끼칠 만큼 눈빛이 싸늘했던 것만큼은 틀림없었다.

"나리, 아무래도 심상치 않습니다. 뒤따라가서 무슨 내막이 있는지 캐내볼까요?"

정상지가 최산두의 마음을 읽었던 모양이었다.

"어허, 소인배처럼 몰래 꽁무니나 따라붙으면 아니 되느니라. 어서 가던 길이나 가자."

최산두가 말을 재촉했다. 훈구 세력의 중심에 있는 세 사람이 함께 길을 가고 있다는 것은 예삿일이 아니었다. 하지만 그들을 미행해서 뒤를 캐내는 것은 오히려 벌집을 건드리는 꼴이 될 수 있었다.

최산두가 조광조의 집을 찾아갔다. 때마침 조광조의 집에 들렀다가 나가려는 양팽손과 양산보를 사랑 마당에서 만났다.

"선생님, 그간 무고하셨는지요?"

양산보가 최산두에게 예를 갖추었다.

"그래, 언진이 네가 이번 현량과에 급제했으면서 벼슬을 받지 못해 안타깝구나. 앞으로 좋은 기회가 찾아올 것이니까 낙담하지 말거라."

최산두가 양산보의 등을 두드려주었다.

"신재, 고향에 내려갔다 오신다는 이야기를 들었는데, 여긴 웬일이십니까? 그렇지 않아도 집으로 찾아가려고 했는데 마침 잘되었습니다."

"급한 일이 있어서 들렀소이다. 그런데 무엇 때문에 날 찾아오려고 했소이까?"

"내려가실 때 제 고향인 능성현에 들러서 서찰 하나 전해주셨으면 하는 부탁을 드리고 싶었습니다."

양팽손이 서찰 한 통을 꺼냈다. 그의 눈동자가 고향에 대한 그리움으로 젖어 있었다.

"그거야 어렵지 않소이다. 그런데 부제학께서는 아무런 일도 없었는지요?"

최산두가 묻자 양산보가 나서서 대신 말했다.

"스승님 말씀이시옵니까? 오늘은 출근하지 않는 날이라서 잠시 홍문관에 다녀오셨던 것을 제외하고 오전부터 줄곧 서책에 파묻혀 지내셨습니다."

"정말로 아무런 일도 없었단 말이지? 그럼 다행이로구나."

"도대체 무슨 일인데 이렇게 걱정스러운 눈초리로 물어보시는 것이옵니까?"

"아니다. 너는 알 것 없으니 어서 가던 길이나 가보아라."

최산두가 말을 마치고 조광조를 찾아서 안마당으로 들어섰다. 양산보가 말했던 것처럼 그는 서책을 읽는 중이었다. 카랑

카랑하고 낭랑한 목소리가 장지문을 통해 흘러나오고 있었다. 들리는 소리로 보아《소학》을 읽는 중이었다.

최산두는 '소학동자'라는 별호를 달고 다녔던 스승, 김굉필을 떠올렸다. 그리고 스승이《소학》을 익히고 나서 지었다는 칠언 절구의 '독소학(讀小學)'을 마음속으로 읊조리기 시작했다.

> 글공부를 해도 천기를 몰랐는데(業文猶未識天機)
> 소학에서 어제까지의 잘못을 깨달았고(小學書中惡昨非)
> 이제부터 정성껏 자식 도리 다하고자 하니(從此盡心供子識)
> 어찌 구차하게 부귀 따위를 부러워하겠느냐(區區何用羨經肥).

김굉필은 모든 학문의 시작을《소학》에 두어야 한다고 가르쳤으며, 교육은 치인(治人)보다 수기(修己)에 중점을 두었다.

최산두는 스승에 대한 생각을 잠시 접었다. 그리고 조광조의 하인이 안쪽에 알리기도 전에 먼저 소리 내며 안으로 들어갔다.

"정암, 내가 왔소이다."

조광조는 의관을 격식에 맞게 차려입었으며 옷매무새를 바르게 한 채 곧은 자세를 취하고 있었다. 그는 사시사철 언제나 그런 자세를 흐트러트린 적이 없었다.

최산두가 자리에 앉자, 조광조가 곧바로 하인을 시켜 차를 끓이도록 했다. 최산두는 정상지로부터 들었던 도성 안의 분위기라든지, 오는 길에 남양군 홍경주와 김전 그리고 남곤의 가마가 줄을 지어 이동하더라는 이야기를 어디서부터 어떻게 꺼내야 할지 궁리하며 묵묵히 차를 마시기만 했다.

조광조는 최산두가 느닷없이 찾아온 이유를 어느 정도 알아차리고 있었다. 그는 현량과 급제자를 발표한 이후에 훈구 세력의 반발이 심각하다는 정보를 들었던 적이 있었고, 최산두가 그런 문제점을 염려하고 있기 때문이라고 추정하고 있었다. 하지만 조광조 역시 그런 문제점에 대해서 언급하지 않고 엉뚱한 이야기를 끄집어냈다.

"신재, 내가《소학》에 심취해 있을 때 소인배들이 뭐라고 비아냥거렸는지 아시오?"

최산두는 뜻밖의 이야기가 나오자 대답 대신에 조광조의 눈을 바라보았다. 수정처럼 맑고 예리한 빛살이 흘러나왔다. 그 모든 것이《소학》을 열심히 공부하고 실천해왔기 때문에 발생하는 기운일 터였다.

"나는 그런 소인배들을 무시해버렸소. 그리고《소학》을 부지런히 읽으면 사지의 공명이 저절로 올 것이라는 다짐을 하곤 했소이다."

"정암, 나는 그대를 볼 때마다 흡사 스승님이 환생한 듯한 착각을 하곤 하외다. 생전의 스승님께서는 언제나《소학》을 몸에 지니고 다니셨소. 그리고 스승님께서는 자신의 집부터 쓸고 닦는 것을 가르쳤으며, 과거시험과 거리가 먼 육예를 닦도록 했지 않소이까."

육예(六藝)란 고대 중국의 여섯 가지 교육과목으로 예(禮), 악(樂), 사(射), 어(御), 서(書), 수(數)를 말했다.

"신재, 나를 찾아온 연유가 있을 터인데, 그 이야기에 대해서 입을 다물고 있구려. 아무런 염려하지 말고 허심탄회하게 털어 놓으시구려. 나는 희천 땅이고 그대는 순천 땅이었지만, 우리는 같은 문하에서 공부를 했지 않소이까. 그리고 우리는 낙중군자회로 맺어진 막역한 사이며, 지치의 꿈을 이루기 위해 뜻을 같이한 벗이 아니더이까."

"그러면 옛이야기 하나 해볼까요. 아주 예전에 어떤 농부가 제사에 사용할 소의 뿔이 조금 비뚤어져 있어 균형을 바로잡으려고 뿔을 팽팽하게 동여맸더니 뿔이 뿌리째 빠져 소가 죽었다고 하더이다."

최산두가 '교왕과직(矯枉過直)'이라는 고사성어에 얽힌 이야기를 하면서, 지나치도록 바르게 잡으려다가 오히려 나쁘게 된다는 조언을 넌지시 건넸다.

"그렇다면 나도 옛이야기 하나 해보겠소. 아주 예전에 어느 노인이 산 하나를 옮기겠다고 공언하자 마을 사람들이 어리석다고 비웃으며 말렸지요. 그러자 그 노인이 말하기를, '내가 죽는다고 해도 자자손손 끝이 없으나 산은 더 이상 불어나지 않으니 어찌 수고롭다 불평하겠느냐.'라고 했다 하오. 그런데 천제께서 그 노인의 정성에 감동하여 산을 옮겨주었다고 하더이다."

조광조는 '우공이산(愚公移山)'이라는 고사성어에 얽힌 이야기로 맞받았다. 그러니까 남이 볼 때 어리석게 볼지 모르지만 끝까지 밀고 나가면 언젠가는 목적을 달성하게 된다는 의미를 담고 있는 이야기였다.

두 사람 모두 상대의 이야기에 담겨 있는 뜻을 모를 리 없었다. 그래서 서로 상대의 심중을 읽고, 마주 보며 호탕한 웃음을 터트렸다.

웃음이 끝나자, 최산두가 시전에서 남양군 홍경주 등의 가마 행렬을 만났던 상황과 도성 안 검계들의 움직임이 심상치 않다는 이야기를 전해주었다. 그러고 나서 조광조의 신변을 염려해 주었다.

"신재, 걱정해주셔서 고맙소이다."

"너무 쉽게 여기지 마시지요. 이번만큼은 그자들의 발악이 심상치 않을 듯싶습니다. 그들의 악착같은 모습을 잘 알지 않습니까. 일전에 강윤희의 고변 사건에서 김우증을 엄벌에 처해야 한다고 주청했을 때, 그들이 무고함을 주장하며 정암이 대사헌 관직에서 물러나도록 온갖 술수를 썼지 않습니까."

"나는 벼슬에 연연하지 않소이다. 지난해 말에 내가 사헌부의 수장인 대사헌으로 제수되었을 때 사직 의사를 다섯 번이나 아뢰었지 않소이까. 신재, 나는 그들을 무조건 미워하는 것이 아니오. 지치의 꿈을 실현시키기 위해 그런 자들은 마땅히 도태되어야 한다고 여기기 때문에 적으로 생각하는 것이오. 공자님도 그렇게 말씀하셨지 않소이까. 썩은 나무는 조각할 수 없고, 거름흙 담장은 흙손질을 할 수 없다고 말이오."

조광조는 역시 거센 비바람에 끄떡도 하지 않는 바윗덩어리 같은 인물이었다.

"지당한 말씀이오만, 너무나 극단적으로 생각하거나 서둘러 행동하지 말고 은인자중하는 것이 좋지 않겠소이까. 어리석은 자들이 제일 무섭다고 했소이다."

"신재, 얻기 어려운 것이 시기요, 놓치기 쉬운 것이 기회이외다. 때를 놓치면 모든 것이 어려워질 수 있으니 조금도 개혁의 고삐를 늦출 수 없는 노릇이외다. 내 눈에 흙이 들어가기 전에는 부패한 관료들이 나라를 망치게 그냥 두지 않겠다는 이야기외다."

조광조의 성정은 한마디로 추상열일(秋霜烈日) 같았다.

"잘 알고 있소이다만, 그자들의 반발이 심상치 않을까 봐 염려가 되어서 그런다고 하지 않았소이까."

"나는 하등의 두려움이 없소이다. 왜냐하면 우리는 지극히 바른길을 걷고 있기 때문이오. 신재도 잘 아시겠지요. 스승님은 '추호가병태산부(秋毫可竝泰山賦)'에서 자줏빛이 어찌 붉은빛을 어지럽힐 것이며, 피가 어찌 곡식을 자라지 못하게 할 것이냐고 노래했소이다. 나는 소인배들이 준동한다 해도 두려워하지 않을 것이오."

조광조의 신념은 확고부동했다. 예전부터 일부 사림이 신중론을 제기하면서 너무나 급격한 개혁을 자제해야 한다고 충고했지만, 그동안 진행되어온 모든 개혁은 매우 시급한 문제라서 유연하게 대처하거나 결코 늦출 수 없는 일이었다. 물론 그런 강경책이 위험하다는 것을 모르는 바는 아니지만, 만약에 여기서 멈칫거리게 되면 모든 개혁이 만사휴의(萬事休矣)로 변할지도 모를 일이었다.

최산두는 조광조의 신변이 아무래도 걱정되었다. 궁지에 몰린 훈구 세력이 그냥 앉아 있지 않을 게 뻔했다. 더군다나 도성 안 검계들의 움직임마저 심상치 않다는 것으로 보아 조만간에 무슨 불상사가 발생할 가능성이 다분했다.

대화가 꼬리에 꼬리를 물고 계속되는 바람에 찻잔 속의 차가 싸늘하게 식어버렸다. 최산두는 알 수 없는 갈증을 느끼며 식어버린 차를 한 모금 마셨다. 그리고 계속 뜸을 들이다가 입을 열었다.

"정암, 부탁이 있는데 들어주시겠소?"

"신재가 나에게 부탁할 일이 있다니, 도대체 무엇이오?"

"절대로 뿌리치지 마시구려."

"들어줄 수 있는 부탁이라면 뿌리칠 리 있겠소이까."

"그렇다면 말하겠소이다. 정암은 앞으로 해야 할 일이 많은 사람이외다. 그래서 드리는 말씀인데, 내 수하에 정상지라는 무인이 있소. 그를 곁에 두고 신변을 보호할 수 있도록 허락해주시구려."

조광조는 최산두의 입에서 전혀 예상치 못했던 이야기가 흘러나오자 아무런 대답도 하지 못했다. 그리고 대답 대신에 최산두를 바라보며 그의 손을 덥석 잡았다. 두 사람의 눈빛이 하나로 섞였다. 맞잡은 두 손을 통해서 뜨거운 피가 서로에게 전해졌다.

조광조는 최산두가 떠나자 찻잔을 밀쳐놓고 문방사우를 끌어당겼다. 그리고 지치의 꿈을 실현시키겠다는 각오를 다지면서 붓을 들어 글씨를 거침없이 써 내려갔다.

늙은 소나무 하나 길가에 먼지 뒤집어쓰고(一老蒼髥任路塵)
괴롭게도 오가는 길손을 맞이하고 보내네(勞勞迎送往來賓).
찬 겨울 너와 같이 변하지 않는 마음을(歲寒與汝同心事)
지나는 사람 중에서 몇이나 알 수 있을까(經過人中見幾人).

스승 김굉필이 남긴 '길가의 소나무'라는 시였다.

조광조가 그런 글을 쓴 것은, 지금은 혼탁한 세상이라도 자신의 곧은 뜻을 훗날이라도 알게 될 것이니 묵묵히 자신의 길을 가겠다는 뜻이었다.

5. 길을 묻다

기러기 날아가네,
깃을 훨훨 치면서.
그대들이 가게 되면 들에서 고생하리.
불쌍해라, 저 백성 홀아비와 과부들.

—《시경》의 '기러기 날아가네'에서

[1]

한강변의 두모포 백사장에 장막을 두른 임시 무대가 만들어졌고, 산대(山臺)놀이판이 준비되었다. 놀이판 주변에 줄을 둘러치고 수많은 등을 주렁주렁 매달아놓았으며, 그 사이마다 불꽃이 튀게 하는 연소체를 걸어놓았다.

놀이판 주변에는 좌판을 깐 노점상들이 즐비하게 늘어서 있었다. 비록 좌판이라고 하나 상품의 종류와 규모로 볼 때 시전거리에 못지않았다. 게다가 장사치들이 손님을 부르는 소리가 구성지고 흥겨워서 하나의 구경거리로 충분했다.

본격적으로 놀이판이 시작되기 전이었다. 피리 두 개, 젓대 하나, 계금 하나, 장구 하나, 북 하나로 구성된 삼현육각에 꽹과리까지 합세한 악사들이 호흡을 맞추느라 야단을 떨었는데, 그것만으로도 흡인력이 대단해서 구경꾼들이 왁자지껄 몰려들었다. 그래서 놀이판 주변에는 나룻배로 강을 건너려던 사람들은 물론이고 뱃일꾼들이며 도성 안에서 구경 나온 사람들까지 모여들어 그야말로 인산인해였다.

길놀이가 시작되었다. 붉은 바탕의 탈에 갓을 쓰고 꽹과리를 든 완보와 옴이 가득 오른 탈을 쓴 옴중이 영기를 들고 앞장섰다. 그리고 연두색 쾌자(소매가 없고 등솔기가 허리까지 터진 옛 군복)에 붉은 띠를 매고 푸른색 행전을 질끈 동여맨 채 곤장을 움켜쥔 말뚝이가 섰고, 삼현육각을 잡은 악사들이 길군악을 울리며 그 뒤를 따랐다. 또 목에 긴 염주를 드리운 노장탈을 쓴 사내와 노총각 역을 맡은 취발이가 쇠꼬리로 만든 백발을 이마 위에 드리운 채 따라 나섰다.

맨 마지막에는 구경꾼들이 막힌 가슴을 속 시원하게 터트려 보겠다는 듯 기세 좋게 뒤따랐는데, 대부분이 길군악 장단에 맞춰 어깨를 움찔움찔하고 두 팔을 치켜들어 깐딱깐딱하면서 신명 속으로 서서히 빠져들었다.

한바탕 길놀이가 끝나고 나자 산대놀이에 쓰일 모든 탈을 제단 위에 올려놓고 고사를 지내는 순서가 되었다. 제관이 돼지머리와 각종 음식을 차려놓은 제상에 술을 올렸다. 그리고 고인이 된 광대들의 영혼을 위로하고, 모인 사람들이 굿을 잘 구경하고 나서 아무런 탈 없이 집으로 돌아갈 수 있게 해달라고 기원하기 시작했다.

최산두가 고향 길에 오르기 위해 인동을 데리고 집을 나섰다가 두모포 나루터에 당도했다. 원래 정상지도 함께 데리고 나설 계획이었으나, 조광조의 신변 보호를 위해 어쩔 수 없이 남겨두고 왔다.

최산두는 평상복 차림으로 환도를 허리춤에 비껴 차고 말을 탔다. 평상시에는 거의 환도를 휴대하지 않았다. 그런데 정상지가 환도를 건네주면서 먼 길을 떠날 때는 신변 보호를 위해 꼭 필요한 물건이라며 몸에서 절대로 떼어놓지 말라고 신신당부했다. 그가 건네준 환도는 고향인 광양의 생쇠골에서 제작된 명검이었다.

인동은 나귀의 고삐를 잡고 뒤따랐다. 나귀의 등에는 쌀과 포를 담은 고리짝 두 바리와 자신이 갈아 신을 짚신 대여섯 족이 대롱대롱 매달려 있었다.

"나리, 저기를 보십시오. 두모포 백사장에서 산대놀이판이 벌어지려는 모양입니다요. 허허, 벌써부터 신명이 대단합니다."

산대놀이는 궁중 연극으로 행해졌는데, 세종 때부터 중국 사신을 영접하기 위해 산디도감[山臺都監]을 두고 관장하다가 차차 민간에 전파되어 평민극으로 변하기 시작했다.

대체로 열두 마당으로 구성되었으며, 연희 방법은 소매가 긴 옷을 입은 광대들이 탈을 쓰고 풍악에 맞추어 춤사위를 펼치거나 재담을 늘어놓는 형식이었다. 그 놀이는 처음과 끄트머리에 무속적인 고사 넋두리를 넣고 양반에 대한 조롱이라든지 남녀의 삼각관계 등 일반 백성들의 생활상을 담은 풍자극이었다.

"해찰하지 말고 어서 한강을 건너도록 하자."

최산두는 산대놀이에 관심이 없었던 것은 아니었지만, 신속히 한강을 건너서 한 시라도 빨리 그리운 고향으로 달려가고 싶을 따름이었다.

"알아 뫼시겠습니다요."

인동이 나룻배를 찾기 위해 나귀의 고삐를 힘차게 잡아끌며 포구 쪽으로 종종걸음을 했다. 그리고 곧장 되짚어 돌아왔는데, 얼굴에 당황한 기색이 역력했다.

"나리, 뱃사공들이 보이지 않사옵니다. 아마 산대놀이를 구경하려고 모조리 몰려가 버린 모양입니다. 이거 어쩌면 좋겠습니까요."

"뱃사공들이 없다고? 어허, 낭패로구나."

최산두가 말을 몰고 포구 쪽으로 바투 다가갔다. 대형 나룻배 한 척과 소형 나룻배 세 척이 매어져 있었으나 인동이 말했던 것처럼 뱃사공들은 보이지 않았다.

개인이 영업하는 사선(私船)은 배를 띄우건 말건 주인 마음이겠지만 관선(官船)은 규칙적으로 운행해야 하기 때문에 자리를 지키고 있어야 했다. 그런데도 관선의 뱃사공들마저도 놀이판으로 몰려가 버린 모양이었다.

최산두는 혹시나 하는 마음에서 이 나룻배 저 나룻배를 기웃거려보았다. 한 척의 나룻배에 뱃사공이 드러누워 있었다. 반가운 마음에 바투 다가서며 소리쳤다.

"어이! 강을 건네줄 수 있겠는가?"

"쇤네는 취했고, 배를 띄울 동무들마저 놀이판으로 쓸려 갔으니 어쩔 수 없습니다요. 다른 배를 알아보시지요."

드러누워 있던 뱃사공이 잠시 일어서더니 퉁명스럽게 대답했다. 몸이 비틀거리고 말이 불분명하며 눈이 게게 풀린 것으로 보아 크게 취한 것이 분명했다.

그때였다. 어디선가 말을 탄 사내 두 명이 급히 달려왔다. 그런데 얼핏 보아도 그들의 입성이 이상야릇했다. 먼 여행길에 올랐기 때문인지 모르겠으나 건장하고 고급스러운 말에 비해 남루한 옷을 걸쳤으며 형편없이 낡은 삿갓을 깊이 눌러쓰고 있었다. 그들이 뱃사공에게 다가가더니 소리쳤다.

"지금 배가 떠날 것인가? 그러면 우리도 함께 건네주게."

"어허, 왜 이렇게 모두들 야단이시우. 다른 배를 알아보라고 했지 않소이까."

뱃사공이 더 이상 대꾸하기 싫다는 듯 뱃전에 벌러덩 드러누워 버렸다. 말을 붙였던 사내들이 더 이상 채근하지 않고 뒤로 실실 물러가버렸다. 아마 뱃사공의 술 취한 꼬락서니로 보아 배를 띄우기 힘들겠다고 판단했던 모양이었다.

최산두가 드러누워 있는 뱃사공을 애타게 바라보고 있을 때, 인동이 말했다.

"나리, 고주망태가 되어버린 저 뱃사공이 강을 건네준다고 해도 위험해서 몸을 맡길 수 없겠습니다. 어쩔 도리가 없지 않겠습니까. 기왕에 상황이 이러하니 산대놀이나 구경하다가 관선이 움직일 때를 맞춰서 강을 건너심이 어떨까요?"

"허허, 억지 구경이라도 해야 될 성싶구나. 가보자꾸나."

최산두가 아쉬움을 감추지 못한 채 뒤돌아섰다. 강을 함께 건너겠다고 나타났던 사내들은 어느새 구경꾼들 틈으로 끼어들었는지 보이지 않았다. 나룻배가 매어져 있는 포구 주변에는 개미 새끼 한 마리 얼씬거리지 않았고, 산대놀이판이 벌어진 백사장 쪽에만 구경꾼들이 구름처럼 몰려 있었다.

인동은 허락이 떨어지자마자 놀이판을 향해 앞장서서 걸었다. 최산두는 말을 탄 채 인동의 뒤를 따라 놀이판 쪽으로 가면서 생각에 잠겼다. 언제부터인지 정체 모를 불안감이 무시로 밀려오고 있었다. 무엇 때문에 그런 느낌을 받게 되었는지 따져보았으나 알아내기 힘들었다.

도성 안 검계들의 움직임이 심상치 않다고 했던 정상지의 이야기가 머릿속에서 계속 맴돌았다. 가마를 타고 가던 홍경주, 김전, 남곤의 모습이 떠올랐다. 특히 소름이 끼칠 정도로 싸늘했던 남곤의 눈빛은 잊혀지지 않았다. 어수선한 정국 이야기를 나누면서 너무나도 의연한 자세를 취하고 있던 조광조의 얼굴도 떠올랐다.

"오메, 나리. 저기를 좀 보십시오. 수표교의 갖바치이옵니다."

인동의 외침에 최산두가 혼란스러운 정신을 헤치고 그를 바라보았다. 인동이 손가락으로 놀이판 안쪽을 가리키고 있었다.

"느닷없이 웬 갖바치란 말이냐?"

"구경꾼 틈으로 놀이판을 잠시 훔쳐보았는뎁쇼, 수표교의 갖바치가 제상 앞에 서 있지 않겠습니까. 예, 틀림없이 수표교의 갖바치입니다요. 허허, 갖바치가 신을 만드는 재주뿐만 아니라 산대놀이 재주도 있는 모양입니다."

최산두가 놀이판 안으로 시선을 돌렸다. 다행히도 말을 탄 높은 위치에 있어서 놀이판 안쪽이 자세하게 드려다보였다. 고사를 끝내고, 광대들이 제상 위에 놓여 있던 탈을 저마다 찾아서 머리에 쓰고 있는 중이었다.

인동의 이야기처럼 수표교의 갖바치도 광대들 사이에 끼어 있었다. 언제나 허름한 옷만 걸치고 지냈던 갖바치가 연두색 쾌자에 붉은 띠를 매고 푸른색 행전을 질끈 동여맨 차림으로 서 있어서 전혀 다른 사람처럼 보였다.

갖바치가 제상 위에 놓여 있던 탈을 하나 손으로 집어 머리에 쓰려다가 말을 타고 있는 최산두와 눈빛이 마주쳤다. 갖바치가 가볍게 고개를 숙이고 나서 표가 나지 않게 씽긋 웃기 시작했다. 최산두도 고개를 가볍게 까닥거려주었다. 갖바치가 머리에 탈을 썼다. 말뚝이탈이었다.

"어!"

최산두가 흠칫거렸다. 갖바치가 머리에 썼던 말뚝이탈을 벗더니 또다시 쓰고 벗기를 반복하며 최산두를 뚫어지게 바라보고 있었다. 그런 행동이 아무래도 뭔가 깊은 의미를 담고 있는 것처럼 느껴져서 최산두의 입이 벌어졌던 것이다.

놀이판이 벌어지기 시작했다. 상좌가 놀이판 중앙으로 나와 합장 재배하고 나서 춤을 추었다. 하지만 최산두는 그런 놀이가 눈에 잘 들어오지 않았다. 머릿속에는 말뚝이탈을 썼다 벗기를 반복했던 갖바치의 모습만 일렁거렸다.

갖바치가 말뚝이탈을 쓰면 말뚝이였고, 벗으면 다시금 갖바치였다. 너무나 깊이 생각에 빠져 있다 보니까, 말뚝이가 진짜인지 갖바치가 진짜인지 헷갈리기 시작했다. 그러던 중에 장자(莊子)의 호접지몽(胡蝶之夢)에 관련된 고사가 슬그머니 떠올랐다.

호접지몽은 '물아(物我)의 구별을 잊었다'는 것을 비유하여 이르는 말이며, 《장자》의 '제물론편'에 나오는 이야기였다. 그러니까 어느 날 장주가 꿈을 꾸었는데, 나비가 되어 꽃 사이를 즐겁게 날아다니다가 문득 깨어보니 자기는 분명 장주가 되어 있었다. 그런데 도대체 장주인 자기가 꿈속에서 나비가 된 것인지,

아니면 나비가 꿈속에서 장주가 된 것인지를 구분할 수 없었다는 것이다.

산대놀이에는 큰 관심이 없어서 어느 마당까지 진행되고 있는지 알 수 없었지만, 각종 탈을 쓴 광대들이 서로 뒤엉켜 춤사위를 펼치며 재담을 늘어놓고 있는 중이었다. 그런데 그 무리 속에는 갖바치도 말뚝이도 어느새 사라지고 없었다.

누군가의 흥얼거리는 노랫소리가 놀이판 안쪽에서 들려왔다.

“나비야 청산 가자, 호랑나비 너도 가자. 구시월 새 단풍에 된서리 맞아 낙엽져…….”

최산두는 그 노래에 별로 귀를 기울이지 않고 갖바치의 행동이 무엇을 의미하는지 알아내기 위해서 골몰할 뿐이었다.

‘수표교의 갖바치가 나에게 전하고 싶었던 뜻은 그게 아니었을 거야. 장자의 호접지몽이라는 것은 만물일체의 절대경지에서 보면 장주도 나비도, 꿈도 현실도 없다는 뜻이 아니던가. 갖바치가 내게 그런 의미를 전해주려고 말뚝이탈을 썼다 벗기를 반복했던 것은 아닐 게야. 그렇다면 도대체 무엇이란 말인가?’

아무리 생각해도 숨은 뜻이 금세 잡힐 듯하면서 잡히지 않았다. 최산두는 머리가 어지러워 눈을 질끈 감았다. 놀이판의 광대들이나 구경꾼들의 모습이 보이지 않자 복잡다단했던 마음이 한결 가라앉았다. 그때 놀이판 안쪽에서 광대의 목소리가 들려왔다.

“여보, 샌님, 남의 종 쇠뚝이 문안드려달랍니다. 잘못 받으면 육시처참에 송사리 뼈도 안 남소. 한 잔도 못 먹는 날은 아래위 댁으로 다니며 뜰을 멀쩡히 청결허고, 한 잔 먹고 두 잔 먹어서 석 잔쯤 먹어놓아 얼굴이 지지 벌겋다면 아래위 댁으로 다니며 조개란 조개 묵은 조개 햇조개 할 것 없이 치까고 내리 까고 몽주리 치까먹고…….”

그 목청으로 보아 말뚝이탈을 썼던 수표교 갖바치가 틀림없었다. 평소에 그의 목소리는 나지막하고 차분했다. 그런데 오늘은 뭔가를 토해내야 속이 시원하겠다는 듯 바락바락 외치고 있었다.

말뚝이탈의 대사가 끝나자 누군가가 뭐라고 말을 받았는데, 최산두의 귀에는 잘 들어오지 않았다. 한참 후에 말뚝이탈을 쓴 수표교 갖바치의 노랫소리가 다시 들려오기 시작했다.

“녹수청산 깊은 골에 청황룡이 굼틀어졌다…….”

최산두가 눈을 떴다. 말뚝이탈을 쓴 갖바치와 쇠뚝이가 서로 마주 보고 춤을 추면서 퇴장하고 있었다. 또 한 마당이 끝나고 있었다.

“아이고 나리, 관선이 움직일 모양입니다요. 서두르셔야겠습니다.”

인동의 목소리가 들려오자 최산두가 재빨리 고개를 돌려 포구 쪽을 살펴보았다. 관선의 뱃사공들이 대형 나룻배 위에 올라 강 건널 채비를 서두르고 있었다. 강을 건널 사람이 꽤나 있었을 법한데 산대놀이 구경에서 헤어나지 못했는지 포구로 달려가는 사람은 아무도 없었다. 하지만 뱃사공들은 건너편에서 두모포로 건너올 사람들을 태워 돌아올 생각인지 빈 나룻배인 채 그냥 떠나려 하고 있었다.

“인동아, 속히 달려가서 배를 붙들어라.”

“알겠습니다요.”

인동이 나귀를 질질 끌다시피 하면서 포구 쪽으로 잽싸게 달려갔다.

최산두는 고향을 그리워하는 심정 때문에 다급함이 솟구쳤으나 양반 체면에 달려갈 수 없어서 의젓한 자세로 말을 몰고 포구 쪽으로 갔다.

나룻배 가까이 다가갔을 무렵이었다. 어디선가 나타난 사내 두 명이 허겁지겁 말을 몰며 최산두 옆을 급히 지나치더니 나룻배에 먼저 올라탔다. 남루한 옷이나 형편없이 낡은 삿갓으로 보아 반 시진 전쯤에 강을 건너려고 했던 자들이 틀림없었다.

“어허, 이런, 이런, 고얀지고.”

사내들이 타고 있던 말의 발굽에서 일어난 먼지가 강바람을 타고 최산두에게 후릿그물처럼 덮쳐들었다. 기분이 썩 좋지 못했지만 나무라거나 따지기까지 할 일은 아니었다.

최산두와 인동이 나룻배에 올라타자마자 곧바로 출발하기 시작했다. 나룻배가 강물을 가로지르며 건너편으로 나아갔다. 동호독서당에서 한강을 내려다보았을 때는 호수처럼 잔잔하게 보였다. 그런데 막상 뱃전에서 바라보니 거센 물살이 소용돌이치며 무서운 기세로 흘러내리고 있었다.

“나리, 멀리서 보기와는 전혀 딴판이옵니다. 거울처럼 맑고 잔잔했던 강물이 이렇게 무섭도록 소용돌이치며 흘러내릴 줄 몰랐습니다요. 쇤네는 머리가 어지럽고 뱃멀미까지 솟구칠 듯 싶습니다요."

인동이 엉덩이는 뒤로 빼고 머리만 뱃전 밖으로 삐쭉 내밀면서 거센 물살에 지레 겁을 집어먹고 혀를 내밀었다.

"멀리서 보는 것과 가까이서 보는 것이 다르기도 하고, 겉과 속이 다르기도 한 것이 세상살이 아니더냐. 그래서 통찰력이 필요한 것이니라."

그런 이야기는 인동에게 해주는 것이라기보다, 최산두가 스스로에게 통찰력이 중요하다는 것을 되새기는 말이었다.

나룻배가 건너편의 포구에 가까워지기 시작했다. 나룻배를 타기 위해 모인 많은 사람들이 웅성거리고 있었다. 그곳에서 그리 멀지 않은 곳에는 한명회의 호를 따서 이름을 붙인 압구정(狎鷗亭)이라는 정자가 멋들어진 자태를 자랑하고 있었다. 그 뒤편에는 좌에서 우로 남한산, 청계산, 관악산이 펼쳐져 있었는데, 그 산들의 높이가 고만고만했다.

나룻배에서 내린 사람은 네 명이었지만 타는 사람은 셀 수 없이 많았다. 최산두는 나룻배에서 내리면서 이상한 광경을 목격했다. 배를 함께 타고 왔던 사내들이 건너편에 내려서 말에 올라타는 순간이었다. 그들의 복장이 기이했다. 겉에는 남루한 옷을 걸쳤는데, 겉옷이 펄럭거릴 때 바라보니 속에는 비단옷을 입고 있었던 것이다.

"어허, 정말 이상야릇하구나."

최산두가 혼잣말로 중얼거리자 인동이 멀뚱멀뚱 바라보았다.

"나리, 뭐가 이상야릇하다는 것이옵니까?"

"아니다. 그럴 만한 일이 있었느니라. 많이 지체되었으니 가야 할 길이나 어서 재촉하자."

최산두가 앞장섰다. 대강 짐작으로 헤아려보아도 두모포에서 반 시진 이상 지체한 셈이었다. 이미 계산해두었던 역원(驛院)까지 가려면 밤길을 걸어야 할지도 모를 일이었다.

한강변의 약간 경사진 언덕을 올라채면 청계산으로 향하는 길이 아스라이 뻗어 있었다. 청계산 골짜기를 감고 돌아 뒤편으로 나아가면 용인현이었다.

풍광명미(風光明媚). 문자 그대로 청계산은 수려하고, 이슬처럼 맑은 물이 계곡을 따라 흘러내렸다. 나비들이 옅은 아지랑이 속으로 나불나불 날아가면서 꿈을 연출했고, 산새들의 아름다운 울음소리가 여름을 재촉하고 있었다.

봄과 여름이 교차하는 길목에 서 있는 청계산은 온몸에 연초록 비단을 감고 있었다. 그런 신록의 풍광은 가을 단풍보다 훨씬 경이로웠으며, 생명의 경외와 탐미에 흠뻑 빠지지 않고는 배겨나지 못하도록 만들었다. 그 신록을 스쳐 지나온 바람 속에는 비록 화사한 꽃향기가 묻어 있지 않았지만 생명으로 충만한 기운이 맑은 여울물처럼 찰랑대고 있었다.

신록을 스쳐 온 바람이 인간을 무념무상의 경지로 이끌었다. 그 바람이 영혼과 육신에 덕지덕지 묻어 있는 때를 말끔히 닦아주고, 세파에 휩쓸려 오욕칠정에 물들어버린 어리석은 인간들을 무욕(無慾)의 세상으로 인도해주었기 때문이다.

최산두와 인동은 청계산의 품에 안기자 피로가 말끔히 가시는 것을 느꼈다. 길을 오가는 사람이 거의 눈에 띄지 않아서 심심하고 지루하기 짝이 없었는데, 그런 적막강산이나 다를 바 없는 청계산에 들어서자마자 묘하게도 활기가 치솟았던 것이다.

"인동아, 자연은 인간을 가르치는 큰 스승이니라."

최산두는 두모포에서 청계산까지 가는 동안에 입을 굳게 다물고 깊은 생각에 빠져 있다가 신록의 향연 속으로 들어가면서 입을 열기 시작했다.

"나리, 자연이란 무엇입니까요?"

"문자 그대로 스스로 그러한 것이 곧 자연이다. 그러니까 자연은 우주의 질서를 절대로 거역하지 않고 그 자체의 생명력으로써 생로병사를 거듭 반복하느니라."

최산두는 계곡 사이를 지나가면서 또다시 정체를 알 수 없는 불안감이 무시로 밀려오는 느낌을 받기 시작했다. 입을 다물었다. 도성 안에서 있었던 여러 가지 일과 산대놀이판에서 수표교의 갖바치가 말뚝이탈을 썼다 벗기를 반복했던 장면이 아른거렸다. 그뿐만 아니라 나룻배를 함께 타고 왔던 사내들이 자꾸만 눈에 밟혔다. 그들이 남루한 겉옷 속에 비단옷을 받쳐 입었다는 것이 이상스럽기는 했지만, 나룻배에서 내린 후에 어디론가 사라졌는데도 왜 눈에 밟히는지 이해할 수 없었다.

별안간 최산두의 눈빛이 달라지기 시작했다. 무시로 밀려오는 불안감의 정체를 발견했기 때문이었다. 신록의 품속에서 한

가로이 울어대던 산새들의 지저귐이 끊기면서 계곡이 더욱 적막해졌다. 꿩이 바쁘게 날개를 치며 멀리 사라졌다. 곧이어 살기가 서서히 다가오고 있었다.

'도대체 언놈들이 무엇을 노리고 있단 말인가?'

최산두가 정신을 집중하면서 하단전에 기를 모았다. 그는 일찍이 육예(六藝)를 연마했다. 그중에는 활쏘기도 있었는데, 그것은 기술만을 연마한다기보다 활을 쏘는 마음을 중용(中庸)에 두고 심신을 다스리는 인격 도야의 방편이었다.

유학의 경서인《사경(射經)》에서 활쏘기의 의미는 기술을 닦는 일, 활을 쏘는 데 지켜야 할 사례(射禮)의 준수, 눈으로 적중하는 기법을 넘어 마음으로 적중시키는 경지에 도달하는 길이라고 명시되어 있었다.

살기가 점점 짙어지기 시작했다. 그런 기운은 계곡 좌우에서 뻗쳐 나오고 있었다. 최산두는 자연스러운 자세를 취하고 있었지만 사실은 거궁(擧弓)하는 순간처럼 무극(無極)의 상태에 돌입해 있었다. 인동은 아무런 살기를 느끼지 못하고 무료함을 달래기 위해 콧노래를 부르며 뒤따라왔다.

최산두가 타고 있던 말이 길바닥에 돌출되어 있는 바위 때문에 약간 비칠댈 때였다. 그 틈을 놓치지 않고, 좌측에서 싸늘한 도광이 뱀의 혀처럼 날름거렸다.

"언놈이더냐!"

최산두가 날카롭게 외치며 말 잔등으로 벌러덩 드러눕는 자세를 취했다. 혼을 앗아갈 듯한 도광이 누워 있는 몸 한 자 위쪽의 허공을 베며 지나갔다. 뒤이어 우측에서 또다시 도광이 밀려왔다. 이번에는 좌측의 도광이 허공을 베고 지나갔던 자리에서 한 자쯤 아래였다. 그래서 자칫하면 드러누웠던 최산두의 몸뚱이가 꼬챙이에 꿰어진 산적(散炙)으로 변할 상황이었다. 그가 하단전에 힘을 주며 벽력같은 소리를 질렀다.

"못된 놈들 같으니라고!"

최산두가 날렵하게 몸을 굴려 말 옆구리에 달라붙었다. 말타기를 열심히 수련했기 때문에 취할 수 있었던 동작이었다.

우측에서 공격해왔던 환도가 허공을 찌르고 말았다. 그 순간 최산두가 다시금 말 위로 올라타면서 허리에 차고 있던 환도를 뽑아 들었다.

"비겁하게 암습을 가하다니 필시 떳떳한 놈들은 아니렷다!"

최산두가 말에서 뛰어내렸다. 두 사내가 경사진 길 위쪽을 점령한 채 예리한 환도로 겨냥하고 있었다. 나룻배를 함께 타고 한강을 건넜으며, 남루한 겉옷 속에 비단옷을 입고 있었던 자들이었다. 누구인지 알아보려고 했으나, 낡은 삿갓을 깊게 눌러쓰고 있어서 얼굴을 살필 수 없었다.

"책상물림인 줄 알았더니 제법 재주가 있구나. 하지만 우리의 손을 쉽사리 벗어날 수는 없을걸."

"무엇을 노리느냐?"

"네 놈의 쓸모없는 머리통만 내준다면 곱게 돌아가마."

그들이 소름 끼치는 웃음을 흘려냈다.

"보아하니 나와 직접적인 원한은 없을 터. 누가 사주했더란 말이냐?"

"잠시 후면 저승으로 갈 텐데 그런 것이 무슨 소용이겠느냐. 다만 이것만은 알려줄 수 있지. 우리는 어지러운 나라가 걱정되어서 분연히 일어섰다."

"오호, 그러니까 우국지사들이란 말이로구나. 그런데 나는 네 놈들을 보면서 실소를 금치 못하겠다. 네 놈들이 얼마나 정정당당하지 못했으면 남루한 옷과 낡은 삿갓으로 위장했겠느냐. 너희들의 행동이나 입성으로 보아 우국지사라는 허울 좋은 탈을 쓴 시정잡배가 틀림없으렷다."

최산두는 말뚝이탈을 썼다 벗기를 반복했던 수표교 갖바치의 행위가 무엇을 의미한 것인지 이제야 어느 정도 이해할 수 있을 듯했다.

"허, 속에 받쳐 입은 비단옷을 알아채다니, 눈썰미가 대단하구나."

"눈썰미 운운할 것이 아니라 속히 잘못을 뉘우치고 물러가도록 하여라."

"잔소리 말고 냉큼 목이나 내밀어라!"

두 사내가 협공으로 환도를 휘둘렀다.

최산두가 두 손으로 움켜쥐고 있던 환도를 뒤쪽으로 살짝 눕혔다가 앞으로 내리쳤다. 태극이 움직여 음양을 낳는 듯한 자세였다. 천둥번개가 하늘을 가르는 듯한 위력이었다.

사내들이 움켜쥐고 있던 두 자루의 환도와 최산두의 환도가 연이어 부딪히고 불꽃이 튀면서 순식간에 일합일리(一合一離)가

진행되었다.

서로의 위치가 뒤바뀌었다. 최산두는 아무런 일이 없었다는 듯 처음 자세 그대로 환도를 움켜쥐고 있었다.

그런데 두 사내는 삿갓이 절단되어 달아나버려 맨얼굴이 드러났다. 얼굴에 크고 작은 흉터가 있어서 흉악한 인상이었다. 최산두와 생면부지의 인물들이었다. 그들은 최산두가 예사내기 상대가 아니라는 것을 간파했는지, 얼굴에 당혹스러운 빛을 띠기 시작했다.

"순순히 굴면 목만 베어 가려고 했더니, 능지처참 맛이 어떤지 보여주마."

사내들이 서서히 다가왔다.

최산두는 그들의 얼굴이 불쾌해지면서 당혹스러운 빛으로 물들어버린 것을 발견했다. 그건 곧 자신의 감정을 추스르지 못하고 있다는 증거였다. 생사가 갈리는 대결에서 자신의 감정을 추스르지 못하는 쪽은 필패하기 마련이었다. 최산두가 호탕하게 웃으며 상대를 자극하기 시작했다.

"남루한 겉옷 속에 비단옷을 보니까, 네놈들은 도성 안의 검계 일원이 틀림없으렷다. 네놈의 무리가 폭행에 겁탈까지 온갖 악행을 다 저지르고 다닌다지? 쯧쯧, 불알 달린 사내로 태어나서 패악밖에 저지를 게 없었더란 말이냐. 수신도 못하는 주제에 나라 걱정까지 하다니 가소롭기 짝이 없구나."

최산두는 한성부를 떠나오기 전에 정상지가 도성 안의 검계들이 활발하게 움직인다는 정보와 함께 그들의 옷차림이나 행동거지에 대해서 알려주었던 것이 생각나서 그들의 신분을 알아차릴 수 있었다.

"감히 이 어른들을 놀렸겠다. 오냐, 이 환도가 네놈의 목을 꿰뚫을 때 얼마나 고통스러운지 알려주겠다."

두 사내가 일제히 덤벼들었다. 환도 두 자루가 허공을 가르며 내리치고 찌르기를 거듭했다. 하지만 이미 평정심을 잃은 상태라서 허술하기 짝이 없는 협공이었다. 더군다나 좁은 길에서 펼치는 협공은 한 사람이 공격하는 것보다 오히려 위력이 감소할 수밖에 없었다.

최산두가 환도로 거듭 맞받아치곤 하다가 빈틈을 발견하고 사자후를 터트렸다.

"얏!"

우렁찬 목소리가 청계산에 쩌렁쩌렁 울렸다. 그와 동시에 쇠붙이 부러지는 소리가 들려오면서 한 사내의 손에 들린 환도가 두 동강 났다. 다른 사내는 좌측 팔 소맷자락이 베어져 나풀거렸고, 팔뚝이 붉은 피로 물들어가고 있었다.

"여기에 묻히고 싶단 말이냐? 그러고 싶지 않다면 냉큼 물러가렷다!"

최산두가 치켜들었던 환도를 서서히 내리면서 다가갔다. 태산을 압도하는 듯한 자세였다.

"오늘은 너무나 방심해서 실패했지만 다음에는 용서하지 않을 것이다."

두 사내가 뒷걸음질하면서도 입은 살아 있어서 이죽거리더니 이내 도망치고 말았다.

달팽이눈이 되어버린 인동은 나귀의 고삐를 잡은 채 언덕 비탈진 곳에 웅크리고 있다가 사내들이 도망치자마자 벌떡 일어났다. 안색이 하얗게 질린 것으로 보아 아직 안정을 찾지 못했지만 입은 펄펄 살아나서 씨부렁거리기 시작했다.

"에라이, 하룻강아지 범 무서운 줄 모르는 놈들아! 어느 안전이라고 감히 건방지게 설치긴 설치느냐! 퉤! 도망가다가 넘어져서 가운뎃다리나 뎅겅 부러져버려라!"

인동이 침까지 뱉으며 저주를 퍼부었다.

"인동아, 어서 가자. 이러다가 밤길을 재촉해야 할지도 모르겠다."

최산두가 아무 일도 없었다는 듯 말을 재촉했다. 인동이 쪼르르 달려와서 호들갑을 떨기 시작했다.

"나리께서 어마어마한 무예 실력이 있다는 걸 예전에는 미처 몰랐습니다요. 거드름을 피우다가 꽁지가 빠지라고 도망쳤던 그놈들의 꼬락서니를 보셨지요? 쇤네는 삼 년 묵은 체증이 한꺼번에 쑤욱 내려가듯 후련하옵니다요."

"나의 무예 실력이 대단해서 그들을 물리쳤던 것이 아니니라. 인동아, 밤길에 호랑이를 만나 머리뼈만 묻히는 호식장(虎食葬)을 당하고 싶지 않다면 어서 길이나 재촉하자."

호식장이란 호랑이에게 목숨을 잃은 사람의 유골을 수습하여 화장하고 돌무덤을 쌓은 후에 시루를 덮고 창검을 상징하는 쇠꼬챙이를 꽂아두는 무덤을 말했다. 산간오지 사람들은 호랑이에게 목숨을 잃으면 창귀가 되어 호랑이 종이 된다고 믿었다. 그리고 그 창귀가 다른 사람을 유인하여 호랑이 밥이 되게 한 다음에 종에서 풀려나 극락왕생한다고 믿었기 때문에 이런 무덤을 쓰게 되었던 것이다.

"나리 곁에 있으면 호랑이 따위도 무섭지 않습니다요. 나리의 무예 실력은 천하제일이니까요."

"어허, 내 실력으로 이긴 게 아니라고 했지 않더냐."

최산두는 그들이 자신보다 무예 실력이 좋으면서도 평정심을 잃은 탓에 패했다는 것을 알고 있었다. 그리고 그들을 물리칠 수 있었던 또 하나의 비결은 고향, 광양의 생쇠골에서 제작된 환도가 워낙 우수해서 상대의 환도를 두 동강 내버렸기 때문이었다.

"어허, 저 숲에서 호랑이가 웅크리고 있구나. 인동아, 걸음을 재촉하지 않으면 호랑이 밥이 되든 말든 여기에 남겨두고 떠날 것이니라."

최산두가 일부러 인동을 놀리려고 타고 있던 말의 옆구리를 발로 가볍게 차서 속도를 내기 시작했다. 그가 인동에게 장난기까지 보이면서 여유를 부렸지만 마음은 무겁기 짝이 없었다.

최산두는 한성부에 있는 조광조의 신변에 위험이 닥칠까 봐 무엇보다 걱정되었다. 다행히도 무예에 능한 정상지를 그의 옆에 남겨두었고, 떠나오기 전에 조심하라고 신신당부를 해놓았기 때문에 조금은 마음이 놓였다. 그렇지만 왜 자신을 선택하여 암살하려고 했는지 그 이유를 알 수 없어서 마음이 무척이나 복잡하고 침울해졌다.

"아이고! 호랑이라고 했습니까요? 나리, 쇤네를 두고 떠나시면 십 리도 못 가서 발병이 납니다요. 젯밥 차려줄 자식도 없는 쇤네이옵니다. 꼭 데려가 주셔야 합니다요."

인동이 짚신 벗겨지는 것도 모를 정도로 허둥지둥 뒤따랐다.

[2]

경복궁의 근정전은 궁궐 건축물 중에서 위계가 가장 높았다. 그리고 궁궐 뒤편과 서쪽에 있는 북악산이나 인왕산과 잘 어우러져서 웅장하면서도 우아한 건축미를 자랑하고 있었다.

근정전 건물은 태조 4년에 완공되었다. 그 당시 삼봉 정도전이 '어진 이를 열심히 구하고, 어진 이를 편안히 기용한다(勤於求賢逸於任賢)'라는 의미에서 '근정(勤政)'이란 이름을 붙였다. 그건 곧 유교정치의 근본이념인 '백성의 교화'가 중요하며, 나라를 다스리는 요체가 인재 기용에 있다는 것을 표방하는 것이었다.

인시(오전 3시부터 5시 사이)였다. 꼭두새벽이었는데 근위병사들이 근정전 월대(月臺) 아래에서 창검을 움켜쥔 채 엄숙하게 도열해 있었다. 근정전 주변에는 어둠을 밝히는 횃불이 밝게 빛나고 있었다. 한 달에 네 번 열리는 조참(문무백관이 정전에 모여 임금에게 문안드리고 정사를 아뢰던 일)이 있는 날이기 때문이었다. 이 조참 의례에는 의정부와 육조의 당직 그리고 당하관과 감찰도 참석하게 되어 있었다.

근정문은 임금이 출입하는 곳이었다. 그곳에는 어계(御階)가 설치되었으며, 두 마리의 봉황이 구름 속에서 노니는 문양의 답돌이 놓여 있었다. 근정문 좌우의 일화문과 월화문은 문무백관이 출입하는 곳이었다.

근정문에서 근정전으로 나아가는 세 갈래 길이 있었다. 가운데의 약간 높고 넓은 길이 어도(御道)로 임금의 통행로였다. 좌우의 약간 낮은 길이 문무백관의 통행로였다. 그 세 갈래 길 바깥의 좌우 뜰에는 품계석이 질서정연하게 늘어서 있었다. 그래서 동쪽의 품계석은 동반이, 서쪽의 품계석은 서반이 각자 자신의 품계에 맞춰 도열하도록 되어 있었다.

근정전에서 조참을 기다리는 문무백관의 분위기가 다른 때와 달리 자못 심각했다. 그들은 삼삼오오 짝을 지어 무언가를 열심히 쑥덕거리고 있었는데, 때때로 목소리가 높아진다거나 얼굴빛이 붉으락푸르락해지는 것으로 보아 조참이 끝나고 국정 현안을 논하는 때가 되면 꽤나 시끄러워질 성싶었다.

월대 아래에 도열해 있던 궁중 악사들이 전후고취(殿後鼓吹)를 울리기 시작했다. 그 주악은 임금이 궁궐을 나설 때와 돌아올 때 울리는 것이었다. 그 소리가 신호라도 되듯 삼삼오오 짝을 지어 쑥덕거리던 관료들이 입을 다물고 지정된 품계석을 찾아 도열했다.

중종이 가마를 타고 어도를 따라 들어왔다. 그리고 근정전에 도착하자 문무백관이 일제히 국궁재배(존경하는 뜻으로 몸을 굽히고 두 번 절함)로 문안인사를 드리면서 조참이 시작되었다. 곤룡포를 입고 면류관을 쓴 중종이 군신들의 노고를 치하하는 치사를 했다. 이어서 문무백관이 정사를 아뢰는 순서였다.

판중추부사 김전이 국궁하며 중종께 아뢰었다.

"신, 김전, 엎드려 아뢰옵건대, 현량과 실시 이후에 유생들이 학문을 등한시하고 있사옵니다. 그들이 학문을 하지 않으면 실상이 없어지게 되옵니다. 또 사장은 비루하다 하여 제술에 힘쓰지 않기 때문에 경술에도 미치지 못하고 사장에도 능하지 못하는 현실에 처하고야 말았사옵니다. 아뢰옵기 황송하오나, 전하께서 굽어 살피셔서 크나큰 잘못을 바로잡아주시옵소서."

중종은 현량과 실시 이후에 많은 잡음이 뒤따르리라는 것을 예상하지 못했던 것은 아니었다. 그런데 조참 자리에서 공개적으로 거론될 것이라곤 예상하지 못했기 때문에 당황했으나 태연함을 가장하고 되물었다.

"현량과에 따른 문제는 이미 결정이 났던 게 아니오?"

"그건 그렇사옵니다만, 급제자가 발표되자 예전부터 염려했던 폐단들이 불거져 나오고 있으며, 대신들의 사기 또한 땅바닥에 떨어졌사옵니다."

김전의 이야기가 끝나자 이번에는 남곤이 나섰다.

"신, 예조판서 남곤, 엎드려 아뢰오. 현량과는 본래부터 자기모순을 안고 있었사옵니다. 이번에 현량과 급제자를 발표한 이후에 그런 모순이 백일하에 드러났습니다. 전하, 천거하는 사람이 어찌 요순시대의 사람과 같았겠습니까. 현량과의 가장 큰 문제는 천거했던 사람의 자질에 있다고 할 수 있겠습니다. 천거자들이 인재를 제대로 알아보지 못했고, 또 사심을 품고 불공평하게 천거했기 때문에 당연히 그런 폐단이 불거질 수밖에 없었던 것입니다."

중종은 두 대신이 현량과의 폐단에 대해 연거푸 아뢰자 그냥 모르쇠로 일관할 수 없는 문제라서 조참을 서둘러 끝마치고 주요 대신들을 사정전으로 불러들였다.

경연을 앞둔 사정전의 분위기는 그 어느 때보다 긴장감이 감돌았다. 현량과 폐단을 아뢰었던 훈구대신들은 그들대로 모여 눈빛을 벼르고 있었다. 그와 반대로 현량과 실시를 주장했던 신진 사림은 훈구대신들의 주청을 그냥 묵과할 수 없다는 단호한 자세를 취하고 있었다.

중종은 용평상에 앉자마자 눈을 지그시 감았다. 삼봉 정도전의 목소리가 귀에 생생히 들리는 듯했다. 어쩌면 그가 했던 이야기를 일부러 떠올리며 이 난국을 지혜롭게 넘길 수 있는 묘안을 찾으려고 애쓰는 것이었는지도 모를 일이었다.

"전하, 천하의 이치라는 것은 생각을 하면 이를 얻고 생각이 없으면 이를 잃는 법입니다. 대체로 보아 무릇 임금이 한 몸으로서 숭고한 자리에 있으면 만인의 무리 속에 지혜롭거나 어리석거나 어질거나 못난 사람들이 섞여 있고, 또한 만사가 번거로워서 시비와 이해가 뒤섞여 가지런하지 못합니다. 어찌 일의 옳고 그름을 가리어 처리하며 사람이 어질고 어질지 못한 일을 가리어 나아가게 하고 물러가게 하오리이까……."

정도전은 '생각하는 것이 사람을 쓰고 부리는 일의 극치'라고 했다. 그래서 날마다 조회를 하고 정무를 살피는 이 건물을 사정전(思政殿)이라고 이름 지었던 것이다.

'이번 문제를 어떻게 처리해야 현명하단 말인가?'

중종은 눈을 감은 채 잠시 생각에 잠겼다. 반정 이래 계속되어 온 잘못된 정치를 개선하고, 선비들의 풍습을 개혁하려는 일환으로 새로운 인재의 필요성을 느꼈다. 그래서 현량과라는 새로운 과거제도를 통해 인재를 뽑았는데, 훈구대신들의 논박이 그 어느 때보다 거세어서 무마시키는 것이 매우 힘들 것 같았다.

중종이 남모르게 한숨을 내쉬었다. 현량과 실시 이전에도 논란이 많았던 것은 사실이었다. 하지만 일단 실시하고 나면 모든 논란이 점점 수그러들 것으로 기대했다. 그런데 오히려 논란이 커지고 만 셈이었다.

"전하, 신, 호조판서 고형산, 아뢰오. 이번에 실시했던 현량과는 잘못된 것이오니 급제했던 자들을 모두 취소해야만 합니다. 그리고 현량과 실시를 주장했던 자들은 국정을 문란케 했으니 마땅한 죄를 내려야 할 것이옵니다."

고형산이 주청을 끝내고 뒤로 물러서자, 김정이 앞으로 나서서 국궁하며 아뢰었다.

"신, 형조판서 김정, 아뢰오. 예전의 과거제도는 폐단이 더 많았던 게 사실이옵니다. 그래서 참다운 인재를 선발하기 위해 현량과를 실시하고 재행을 겸비한 숨은 인재를 발탁했던 것이온데, 이것을 문제 삼아 시비를 불러일으키는 것은 천만부당한 일일 뿐만 아니라 근거 없는 협잡이요, 모함에 지나지 않는 줄 아뢰오."

사정전 안에는 서로 다른 두 갈래의 길이 견거니틀거니 하며 마구 뒤엉켜 있었다.

중종은 이 일을 어떻게 처리해야 좋을지 몰라 침묵만 지키고 있었다. 이럴 때는 잠시 말미를 얻어 고향으로 내려갔던 최산두가 옆에 있다면 속내를 허심탄회하게 드러내놓고 어느 길을 선택해야 현명한지 물어보고 싶었다.

"경들은 들으시오. 하늘을 대신하여 만물을 다스릴 때 어진 이를 구하고 기용하는 것만큼 중요한 일이 없다고 했소. 여기에 있는 모든 대신들이 어진 이를 구해야 한다는 것에 동의하지 않을 리 없고, 또 어진 이를 구하자고 이처럼 논란을 벌이는 것으로 알고 있소. 하지만 논란이 너무나 가열되면 국력을 소모하는 것이나 진배없소. 모두 진정하기 바라오."

중종이 과열된 분위기를 가라앉히려고 했으나 훈구대신들의 주청은 그치지 않았다. 이번에는 오위도총관 심정이 앞으로 나섰다.

"신, 오위도총관 심정, 아뢰오. 전하, 현량과 방목(급제자들의 인적사항을 기록한 명부)을 자세히 보시어 급제자들의 면면을 살펴보면, 인맥과 학맥으로 긴밀하게 맺어져 있음을 알 수 있을 것이옵니다. 이건 조정을 문란하게 하고 관작을 사사로운 물건으로 여기는 작태이옵니다. 그리고 급제자들의 연고지를 살펴보시옵소서. 그러면 이번 현량과 급제자가 일부 기호지방에 편중되어 있다는 것을 아실 수 있을 것이옵나이다. 이번 현량과는 특정 세력의 사전에 계획된 음모에 의해 진행되었사옵니다. 그러므로 현량과를 혁파하는 일이 시급하다 아니 할 수 없사옵니다."

근거를 앞세운 심정의 논박은 매우 주도면밀했다.

중종도 방목을 읽어보았기 때문에 심정의 논박이 억측이나 애먼 시비가 아니라는 것을 알고 있었다. 그러나 이번 현량과는 어느 누구의 사전 계획에 의해서 급제자를 발탁했던 것은 아니었다. 더군다나 천거를 받은 120명을 근정전에 모아놓고 자신이 친림(親臨)하여 과거시험을 치렀던 것이 사실이었다.

중종은 신진 사림의 영수 격인 조광조가 나서서 명쾌한 반론을 펼쳐주길 기대했으나 침묵만 지키고 있었다. 그래서 그를 지목하여 물었다.

"경은 왜 침묵만 지키고 있소. 경은 이 문제를 어떻게 생각하는지 말해보오."

"신, 홍문관 부제학 조광조, 아뢰오. 나라에 도가 있으면 언로를 일으키고 도가 없으면 침묵을 받아들이라 했습니다. 지금 조정에는 도가 없는데 더불어 말하면 오히려 말을 잃기 때문에 침묵을 지키고 있었사옵니다."

"왜 도가 없다고 생각하오."

"잘 꾸민 말이 덕을 어지럽혔기 때문이옵니다."

"무슨 말인지 잘 알겠소. 하지만 과인은 이 자리에서 경의 의견을 꼭 듣고 싶소."

"성은이 망극하여이다. 신, 홍문관 부제학 조광조, 전하의 명을 받들어서 아뢰오. 전하, 지치의 꿈을 버리시려 하옵니까? 신은 일찍이 사마시에서 도학을 높이고, 인심을 바르게 하며, 성현을 본받고 지치를 일으켜야 한다는 글을 작성했던 적이 있습니다. 전하, 지치의 꿈을 이룩하려면 인재 등용이 매우 중요하옵니다. 지치의 꿈을 이룩하기 위한 근간은 현량과이옵니다. 그런데 소소한 폐단이 있다고 해서 원대한 일을 가로막으며 혁파해야 한다고 주청하는 것은 지치를 가로막는 행위라 아니 할 수 없습니다. 전하, 혜안을 어지럽히는 소인들의 주청에 귀를 기울이시면 아니 되옵니다."

중종은 조광조의 단호한 이야기를 들으면서 퍼뜩 스쳐 지나가는 것이 있었다. 조광조처럼 단호하고 야무진 모습을 보여주어야 한다는 생각과 함께, 나약해진 왕권을 기필코 바로 세우겠다며 움켜쥐었던 사인검이 떠올랐다. 중종이 주문을 외우듯 그 검에 새겨진 글을 마음속으로 읊조렸다.

'하늘은 정을 내리시고 땅은 영을 도우시니 해와 달이 모양을 갖추고 산천이 형태를 이루며 번개를 몰아치도다. 현좌를 움직여 산천의 악한 것을 물리치고 현묘한 도리로써 베어 바르게 하라.'

그날의 각오가 새로워지며 용기가 불끈 치솟는 것을 느꼈다. 눈을 부릅떴다. 그럴 즈음에 조광조를 반박하기 위해 김전이 앞으로 나섰다.

"전하, 이번 현량과는 서로 번갈아가며 천거하고 부정하게 끌어주어 붕당을 맺기에 이르렀습니다. 그리고 추종하는 자만 좋아하고 그렇지 아니한 자는 배척했으나, 사람들은 그 기세가 무서워 입을 다물고 있을 뿐이옵니다. 전하, 그들은 정사를 변란하게 하고 국론을 어지럽히고 조종의 법을 무시하고 있사오니, 현량과를 혁파하고 또 붕당(朋黨) 맺은 자들을 엄벌에 처해야 마땅한 줄 아뢰오."

김전의 주청이 계속될 때 사정전의 분위기가 술렁거리기 시작하다가 '붕당'이라는 말이 튀어나오자 모두 다 깜짝 놀라고 말았다. 붕당 죄는 참형을 면치 못할 만큼 중대한 것이었기 때문이었다. 그런데 김전의 주청보다 더욱 놀라운 일이 벌어졌다.

"경들은 귀를 씻고 들으시오! 이번 현량과는 과인이 근정전에서 친히 지켜보는 가운데 시험을 치렀고 또 급제시켰소. 그런데 과인이 급제시켰던 자들을 모두 쫓아내잔 말이오? 경들도 입이 있으면 말해보오."

눈빛이 칼날처럼 예리했고, 목소리는 추상같았다. 사정전 안에 모였던 신하들은 예전과 전혀 달리 중종이 매우 단호하게 나오자 그 기세에 깜짝 놀라지 않을 수 없었다.

"전하, 성은이 망극하여이다!"

모두 다 국궁 자세를 취하며 소리쳤다.

중종은 머리와 허리를 굽히고 있는 대신들을 보면서 자신의 손에 진짜 사인검이 들려 있다고 생각했다. 그리고 그 사인검을 휘두르자 만조백관이 벌벌 떨면서 일시에 무릎을 꿇어버린 듯한 착각 속으로 빠져들었다.

[3]

어둠을 뚫고 햇귀가 번지기 시작했다. 아침 바다 위에서 반짝이는 윤슬이 비단처럼 곱고 부드러웠다. 궁형(弓形)의 해안선을 따라 비행하던 갈매기들이 저마다 비단 너울을 둘러쓰고 아침 바다를 찬미하고 있었다.

충청수영은 보령현의 오천성(鼇川城)에 자리 잡고 있었다. 바닷가 언덕 위에 있는 그 성은 자라의 형국을 닮은 지형을 따라 쌓았기 때문에 멀리서 바라보면 흡사 거대한 자라가 웅크리고 있는 듯했다.

서해안 방어 요충지로 중요한 역할을 담당하고 있는 이 성은 원래 흙으로 되어 있었으나, 중종 4년에 충청수군절도사 이장생이 돌로 다시금 쌓기 시작하여 지금은 거의 완성 단계에 접어들고 있었다. 성곽에는 주변의 바다를 감시할 수 있는 관망소가 설치되었으며, 성내에는 민가와 관아 건물들을 지어 백성과 관리들이 함께 살고 있었다.

최산두가 오천성의 홍예문을 나서 돌계단을 밟고 아래로 내려왔다. 충청수군절도사 한충이 성문 밖까지 따라 나와서 배웅해주었다. 그는 최산두가 하룻밤만 머물고 떠나가는 것이 못내 아쉬웠던지 자리를 뜨지 못하고 한참이나 서서 이드거니 바라보고 있었다.

"송재, 어서 들어가게나."

최산두가 한충에게 손을 흔들었다. 그는 최산두보다 네 살 아래였다. 그런데 조광조 등과 더불어 도의지교까지 맺은 각별한 인연이 있었던 터라 최산두가 고향으로 내려간다는 소식을 미리 알고 사람을 보내어 오천성으로 모시는 친절을 베풀었다.

"신재 형님, 편히 가십시오. 그리고 이 서찰은 길을 가시다가 짬이 날 때 펼쳐 보시고, 한성부로 올라가시면 정암 형님께 꼭 전해주시기 바랍니다."

한충이 서찰 한 통을 내밀었다.

"내가 읽은 다음에 정암에게 전해달라고? 허허, 무슨 내용인지 무척 궁금하구먼."

최산두가 편안하게 웃긴 했으나, 궁금하기 짝이 없는 것만큼은 틀림없었다.

한충이 특별히 배려해준 길라잡이 두 명이 말을 타고 앞장서서 갔다. 그들은 최산두가 충청지역을 벗어날 때까지 길 안내와 신변 보호를 맡은 호위무사들이었다.

마음을 바짝 졸이며 경계할 수밖에 없었던 며칠 동안의 여정과는 달리 아주 편안한 남행길이 이어졌다. 그 덕분에 고을을 만날 때마다 민심이나 풍속을 제대로 살필 여유도 생겨났고, 민정을 은밀하게 살피라고 했던 어명을 수행하기에도 어려움이 없어 보였다.

최산두 일행이 금강나루로 향하는 지름길을 택해 보리밭 샛길을 지나가고 있을 때 어디선가 '농가월령가'가 들려왔다.

"사월이라 초여름이 되니 입하 소만의 절기로다. 비 온 끝에 햇볕이 나니 날씨도 화창하다. 떡갈나무 잎이 피어날 때에

뻐꾹새가 자주 울고, 보리 이삭이 패어나니 꾀꼬리가 노래한다……."

나귀를 끌며 맨 뒤에서 따라오던 인동이 화답이라도 하듯 흥얼거렸다.

"바야흐로 농사도 한창이요, 잠농도 한창이라. 남녀노소 농사일이 바빠 집에 있을 틈이 없어, 적막한 사립문이 녹음 속에 닫혀 있구나. 목화를 많이 심소, 길쌈의 근본이라. 수수, 동부, 녹두, 참깨 밭에 부룩[간작(間作): 사이사이에 다른 농작물을 심는 일]을 적게 하소. 떡갈나무 꺾어 거름할 때 풀을 베어 섞어 하소. 무논을 써레질하여 이른 모 심어보세……."

최산두는 평화로운 농촌 분위기를 접하자 마음이 편안해지는 것을 느꼈다. 마침내 지치의 꿈이 이루어지고, 백성들이 태평하고 균평한 세상에서 살아갈 수 있다면 그것보다 더한 것이 없을 터였다.

최산두는 세종대왕이 남긴 이야기를 떠올렸다.

세종은 "전답에서 힘써 농사지으며, 우러러 섬기고 굽어 양육케 하여서 우리 백성의 생명을 길게 하고, 우리나라의 바탕을 견고히 하며, 가정과 사람마다 넉넉하여 예양(禮讓)의 풍속을 크게 일으켜 때로 화평하고 해마다 풍년이 되어 다 함께 화락하는 즐거움을 누려갈 것이다."라고 말했다.

이처럼 세종은 어느 특정 계급만을 위한 것이 아니라 모두가 함께 즐거워할 수 있는 세상을 지향했다.

최산두 역시 '드높은 평화로부터의 경지'를 위한 융평(隆平)과

'절대 풍요의 경지'를 위한' 풍평(豊平)이 필요하다는 것을 절실하게 느끼고 있어서 어전에 나아갈 때마다 그런 점을 역설하곤 했다. 그리고 조광조와 함께 "여러 토산물이 고르지 못한데도 한 되 방납에 한 말을 받아내고, 한 필 방납에 세 필을 받아내니 폐단이 극심합니다."라며 백성들을 극도로 어렵게 만드는 방납(공물을 대신 납부하고 이자를 받는 일)의 폐단을 시정해야 한다는 상소를 올리기도 했다.

최산두 일행이 보리밭 샛길을 벗어나 시냇가로 나갔다. 때마침 사내들이 시냇가에서 족고를 둘러치고 천렵놀이를 즐기는 중이었다. 그들이 조금 전에 월령가를 읊조렸던 모양이었다.

시냇가 반석 위에 노구솥이 걸려 있고, 거기에서 김이 모락모락 새어 나오고 있었다. 음식 끓는 냄새가 바람을 타고 스멀스멀 흘러왔다. 사내들 옆에는 장구와 북 등의 악기가 놓여 있었다. 음식을 배불리 먹고 나면 악기를 두드리며 한바탕 즐겁게 놀 셈인 모양이었다.

"여보시오. 천렵놀이 재미가 어떠시오? 거참, 구수한 냄새가 흘러와 목젖 떨어지게 생겼수다."

인동이 참다 못하고 소리쳤다.

"아 거, 농사만 짓고 살았던 놈들이 잠시 짬을 내어 시냇물에 족고를 둘러쳤으니 이만한 재미가 세상에 또 어디에 있겠소이까. 어디로 가는 길손인지 모르겠지만, 이리 와서 입맛이나 다시고 가시구려."

"거참, 한입 했으면 더 이상 소원이 없으련만……. 갈 길이 너무 멀어서 지체할 수 없다는 게 심히 유감스럽구려. 말이라도 정말 고맙수다."

인동이 최산두의 눈치를 힐끗힐끗 살피면서 입맛을 다셨다. 최산두는 뒤돌아보지 않아도 그의 심정을 훤히 꿰뚫어보았다.

"인동아, 그렇게 먹고 싶으냐?"

"아닙니다요. 천렵놀이를 보는 것만 해도 즐겁습니다요. 나리, 광양 땅에 무사히 도착하면 쇤네에게 천렵놀이를 마음껏 즐길 수 있도록 허락해주십시오. 광양 땅을 적시며 흘러가는 동천과 서천에 있는 물고기를 죄다 잡아 맛있게 끓여서 고을 잔치라도 벌여볼 생각입니다요."

인동이 싱글벙글 웃었다. 최산두도 미소를 지었다. 고향 이야기라면 언제 들어도 정겹고 행복했다.

광양 고을 뒤쪽에 의연하게 자리 잡고 있는 백운산은 믿음의 상징이요, 온갖 산나물을 제공해주는 은혜로운 산이었다. 고을 앞에 펼쳐진 농토가 비록 넓지는 않았지만 무척 비옥해서 열심히 땀을 흘리기만 하면 합당한 대가가 돌아왔다. 그리고 지호지간에 펼쳐진 앞바다에는 온갖 해산물이 지천으로 널려 있었다.

광양은 이처럼 산과 들과 바다를 두루 껴안고 있는 천혜의 땅이었다. 그래서 어느 곳보다 각종 음식이 발달하여 맛이 특출했고, 먹을 것이 풍부했기에 고을 사람들의 인심 또한 후했다.

물론 왜구들이 간간히 침략하여 축복받은 땅을 혼란 속으로 빠트렸다는 것이 흠이었지만, 그런 적당한 도전이 오히려 백성들의 생활력이나 성품을 강인하고 지혜롭게 만들어주었다.

최산두가 갑자기 말고삐를 잡아채며 멈췄다.

"인동아, 그건 그때 가서 생각할 일이고, 지금은 다르지 않느냐. 잠시 어울리다 오도록 하여라."

뒤따르던 인동의 입이 함지박만큼 벌어졌다. 아침부터 줄곧 걸었고 중화참(길을 가다가 점심을 먹거나 쉼)이 가까워져서 뱃가죽이 등허리에 달라붙을 지경이었다. 그런데 상전이 잠시 어울리도록 허락해주었으니, 그야말로 감지덕지 어쩔 줄 모를 지경이었다.

인동이 시냇가로 쪼르르 내려가자 노구솥 주변에 둘러서 있던 사내들이 반갑게 맞이하며 음식을 내밀었다. 인동이 염치불구하고 음식 그릇을 받아들더니 게 눈 감추듯 먹어치웠다.

"어이, 여보게들, 요즘 농사짓는 재미가 어떠한가?"

최산두가 민심을 살피기 위해 천렵놀이를 하는 사내들에게 물었다.

"쇤네들처럼 가난한 놈들에게 농토를 나누어준다는 소문이 떠돌고 있습니다요. 그런 소문만 들어도 어깨춤이 절로 나오고 살맛이 불끈 치솟지요. 아 거, 농사짓는 놈들에게 농토만큼 환장하게 좋은 것이 또 어디에 있겠습니까요."

최산두가 더 이상 말을 걸지 않고 빙그레 웃기만 했다.

백성들의 살림살이는 그 어느 때보다 활기가 넘쳐 보였다. 그 모든 것은 사내들의 이야기처럼 머지않아 한전법과 균전법이 실시될 것이라는 희망 때문일 것이리라.

중종 12년에 신진 사림이 한전법을 주장했다. 그 내용의 핵심은 토지 소유 상한을 50결로 제한하자는 것이었다. 그리고 지난해에는 부유한 자의 토지를 일부 몰수하여 가난한 자에게 분배하자는 균전제를 주장했다.

이 균전제는 정전제처럼 모두 같이 나누지는 않지만 소농민들에게 토지를 분배하자는 점에서 획기적인 일이었으며, 얼마 전에 중종의 윤허를 받아 이러한 토지개혁 제도들이 확정되기에 이르렀던 것이다.

인동이 잘 먹었다는 예를 표한 다음에 떠나려 하자 사내들이 좀 더 쉬었다 가라며 소매를 붙들었다.

"우리랑 한바탕 놀고 떠나시구려. 배가 가득 찼으니 지금부터 신명나게 놀아볼 판이거든요."

"갈 길이 멀어서 함께 놀지 못하는 것이 되우 섭섭하오."

인동이 아쉬움을 금치 못하며 길 위로 올라왔다.

최산두 일행이 길을 재촉하자마자, 마치 잘 가라고 전송해주듯 풍물 소리가 울려 퍼지기 시작했다. 한 식경쯤 길을 갔어도 그 풍물 소리가 사라지지 않고 아스라이 들려왔다.

"나리, 금강나루가 바로 앞입니다."

말을 타고 앞서 가던 호위무사들이 손가락으로 가리켰다. 파릇하게 새순이 돋아난 갈대밭 사이로 금강 물줄기가 보이기 시작했다. 멀리서 보아도 도도하게 흐르는 물줄기임을 한눈에 알 수 있었다.

인동이 앞으로 내달렸다. 그리고 키 낮은 갈대밭을 찾아서 고개를 내밀고 금강 물줄기를 확인하더니 기쁨을 감추지 못해 입이 귀밑에 걸리고 말았다.

"나리, 저 강을 건너기만 하면 전라도 땅입니다요. 비천한 쇤네는 태생이 어디인지 모르옵니다만, 왠지 전라도 땅을 밟을 때마다 고향에 안긴 것처럼 마음이 편안해지곤 했습니다요. 나리, 쇤네는 금강 건너편을 바라보기만 해도 어머니의 품에 포근히 안긴 듯하옵니다. 어서 강을 건넜으면 좋겠습니다요."

인동이 호들갑을 떨었다.

최산두는 인동의 기뻐하는 얼굴 한구석에 짙은 그늘이 드리워져 있는 것을 읽을 수 있었다. 그는 부모가 누구인지, 고향이 어디인지 모른 채 어릴 때부터 노비가 되어 지금껏 살아왔다.

최산두가 나룻배를 기다리며 그리움의 눈빛으로 금강 건너편을 바라보고 있을 때였다. 느닷없는 소리가 들려왔다. 그 소리는 수많은 사람들이 모여서 도리깨 타작을 하는 것과 비슷했다.

강물 위에서 수많은 까만 점들이 끊임없이 치솟고 있었다. 용오름 현상을 보는 것 같기도 했고, 어쩌면 태초의 혼돈상태가 재현되기라도 하듯 지층이 하늘로 벌떡 치솟는 것 같기도 해서 어지럼증이 일어날 정도였다.

"야아, 물오리 떼다!"

누군가가 소리쳤다.

금강 위에서 노닐던 물오리들이 일제히 하늘로 치솟으며 군무(群舞)를 펼치기 시작했다. 하늘을 가득 메운 수천수만의 까만 점들이 너울거리면서 명암이 짙어지고 옅어지기를 거듭했다. 그런 형상은 하늘에 거대한 후릿그물을 펼쳐놓은 것 같았다. 금강 주변에 일시적으로 땅거미가 드리워졌고, 군무를 하는 오리

떼의 울음소리가 우박처럼 떨어져 내렸다.

하늘을 올려다보던 최산두의 입에서 가느다란 신음이 흘러나왔다. 정체 모를 불안감이 또다시 밀려들기 시작했다.

최산두는 한충이 건네주었던 한 통의 서찰을 떠올리고 펼쳐보았다. 거기에는《시경》'소아편'에 실린 시 구절 일부가 적혀 있었다.

불감포호(不敢暴虎)

불감빙하(不敢憑河)

인지기일(人知其一)

막지기타(莫知其他)

전전긍긍(戰戰兢兢)

여림심연(如臨深淵)

여리박빙(如履薄氷)

그 글의 내용은 '감히 맨손으로 호랑이를 잡지 못하며, 걸어서 강을 건너지 못한다는 것을 사람들이 다 알지만 그 밖의 것은 전혀 알지 못한다. 두려운 듯이 여기며 경계하고, 깊은 연못에 임하듯 살얼음을 밟고 가는 것처럼 조심하라.'라는 것이었다.

지난밤에 한충이 최산두에게 홍경주, 남곤, 심정을 필두로 한 훈구대신들이 역모에 가까운 사달을 일으킬 가능성이 다분하다고 이야기했었다. 그런 소리들이 최산두의 뇌리에서 사라지지 않고 끝없이 맴돌며 가슴을 옥죄었다.

한충은 지리, 천문, 역술에도 조예가 깊은 박학다재한 인물이라 앞을 내다보는 안목이 탁월했다. 그래서 그의 말을 전적으로 믿는다기보다, 개연성이 다분한 이야기였기 때문에 걱정을 떨쳐버리기 힘들었다.

최산두는 어느 누구보다 시국이 불투명하다는 것을 잘 알고 있었다. 얼핏 보기에 현 시국이 평온한 것처럼 느껴질지 몰라도 일촉즉발의 상황에 직면해 있는 것만큼은 틀림없었다. 어쩌면 불투명하다거나 일촉즉발이 아니라 역모에 버금가는 어마어마한 사태가 벌어지기 시작했는지도 모를 일이었다.

금강 위에서 너울너울 군무를 펼치던 오리 떼가 북쪽으로 이동하기 시작했다. 금강 주변에 드리워졌던 땅거미가 걷히고 다시금 밝아지면서 파릇파릇한 갈댓잎들이 제 빛을 찾기 시작했다. 하지만 최산두는 땅거미가 더욱 짙게 내려앉은 것처럼 눈앞이 캄캄해졌다.

산야의 푸른 잎사귀와 향기로운 풀을 어루만지다가 청류계곡의 맑은 흐름에 몸을 정갈하게 씻은 바람이 영벽정(映碧亭)을 스치고 지나갔다. 연주산(聯珠山)의 빼어난 자태를 투영하고 있던 영벽강의 수면이 가볍게 일렁거리면서 한 폭의 멋들어진 수묵화가 지워지고, 햇빛이 수면에 반사되자 금가루가 반짝이는 듯했다.

영벽정 위에 오른 최산두가 주변의 빼어난 풍광을 둘러보다가 감탄한 나머지 자신도 모르게 혼잣말로 중얼거렸다.

"그래, 학포가 이슬에 젖은 댓잎에 달빛이 반사되는 광경을 보며, 일천 줄기 푸른 대에 금싸라기 부서지는 듯하다고 읊었다지만, 저 강물 위에서도 금가루가 반짝이고 있으니 실로 비단 능(綾)자를 쓸 자격이 충분한 고을이로구나."

최산두는 인동에게 양팽손의 서찰을 전해주라고 심부름을 시키고 나서 영벽정에 올라 멋들어진 풍광을 잠시 구경하는 중이었다.

"거참, 이상한 노릇이구나. 무슨 연유인지 알 수 없지만, 이 고을은 초행길인데도 이미 오래전에 와봤던 것처럼 친근하게 느껴지니 말이야. 혹시 나랑 전생에 어떤 인연이라도 있었더란 말인가?"

한성부에서 능성현(능주)까지 750리 길이었고, 장도에 나선 지 10여 일 만에 학포 양팽손의 고향에 도달했다. 그가 자신의 서찰을 고향 집에 전해달라고 했던 부탁이 없었더라면 찾아올 기회가 전혀 없을지도 모르는 고을이었다.

최산두가 고개를 갸웃거리다가 뒤로 돌아서서 능성 고을을 바라보았다. 그리 멀지 않은 건너편의 누에머리 형국의 산꼭대기에는 산성이 머리 테를 두른 것처럼 쌓여 있었고, 산 아래 평지에는 나지막하게 둘러쳐진 성곽 속에 현아(懸衙) 건물의 용마루가 삐죽하게 솟아 있었다. 성의 북문 밖에는 군데군데 뽕나무가 울창한 숲을 이루었고, 대마를 심어놓은 밭이 지천으로 널려 있었다. 그런 광경으로 보아 이 고을 백성들의 살림살이가 편안하다는 것을 짐작할 수 있었다.

최산두가 수염을 쓰다듬다가 고개를 끄덕거렸다. 양팽손이 이 누각에 올라 "태평은 예로부터 어찌 형(形)이 없으랴. 백리(百

里) 뜰에 상마(桑麻) 가꾸니 자제들 편하다. 눈을 들어 보니 푸른 봉이 성곽에 당하여, 그대로 하여금 진실로 이 정(亭)을 두었어라."라고 읊었던 이유를 알고도 남음이 있었다.

"나리, 서찰을 전달하고 왔습니다요."

인동의 목소리가 들려왔다.

"그래, 잘했구나. 어서 길을 재촉하도록 하자."

해가 떨어지기 전에 동복현까지 가야 했다. 그곳에서 하룻밤을 지내고 내일 아침 일찍 길을 떠나면 저녁 무렵에는 순천도호부를 경유하고 그곳에서 20여 리쯤 떨어져 있는 광양현에 도착할 수 있었다.

천운산을 넘은 다음에 동복천 옆으로 난 길을 따라 상류 쪽으로 올라갔다. 우측 전방에 모후산이 있었다. 백아산 줄기를 타고 내려와 동복천 앞에 우뚝 멈춰 주변의 산보다 유별나게 솟구친 산이었다. 모후산 자락이 동복 고을을 감싸고 있었고, 그 산을 넘어가면 송광사와 선암사를 품에 안고 있는 조계산을 만날 수 있었다.

최산두는 조계산과 깊은 인연이 있었다. 그가 22세 때 진사시에서 '강목부'와 '백량대시'로 장원급제하고, 그해 10월에 스승인 한훤당 김굉필이 갑자사화로 효수되자 연산군의 폭행을 피해 낙향하여 무려 9년 동안이나 조계산의 천자암(天子庵)에 파묻혀 공부에 정진했던 적이 있었던 것이다.

어느덧 해가 서산에 걸리기 시작했다. 붉게 물든 노을이 아름다웠지만, 잠자리를 걱정해야 할 길손들에게는 처연하게 느껴지기 마련이었다. 깊은 산골이라서 어둠이 빨리 찾아올 터였다. 새들이 바쁘게 날갯짓하며 둥지를 찾아가고 있었다.

최산두와 인동이 동복 고을 입구에 다다랐다. 이 고을 역시 초행길이었다. 그런데도 능성에서부터 이곳에 다다를 때까지 줄곧 낯설다는 느낌이 전혀 들지 않았다. 아주 예전에 조계산 8부 능선에 있는 천자암에서 모후산을 바라보긴 했지만, 산 건너편의 이곳까지 왔던 적이 전혀 없었음에도 자주 와봤던 것처럼 느껴진다는 것이 아무래도 이상하기만 했다.

그런 생각에 빠져 있을 때, 모후산 쪽에서 선비 차림의 사내들이 나타났다. 인동이 쪼르르 달려가서 그들에게 말을 건넸다.

"여보시오, 길 좀 묻겠습니다. 가장 가까운 역원을 찾아가려면 어떻게 해야 합니까?"

한 사내가 인동의 위아래를 꼼꼼히 훑어보고, 주인 되는 자의 신분이 어느 정도인지 살펴보려는 듯 10여 보 떨어진 곳에 멈춰 있는 최산두를 흘낏 살폈다. 그리고 인동에게 되물었다.

"어디에서 왔다가 어디로 가시는 길손들인가?"

"한성부에서 오는 길입지요. 오늘 하루 예서 묵고 내일은 모후산을 넘어 광양으로 갈 작정입니다."

"광양이라고 했는가?"

사내가 최산두를 다시금 살펴보다가 고개를 갸우뚱거리더니 성큼성큼 다가가며 소리쳤다.

"이게 누구신가? 신재 아니신가? 그렇지, 신재가 틀림없구먼."

최산두는 모후산 정상 쪽을 이드거니 바라보고 있었다. 그 산

너머에 있는 천자암에서 공부했던 시절의 추억을 곱씹기도 했고, 무슨 연유로 능성과 동복 고을이 전혀 낯설게 느껴지지 않은지에 대해 골몰해 있던 중이었다. 그런데 누군가가 자신의 호를 부르며 다가오자 그런 생각에서 재빨리 빠져나오며 고개를 돌렸다.

"신재, 날세. 나암이란 말이네. 그래도 못 알아보겠는가?"

중년 사내가 다가와서 활짝 웃고 있었다. 하지만 최산두는 그를 알아보지 못했다.

"나암이라니?"

"아참, 그렇지. 천자암에서 함께 공부했을 때는 사람들이 월송이라고 불러주었다네. 어이, 신재, 그래도 날 못 알아보겠나? 어허, 소문에 듣자 하니, 또다시 과거시험에 급제하여 높은 벼슬에 올랐다더니 이젠 나처럼 하찮은 자는 눈에 보이지도 않는단 말인가?"

"천자암? 월송? 아하!"

그때서야 최산두가 상대를 알아보았다. 그리고 말에서 내려 그의 손을 굳게 잡아주었다.

"지금은 나암이라고 부른다고 했나? 그래그래, 월송이라고 불렀던 자네가 이제야 생각나는군. 자네가 과거시험에 장원급제하겠다며 이를 악물고 공부했던 모습도 생각나는군. 세월도 무상하지. 어허, 그때가 엊그제 같은데 벌써 십수 년이나 흘러버렸구먼."

곰곰이 생각해보니 천자암에서 그와 만났던 인연이 있었다.

그런데 세월이 많이 흘러서 자세히 살펴보지 않으면 알아보기 힘들 정도였다.

"역원을 찾고 있는 모양이지? 날 따라오게나."

나암이 최산두의 소매를 잡아끌었다. 동복에 역원이 있긴 했지만 찾아오는 길손이 거의 없어서 방치되다시피 하여 지금은 형편없다는 것이었다. 최산두는 나암의 집에서 하룻밤 신세를 질 요량으로 순순히 따라갔다.

나암은 향교가 있는 마을에 살고 있었으며, 그 마을에서 조금 더 가면 동복 현아가 있었다. 그의 집은 4칸 홑집의 초가였는데, 산중 고을에서 이런 정도의 집을 갖고 있다면 몰락한 양반의 후예이기 십상이었다.

얼마 후에 저녁 밥상이 나왔다. 주발에는 보리와 잡곡이 곁들여진 쌀밥이 고봉으로 담겨 있었다. 쟁개비에는 동복천에서 잡았음직한 피라미, 붕어, 쏘가리 등을 넣은 찌개가 담겨 있었는데 혀끝이 얼큰한 산초 맛과 향긋한 배초 향의 맛이 잘 어우러져 오랜만에 진미를 맛볼 수 있었다.

식사가 끝나자 술상이 나왔다. 최산두의 눈이 번쩍 뜨였다. 그가 술을 상당히 좋아했을뿐더러 귀물이 나왔기 때문이었다.

술은 신명을 받들고, 손님을 접대하고, 노인을 봉양하고, 심지어 '약술'이라고 부르며 약으로 쓰이기까지 하는 좋은 것이었다. 그런데 곡물을 낭비하기 때문에 함부로 빚어서 팔거나 마시지 못하도록 금하고 있었다.

"나암, 이처럼 환대를 받다니, 황송해서 몸 둘 바를 모르겠네."

"신재, 동무 좋다는 게 뭔가. 조금도 염려 말게나. 나는 자네가 높은 벼슬에 오를 것으로 예상했다네. 아직도 생생하게 기억하지만, 천자암에서 장맛비를 읊었던 자네의 시야말로 절창이 아니었던가. 어떤가, 나를 위해 그 시를 다시 읊어줄 수 있겠는가? 아니면 내가 대신 읊어볼까?"

"아직도 그 시를 기억하고 있다니 정말로 놀라우이. 자네가 한번 읊어보게나."

최산두가 호탕하게 웃었다. 그러자 나암이 목청을 가라앉히고 시를 읊조리기 시작했다.

> 운창에서 도학 궁리 아홉 해를 보냈네(雲窓愁道九年天).
> 연일 쏟아지는 빗방울 은하 물을 대었는지(積日瀑鈴漢浦連)
> 강산이 물에 잠겨 수국이 된다면(可使江山爲水國)
> 포구에 배 붙들어 창생을 건네리(蒼生渡口欲扶船).

나암이 읊조리기를 끝내고 최산두에게 물었다.

"이 시는 무슨 의미로 지었던 것인가?"

"나의 도학 공부가 경세제민에 뜻을 두고 있다는 것을 밝히고 싶었네."

"역시 대단하구먼. 그때부터 높은 뜻을 품고 있었기 때문에 고명한 사람이 된 것은 당연지사이네."

"어허, 고명하다고 말하지 말게나. 심히 부끄럽네."

최산두는 그의 칭찬이 겸연쩍기도 해서 술 한 잔을 벌컥 들이켰다. 벌써 몇 잔을 연거푸 들이켰더니 속이 화끈거리면서 기분이 몽롱해지기 시작했다.

나암이 바투 다가앉으며 간절한 눈빛으로 최산두를 바라보았다. 그리고 낮은 목소리로 간청하기 시작했다.

"신재, 옛 글동무로서 부탁이 하나 있네. 매정하게 뿌리치지 말고 꼭 들어주시게나. 과거에 급제하지 못하고 살아가는 이내 신세가 말이 아닐세. 나도 다음에 치러질 현량과에 응시하고 싶으니 천거받을 수 있도록 도와주시게나."

최산두는 몽롱했던 기운이 일시에 걷히면서 정신이 번쩍 들었다. 나암이 극진한 대접을 해주었던 속내를 드러낸 셈이었다.

"어이, 나암, 현량과 천거는 아무나 하는 게 아닐세. 되우 미안하지만, 나는 그런 능력이나 자격이 없네. 나는 지금 호당에 들어가서 공부하는 처지일세."

"그게 무슨 소린가. 자네가 순창군수와 담양부사를 파직시킬 만큼 대단한 힘을 갖고 있다는 소문을 들은 적이 있네. 그러지 말고 내 부탁 좀 들어주게나."

"그 사건은 조정에서 멀리 떨어진 수령들이 정도를 보여주지 못했기 때문에 전하께 계청하여 추고(벼슬아치의 죄과를 따짐)하고 파직시켰던 것인데, 그건 내가 모든 것을 좌지우지했던 것이 아니라 당사자들이 자신의 잘못에 따라 당연한 죄과를 받았던 것일 뿐일세."

"어허, 왜 그러나. 풍문에 듣자 하니, 저번에 치렀던 현량과에 천거받았던 인물들이 신진 사림 세력과 친근한 자들이었다고 하더군. 그러니까 자네도 나를 얼마든지 천거해줄 수 있지 않겠

나. 그렇지 않다면 천거될 수 있도록 뒷배를 봐달란 말일세. 여길 보게나. 나도《소학》을 공부하고 있네.《여씨향약》도 충분히 익혔네. 거짓말이 아닐세. 덕업상권, 과실상규, 예속상규, 환난상휼, 이렇게 줄줄 말할 정도면 내가 얼마나 공들여 공부했는지 아시겠지."

"어허, 무조건 천거받을 수 있는 게 아니라니까 그러는가. 현량과 천거 권한은 삼사와 육조에 있고, 지방에서는 유향소에서 천거하여 수령과 관찰사를 거쳐서 예조에 전보하도록 되어 있다네."

"에이, 너무나 무정하이. 나는 현량과에 응시하기 위해 시가와 문장을 이미 버렸고 지금껏 사서삼경 공부에만 전념했네. 신재, 언놈은 알곡이고 언놈은 쭉정이란 말인가. 그러지 말고 나도 천거받을 수 있도록 제발 도와주시게나."

나암이 최산두의 무릎을 붙들며 한참이나 애걸복걸했다.

최산두는 난감하기 짝이 없었다. 그를 도와주고 싶은 마음이 있었으나 그건 잘못된 일이었다. 그리고 이런 식으로 해서 현량과에도 얼마든지 폐단이 생길 수 있다는 것을 알게 되자 고통스러웠다. 물론 그런 폐단에 대해 염려하지 않았던 것은 아니지만 막상 이런 상황을 접하고 보니 어찌해야 좋을지 몰랐다. 하지만 단호하게 뿌리치는 것이 도리였다.

나암이 밖으로 나간 뒤에 이부자리 위에 누웠지만 여독이 깊었음에도 좀체 잠을 이루지 못했다. 마치 가시로 만든 이부자리에 누워 있는 듯했고, 어두운 밤에 길을 잃고 정처 없이 헤매는 기분이었다. 그는 자리에서 벌떡 일어났다. 북두칠성이 보고 싶어 뙤창을 열었다. 밤하늘에 구름이 끼어서 천지가 칠흑 같은 어둠에 휩싸여 있었다.

6. 까마귀를 읊다

암수 가릴 것 없이 효조(孝鳥)라 이름났네.
사랑스럽다, 까마귀를 안갚음하는 소리.
천상에서나 인간에게나 모두 다 영물이라 이르네.
칠석이면 다리 놓아 견우와 직녀를 만나게 한다네.

—최산두의 시 '영오(詠烏)'

[1]

땅거미는 낮 동안 작열했던 태양의 그을음이었다. 그런 땅거미가 백운산 정상에서 흘러 내려와 광양 고을을 고요와 안식의 너울로 덮어주었다. 밤새도록 맑고 오묘한 백운산의 정령(精靈)이 밤하늘의 별빛과 함께 광양 고을을 수호했다.

꼭두새벽이었다. 최산두가 잠자리에서 벌떡 일어나 밖으로 나갔다. 여명이 백운산 정상에 아주 엷게 드리워지는 순간이었지만, 북두칠성은 아직도 남아서 길을 인도하고 있었다.

최산두라는 이름은 어머니가 그를 낳았을 때 북두칠성의 광채가 백운산에 내렸기 때문에 뫼 산(山)자와 말 두(斗)자를 써서 지었다. 그래서 그는 백운산과 북두칠성을 바라볼 때면 감회가 남달랐다.

백운산을 진지하게 바라보고 있던 그가 세안을 서둘러 마치고 안으로 들어갔다. 그리고 관디(옛날 벼슬아치들의 공복)를 차려입고 매무시를 바르게 한 다음에 경건한 마음으로 북향사배하며 성은이 망극함을 아뢰었다.

"전하, 성은이 망극하여이다. 전하, 어진 신하를 가까이하고 소인을 멀리함이 나라를 다스리는 근본이요, 소인을 가까이하고 어진 신하를 멀리함은 난정(亂政)의 빌미가 되는 법이옵니다……."

나지막한 목소리였지만 우국애군(憂國愛君)이 넘쳐흘렀다.

최산두는 조정의 분위기가 일촉즉발의 상태에 놓여 있다는 것을 누구보다 잘 알고 있었다. 훈구대신들의 처지는 도도하게 흐르는 개혁의 물길에 휩쓸려서 백척간두였다. 그들은 기득권을 위협받게 되자 급기야 이를 악물고 앙버티며 상황이 역전되기를 호시탐탐 노리고 있는 중이었다.

그런 반면에 조광조는 "얻기 어려운 것이 시기요, 놓치기 쉬운 것도 기회이다."라고 말하면서 쇠뿔도 단김에 빼겠다는 듯 개혁 작업을 일사천리로 몰아가고 있었다.

최산두를 비롯한 몇 사람은 돌다리도 두드려보고 건너야 한다며 성급하게 추진하는 개혁을 염려했다. 그러나 조광조는 개혁이 워낙 시급한 일이라서 잠시라도 늦출 수 없다며 강경책을 버리지 않았다.

최산두가 관디를 벗어 곱게 갈무리한 뒤 평상복으로 갈아입었다. 곧이어 가부좌를 튼 채 눈을 감고 깊은 생각에 잠겼다.

쇠뿔도 담김에 빼는 것이 옳은가, 돌다리도 두드려보고 건너는 것이 옳은가?

한마디로 말해서 난제였다. 두 개의 논리는 그 나름대로 정당성이 있었으나, 서로를 비교해볼 때 영원한 모순(矛盾) 관계에 있었다. 그래서 우열을 가린다는 것이 어쩌면 어리석은 일일지도 몰랐다. 하지만 두 개의 논리가 전혀 다른 결과를 낳을 가능성이 많기 때문에 고심하지 않을 수 없었다.

고심으로 일관되어왔던 세월이 너무나도 버거웠다. 육중한 무게가 어깨를 짓누르는 듯하고, 악마디로 헝클어진 생각이 편두통을 유발하여 불면의 밤을 강요했다. 하지만 생각은 언제나 그 자리에서 맴돌 뿐이었다.

뒤란을 가득 메운 대숲에서 바람 소리가 일렁거리기 시작했다. 그 맑은 바람이 혼란스러운 머리를 씻어주었다. 마음의 붓을 들어 '정이불강유이불굴(貞而不剛柔而不屈)'이라는 글을 새기기 시작했다. 갈 길을 찾지 못해 혼란스러울 때마다 '곧되 강하지 않고 부드럽되 비굴하지 않겠다'는 각오를 다지기 위해서였다.

창호지문을 뚫고 밭은기침 소리가 들려왔다. 가부좌를 재빨리 풀고 자리에서 벌떡 일어나 밖으로 나갔다. 동녘에서 뻗어 나온 부드럽고 고운 햇귀가 물레에서 자아내는 실처럼 광양 고을에 드리워지기 시작했다. 광양 고을이 기지개를 켜며 하루를 준비했다.

"불초, 아버님께 아침 문안 인사 올립니다. 밤새 편히 주무셨사옵니까?"

최산두가 방문을 열고 마루에서 부친 최한영에게 큰절을 올렸다.

최산두의 아버지는 한때 헌릉참봉을 지냈으나 이 촌락으로 내려와 정착하고 농사를 생업으로 삼으면서 그의 글공부를 도와주고 서당에도 보냈다. 그런데 연로해지자 병을 얻게 되어 누워 있었으나, 아무렇지 않다는 듯 몸을 일으키며 흐뭇한 웃음을 지었다.

"먼 길 오느라 무척이나 피곤했을 텐데 벌써 일어났구나."

"고향에 오니 피곤하기는커녕 심신이 상쾌해져서 하늘이라도 훨훨 날아갈 듯하옵니다."

최산두가 방 안으로 들어갔다. 이부자리 밑으로 손을 넣어보고 온기를 확인한 후에 아버지의 팔다리를 주물러드렸다. 오랫동안 병석에 누워 있어서 몸피가 약해져 있었다. 예전에 기골이 장대하고 활달했던 모습은 그 어디에서도 찾아볼 길이 없었다.

"오메, 좀 더 누워 있지 않고 벌써 일어났구나."

마당에서 어머니의 정겨운 목소리가 들려왔다. 어느 틈인지 잠에서 깨어나 밖으로 나왔던 모양이었다.

"어머님께서도 편히 주무셨습니까?"

"장한 아들이 고향으로 내려왔는데 잠이 제대로 올 리 있었겠느냐. 밤새 잠을 한숨도 못 이루고 뜬눈으로 지새웠다. 아 거, 이제나저제나 하고 날이 샐 때만 기다리면서 문틈으로 밖을 내다본 것이 한두 번이 아니었단다."

최산두는 어머니 청주한씨의 이야기에 코끝이 찡해졌다. 자나 깨나 자식이 잘되기를 기원하면서 희생의 세월을 묵묵히 살아온 늙으신 어머니였다.

"자주 찾아뵙지 못한 불효를 저질렀습니다. 불효한 소자를 너그러이 용서하십시오."

"그게 무슨 소리냐. 한미한 가문에서 태어나 혼자 힘으로 높은 벼슬에 오른 내 아들이 너무나도 자랑스럽구나. 얘야, 네가 고향으로 돌아왔다는 것을 알고, 마을 사람들이 너를 위해 큰 잔치를 열어주겠다는구나. 오늘 나는 춤이라도 덩실덩실 추면서 온 고을을 돌아다녀야 할까 보다."

어머니가 벙실벙실 웃었다. 최산두가 어머니의 손을 덥석 잡왔다. 갖은 잡일로 인해 이미 투박하고 까칠해져버린 손이었지만 이 세상에서 그 어느 것보다 부드럽고 따스했다.

먼 길을 오느라 지쳐 있었던 인동은 푹 쉬도록 배려해주고, 최산두 혼자 말을 타고 집을 나섰다. 이른 아침이었지만 농부들은 산기슭을 개간한 다랑논에 모를 심어서 정성껏 김매기를 하거나 논두렁에 난 잡초를 베느라 여념이 없었다.

저곡촌락에서 나지막한 가무갯재를 넘어 옥룡방(玉龍坊) 계곡으로 접어들었다. 백운산 정상 좌측으로 따리봉, 도솔봉, 형제봉이 병풍처럼 서 있었다. 우측에는 억불봉이 우뚝 솟아 있었다.

자드락길을 따라 올라가다가 좌측을 바라보면 중흥산성과 중흥사라는 절집이 있었고, 그 위쪽에는 백운산의 품에 안긴 백계산 일대에 동백 숲이 방대하게 펼쳐져 있었다. 그 동백 숲은 고려 말 도선국사가 풍수지리설에 따라 허한 지기를 보충하기 위해 조성했다고 전해왔으며, 그곳 한가운데 옥룡사라는 절집이 똬리를 틀고 있었다.

꽃등처럼 매달려 있던 동백꽃은 이미 떨어져서 자취를 감추고 말았지만, 옥빛 이파리들이 아침 햇살을 받아 온 누리에 하얀빛을 흩뿌리고 있어서 눈이 아릴 정도였다. 방방곡곡 어느 곳을 돌아다녀도 이처럼 방대한 동백 숲을 만난 적이 없었다. 그래서 동백 숲이라기보다 동백의 바다라고 표현해야 옳을 듯싶었다.

최산두는 철없던 어린 시절에 봄이 오기를 애타게 기다리다가 동백꽃을 구경하려고 동무들과 함께 이곳까지 찾아온 적이 있었다. 희끗희끗한 잔설을 둘러쓴 채 금방이라도 터질 듯 한껏 부풀어 오른 꽃망울과 꽃등처럼 매달려 있던 동백꽃을 보면 탄성이 절로 튀어나왔다. 그런데 스승 김굉필이 한성부로 끌려가서 효수당한 후에는 이 동백꽃이 너무나도 처연하게 느껴지기 시작했다. 그러니까 최산두는 백계산의 툭툭 떨어지는 동백꽃에서 인생무상을 배웠던 것이다.

깊이가 무려 25리에 달하는 옥룡방 계곡에는 옥룡천의 물줄기가 까치걸음을 하는 아이들처럼 담방이며 흘러내리고 있었다. 마치 백룡이 상쾌한 아침 공기를 가르며 백운산 정상을 향해 치달아 오르는 듯했다. 최산두가 그 흐름을 따라 상류 쪽으로 말을 재촉했다.

상류 쪽으로 올라갈수록 크고 작은 바위와 노송들이 조화를 이루며 절경을 연출했고, 한가롭게 날갯짓하는 황새들의 모습까지 첨가되어 흡사 선경에 든 것 같았다. 어디 그뿐이던가. 천변 언덕과 산기슭에는 패랭이꽃, 며느리밥풀꽃, 동자꽃, 인동꽃 등의 여름 야생화가 수줍은 촌색시처럼 얼굴을 풀숲에 살짝 숨긴 채 꽃향기를 바람에 날려 보내고 있었다. 그래서 계곡을 거닐다 보면 넋이라도 놓아버릴 지경이었다.

옥룡천을 따라 한 식경쯤 올라가면 좌측 옥룡천 건너편의 반비알진 기슭에 자연 석굴(石窟)이 있었다. 이 부근은 바위 사이를 부딪쳐 흐르는 계곡물이 하얀 물거품을 일으켜 계곡 전체가 하얗게 보이기 때문에 백류동(白流洞)이라고 불렀다. 그곳에는 기암

괴석과 온갖 수목이 조화를 이루고 있었으며, 그 아래에는 맑은 물줄기가 흐르고 있어서 소금강을 연상케 했다.

말에서 내리는 최산두의 표정이나 자세가 사뭇 진지해졌다. 그는 근처의 나무에 말고삐를 매어놓고 '백류동 학사대'라고 새겨진 석굴을 향해 경건한 자세로 읍했다. 그리고 조심스럽게 걸어서 안으로 들어갔다.

석굴 내부는 사람이 자유롭게 움직일 수 있는 공간과 한 사람이 마실 수 있을 만한 석간수까지 갖춰져 있었다. 그리고 좌우에 창구멍이 나 있어서 생각보다 밝았다.

최산두가 가부좌를 틀고 명상에 잠기기 시작했다. 어린 시절에 이 석굴에 들어와서 공부하던 일, 과거에 급제하여 한림학사가 되겠다는 자기암시를 위해서 석벽에 '백류동 학사대(白流洞 學士臺)'라고 새겼던 일, 순천 북문 근처로 유배 왔던 김굉필의 처소를 드나들며 성리학의 이치와 우주만물의 생장소멸 원리 등을 깨우쳤던 일, 스승이 효수당하자 한성부에서 내려와 9년 동안 천자암에 들어앉아 도학 공부에 정진했던 일, 다시금 한성부로 올라가 별시문과에 급제하여 성균관에 들어가고 또 벼슬아치가 되어 개혁에 동참하고 있는 파란만장한 인생사가 어지럽게 교차했다.

"초심으로 돌아가야 하느니라."

붓으로 먹을 찍어 글씨를 또박또박 써 내려가는 듯한 목소리였다. 그 목소리가 석굴 안에서 가볍게 울리자 흡사 누군가가 자신에게 그런 말을 해주는 듯했다. 최산두가 소스라치게 놀랐다. 그날 들려왔던 그 목소리도 이런 현상 때문이 아니었을까 하는 생각을 하면서 아련한 어린 시절로 자맥질했다.

15세 때였다. 《주자강목》 80권을 갖고 이 석굴에 들어와서 오랫동안 기거하면서 춘추대의(대의명분을 밝혀 세우는 큰 의리)를 깨달은 뒤 밖으로 나섰다. 그때 얼마나 《주자강목》을 열심히 공부했던지 눈앞의 산천초목은 물론이고 하늘의 구름까지 강목 글자로 보일 정도였다. 그리고 석굴 앞에 우뚝 솟아 있는 백운산의 감흥을 "태산압후천무북(泰山壓後天無北)"이라고 읊고 나서 다음 구절이 생각나지 않아서 멈칫거리고 있었는데 어디선가 "대해당전지실남(大海當前地失南)"이라는 소리가 들려왔다.

최산두가 깜짝 놀라서 주변을 둘러보았다. 어떤 동자가 소를 타고 석굴 앞을 지나고 있었을 뿐 자신의 시를 이어 받아 읊조릴 만한 사람은 전혀 보이지 않았다. 어안이 벙벙하고 우두망찰하여 잠시 서 있다가 아직 실력이 부족하다는 것을 깨닫고, 다시금 석굴로 들어가서 1년을 더 공부에 전념했던 적이 있었다.

아무튼 어느 누군가가 시를 이어 받아 읊었든지, 자신의 목소리가 석굴 속에서 울렸든지, 그런 기이하고 신비한 사건 때문에 실력이 부족함을 깨닫게 되고 학문에 더욱 정진하여 오늘에 이를 수 있었다는 것은 크나큰 행운이기도 했다.

최산두가 다시금 초심으로 돌아가야 한다는 소리를 중얼거렸다. 그가 아침 일찍 이 학사대를 찾아왔던 이유는 근래에 부쩍 혼란스럽고 불안해지는 마음을 붙잡고 싶었으며, 어지러운 시국 속에서 어떻게 처신해야 현명한 것인지를 생각해보기 위해서였다.

조광조의 주장처럼 개혁정치는 매우 중요하고 시급한 일임에 틀림없었다. 중종반정을 계기로 탄생된 훈구대신들과 척신들이 왕권을 위협하고 각종 부정부패에 연루되어 나라가 어지러웠다. 그런 상황에서 중종이 왕도정치를 실행하려고 애썼지만 역부족이었으며, 성격마저 우유부단하여 쉽게 그 뜻을 이루지 못하고 있는 실정이었다.

최산두는 갖바치가 칼로 가죽을 그어 세모꼴을 그리면서 했던 이야기를 잊지 않고 있었다. 중종과 훈구대신들 그리고 신진사림 세력은 세모꼴의 꼭짓점에 각각 위치하고 있었다. 그 꼭짓점들이 일그러진 세모꼴로 변해가면서 점점 균형을 잃어가고 있는 중이었다. 그건 곧 안정과 화합이 깨지고 있다는 것을 말해주고 있었다.

"세모꼴이 일그러지면 어떤 상황이 발생할 것이란 말인가?"

최산두가 답답한 나머지 혼잣말로 중얼거렸다. 안정과 화합이 깨졌을 때 발생할 수 있는 여러 가지 가상의 일들이 떠올랐으나 어느 것이 진짜인지 명확하게 짚어낼 수 없었다. 선견지명을 끌어올리기 위해 모든 상황을 모아서 정리해보고, 통찰력을 극대화시키기 위해 정신을 집중해보았지만 앞일을 예측해낸다는 것은 쉬운 일이 아니었다.

그는 모든 복잡한 상황을 모조리 지워버리기 시작했다. 머릿속이 온통 하얀 백지로 변하기 시작했다. 그 하얀 바탕 위에 생장소멸을 반복하는 백운산의 사계를 그리기 시작했고, 대자연의 이치와 변화를 느껴보기 시작했다. 모든 세상사라는 것은 대자연의 법칙에 따라 움직이기 마련이라서 깨달음을 줄 스승으로 자연만큼 훌륭한 것이 없었기 때문이다.

한참 동안 상념에 잠겨 있던 최산두의 입에서 신음이 흘러나왔다. 답답한 마음을 이기지 못하고 소리라도 바락바락 질러버리고 싶을 만큼 괴로웠다. 가부좌를 튼 채 더 이상 앉아 있을 수 없어서 벌떡 일어났다.

석굴 밖으로 나오자 상쾌한 바람이 얼굴을 스치고 지나갔다. 그때서야 온몸이 땀으로 흥건하게 젖어 있다는 것을 깨달았다. 고개를 들어 백운산 정상 쪽을 올려다보았다. 뭔가 길을 가르쳐주었으면 하는 바람의 눈빛을 보냈으나 그 산은 야속하게도 탈속의 경지라도 보여주듯 흰 구름을 어깨에 두른 채 침묵만을 지키고 있었다.

학사대 근처의 소나무 우듬지에 앉아 있던 까마귀가 울었다. 최산두는 문득 집에서 걱정하실 부모님의 얼굴이 떠오르자, 말을 타고 집으로 향했다.

가무갯재를 넘어가려고 할 즈음에 자드락길 옆의 너럭바위 위에 앉아 있는 한 사내를 발견했다. 갓을 쓰고 중치막(조선시대 선비들이 입었던 겉옷)을 입은 것으로 보아 벼슬을 못한 선비의 차림이었는데, 먼 산을 바라보고 있는 자태가 학처럼 고고하게 느껴져서 달리던 말고삐를 잡아채어 속도를 줄였다. 그러자 그 사내도 고개를 돌려 최산두를 바라보았다.

"게, 조카가 아닌가."

최산두가 그 사내를 먼저 알아보고 말을 건넸다. 그는 다름 아닌 처조카, 서천일이었다. 두 사람은 나이 차이가 별로 많지 않고 학문에 정진했던 뜻이 서로 같아서 예전에는 많은 이야기를 나누곤 했던 사이였다.

"고모부님 아니십니까. 그렇지 않아도 고향에 오셨다는 이야기를 듣고 댁으로 찾아가는 길이었습니다. 그동안 평안하셨는지요?"

서천일이 공손하게 인사를 올렸다.

"그래그래, 자네도 잘 있었겠지?"

"조용한 농촌에서 욕심 없이 살아가는 저에게 무슨 탈이 생기겠습니까. 항상 염려해주셔서 감사할 따름입니다."

최산두는 서천일의 인품과 학식이 무척이나 뛰어나다는 것을 예전부터 잘 알고 있었다. 그는 군자감 주부(조선시대의 종6품 벼슬)에 천거된 적이 있었으나 마다하고 고향에서 야인처럼 살며 후진 양성에 힘쓰고 있었다.

"자네 같은 인재가 이런 농촌에 틀어박혀 있다는 게 실로 아까우이. 지난 현량과에 응시했으면 좋은 결과가 나왔을 텐데, 아마 뜻이 전혀 없었던 모양이지?"

"고모부님, 과거를 통해 도를 실천할 수 있으면 좋겠지만 그렇지 못하면 명예만 취하는 것이 되고 말지 않겠습니까. 저는 그런 점을 매우 부끄럽게 여기기 때문에 차라리 고향에 머물며 요순지도(堯舜之道)를 즐기려고 생각했습니다."

"혹시 나를 빗대어 하는 소리는 아닌지 몰라서 속이 뜨끔하네

그려."

최산두가 호탕하게 웃었다.

"제가 감히 고모부님을 빗대어 이야기할 수 있겠습니까. 저는 위인지학(爲人之學)이 아니라 위기지학(爲己之學)이 매우 중요하다는 말씀을 드렸던 것뿐입니다."

'위인지학'은 남의 인정을 받아 명예와 칭송을 받는 학문을 말하며, '위기지학'은 자기 완성을 추구하는 이상적인 학문을 뜻한다. 그런데 공자는 《논어》의 '옹야편'을 통해서 "너는 군자적인 선비가 되고, 소인적인 선비가 되지 마라."라고 이야기하면서 제자들에게 위기지학을 강조했다.

"그래, 공자님께서도 말씀하셨지. 옛날의 학문은 위기였는데 오늘의 학문은 위인이라고 말이네. 거기다가 증자님이 덧붙여 말씀하시기를 옛날의 벼슬아치들은 위기였는데, 오늘의 벼슬아치들은 위인이라고 하셨지."

최산두가 혀를 찼다.

"그렇습니다. 이처럼 위인지학이 득세하는 즈음에 저처럼 야인으로 살아가는 자도 있어야 할 게 아닙니까."

서천일이 호탕하게 웃었다.

"정말 멋진 이야기였네. 하지만 때로 편협한 사고는 버릴 줄 아는 것도 현명하지 않겠나?"

예전부터 최산두는 처조카의 성품에 대해서 누구보다 잘 알고 있었다. 그는 매우 강직했으며 전혀 곁눈질을 하지 않고 일면만 바라보는 특성이 있었다. 그는 맺고 끊는 것이 정확한 조광조의 성품과 흡사했다.

"그렇게 유연한 사고방식으로 살아가다가 자칫하면 사이비(似而非)로 빠질 염려가 있지 않겠습니까. 저는 공자님 말씀처럼 사이비를 미워합니다."

"사이비라고 했던가……."

최산두는 서천일이 '사이비'라는 말을 꺼내자 또다시 호탕한 웃음을 터트렸다.

"고모부님, 겉으로 드러난 악은 별로 무섭지 않습니다. 하지만 사이비는 그 실체가 잘 드러나지 않도록 교묘하게 포장하고 있기 때문에 매우 무서운 법입니다."

"좋은 이야기네. 하지만 세상 모든 것을 흑백논리로 결정짓는다거나, 자신의 논리만이 정확하다고 단정하는 것은 위험하다네. 자칫하면 자신의 논리에 자신이 함몰되어 헤쳐 나오지 못한다거나 경직된 그 논리 때문에 파멸에 이르기도 하거든."

"그건 제가 너무나 편협적인 사고방식을 갖고 있다는 말씀이 아니신지요?"

서천일이 최산두를 바라보며 물었다.

"귀에 거슬렸을지도 모르겠지만 그러기도 하다네. 잘 들어보게나. 자네가 이야기를 꺼냈던 위기지학을 수신제가(修身齊家)라고 한다면, 치국평천하(治國平天下)는 남을 가르치고 다스리는 덕목이기 때문에 위인지학이라고 할 수 있겠지. 하지만 치국평천하 역시 위기지학에 해당된다는 것도 생각해봐야 할 것이네."

"왜 그게 위기에 해당된단 말씀입니까?"

"자네는 나 자신과 타인의 경계가 어디라고 생각하는가? 자네라는 일신(一身)인가, 가족인가, 나라의 백성인가? 위기지학을 강조하셨던 공자님께서 정치를 하려고 천하를 주유하셨던 것은 단순논리로 볼 때 위인지학에 해당되네. 자네 역시 정자를 짓고 후진 양성에 힘쓰는 것 또한 단순논리로 보면 위인지학에 해당되네. 그래서 말인데 위기지학과 위인지학을 짝으로 보지 못하고 대립으로 생각하는 단순논리는 위험하다는 것일세. 자, 걸어가면서 더 많은 이야기를 나누도록 하세."

최산두는 처조카가 이렇게 초야에 묻혀 살아가는 것을 나쁘게 생각하지 않았다. 하지만 높은 인격과 학문을 갖춘 이런 사람들이 세상 밖으로 나와 더 훌륭한 일을 해주었으면 하는 바람이 많았다.

두 사람이 자드락길을 타고 가무갯고개를 올랐다. 백운산의 품에 안겨 있는 광양 고을은 언제 보아도 부족함이 없었다. 물론 넉넉하다고 할 수 없었지만 모든 것을 빠짐없이 고루 갖추고 있었고, 그 땅에서 살아가는 사람들 또한 부지런하고 성실해서 끝없이 활기가 넘쳐흘렀다.

앞서 걷던 최산두가 그동안 고뇌했던 문제에 대해서 서천일에게 물었다.

"세상사란 참으로 오묘해서 앞을 내다보기 힘들더군. 그래서 자네에게 묻는다네. 나라가 겉으로 보기에는 평화스러울지 모르지만 상층 내부는 몹시 혼란스럽다네. 자네는 시국을 어떻게 보고 있는가?"

"방 안에 앉아 있어도 시국이 혼란스럽다는 것을 느낄 수 있었습니다."

"그렇다면 어떻게 해야 할까?"

"치국(治國)에 대해 묻는 것입니까? 만약에 그렇다면 군신이 모두 다 격물(格物)의 이치를 결코 망각해서는 아니 된다는 말씀을 드리고 싶습니다. 그리고 나라가 혼란스럽게 된 원인을 잘 파악해서 대처하는 것이 현명하다는 생각입니다."

"그렇다면 자네는 시국이 혼란스러운 원인이 무엇이라고 생각하는가?"

최산두도 나름대로 그 원인을 짚어낼 수 있었지만 처조카의 의견이 어떤지 몰라서 질문을 던졌다.

"반역 무도하다고 여기실지 모르겠습니다만, 나라님께서 격물의 이치를 제대로 깨닫지 못했기 때문에 정심(正心)의 위치에 서지 못했고, 그래서 혼란스러움에 빠질 수밖에 없었다고 생각됩니다."

"그래,《대학》에서 이상적인 치국의 첫 단계가 격물이라고 했지. 자네의 고견을 더 듣고 싶구먼."

"모든 사물에는 갖추어야 할 격과 품고 있어야 할 격이 있습니다. 나라님께서 그런 이치를 잘 깨닫고 인(仁)과 덕(德)의 정치를 펼치셨다면 혼란이 오지 않았을 것입니다. 지금 나라가 혼란스러운 것은 중심이 흔들리고 있기 때문입니다. 다시 말씀 드려서 경연관들의 경연이 제대로 이루어지지 못했기 때문에 나라님께서 인재를 제대로 구별하기 힘들었을 테고, 나라님이 나약해서 뜻이 제대로 서지 못했기 때문에 혼란을 야기하게 되었다는 말씀을 드리고 싶습니다."

서천일의 이야기는 북극성이 제 위치에 있지 못하면 뭇별이 흔들리게 된다는 수표교 갖바치의 이야기와 거의 비슷했다. 그 이야기에 첨가된 것이 있다면, 경연관들의 경연이 잘못되었다는 주장이었다.

서천일의 주장은 매우 일리가 있었다. 경연관들이 경연을 통해 군주를 가르치는 목적은 격물치지를 통해 왕도정치를 실현시키려는 것이었고, 또 군주를 철인으로 유도하여 그 막강한 권력을 이성의 힘으로 제한하자는 의도였다. 그래서 경연관들의 책임은 실로 막중했다.

최산두가 한참이나 뜸을 들이다가 입을 열었다.

"그렇다면 그 혼란스러움의 끝은 어디라고 예상하는가?"

"모든 것은 나라님의 의중에 달려 있다고 봅니다. 저의 이야기를 들으시고 고모부님께서 일리가 있다고 생각하셨다면 결말도 어느 정도 짐작하셨으리라 생각됩니다."

"모든 것은 나라님의 의중이라……."

최산두가 서천일의 말을 반복하다가 입을 다물어버렸다. 그 대신에 수표교의 갖바치가 예리한 칼로 세모꼴을 그리며 해주었던 이야기를 곱씹어보기 시작했다. 생각이 깊어질수록 세모꼴이 머릿속에서 어지럽게 굴러다녔다. 뾰쪽한 꼭짓점들이 좌충우돌하면서 수많은 생채기를 내기 시작했고, 머릿속은 속절없이 피칠갑으로 변해버렸다.

풍물 소리가 백운산과 저곡촌 앞 멀리 동남방으로 뻗어 있는 우두산(牛頭山)을 휘감다가 메아리로 되돌아왔다. 최산두의 고향 방문을 축하하고 환영하는 풍물 굿판이었다.

풍물 소리는 인간이 만든 악기에서 흘러나오는 얄팍한 재주가 아니었다. 징 소리는 바람이었고, 북소리는 구름이었고, 장구 소리는 비였고, 꽹과리 소리는 천둥번개라서 하늘의 모든 소리를 품었다고 해도 과언이 아니었다. 게다가 자갈자갈자갈 끓는 꽹과리 소리를 묵직한 징 소리가 푸짐하고 촉촉하게 감싸주고, 장구가 콩박콩박 울리면 북소리가 쿠웅쿵 울려서 깊이를 더해 주어 삼라만상의 조화로운 극치를 유감없이 보여주었다.

"야, 매구 친다!"

"야, 버꾸놀이 구경 가자!"

광양 고을의 버꾸놀이가 시작되자 아이들이 굿판의 신명을 서로 먼저 줍기 위해 달려 나왔다. 그 아이들은 광양 고을의 백운산 정기를 받고 섬진강의 맑은 물을 마시면서 육신의 잔뼈가 굵어가겠지만, 정신을 강단지게 만들어주는 것은 바로 이 버꾸놀이 소리라고 할 수 있었다.

풍물 굿은 백성들의 숨구멍이었다. 재비들이나 구경꾼들이 함께 어울려서 호흡과 땀을 나누고, 압제와 고통 속에서 벗어나려고 몸부림치며 영원한 해방을 위해 달리는 출구이기도 했다.

풍물 굿은 산 자들만의 것이 아니었다. 원하지 않은 정황에서 목숨을 잃어 구천에서 떠돌아다니는 중음신들을 불러들여 위로하는 의식이기도 했다. 그래서 풍물 굿판은 산 자와 죽은 자가 함께 아우러져 조화를 이루고 맺힌 것을 말끔히 풀어내는 크고 깊은 의미가 있었다.

풍물 굿판에서 용기(龍旗)가 펄럭였다. 5색의 천연염료를 이용하여 황룡과 청룡이 여의주를 가운데 두고 서로 다투는 그림을 그려놓은 기였다. 그 기는 멍석만큼 크다고 해서 '덕석기'라고도 불렀으며, 네 명의 장정이 함께 들고 다녀야 할 정도였다.

북재비들이 고개를 좌우로 흔들어대면서 어깻죽지를 추켜올리고, 땅 위를 스치듯 사뿐사뿐 내딛다가 살짝살짝 들어 올리는 발놀림을 보여주고 있었다. 매우 역동적이면서 절제된 모습이었다.

북 장단은 현란하면서도 웅혼하고, 섬세하면서도 박진감이 넘쳐서 사람들의 심장을 자극하며 힘이 불끈 솟구치게 만들어주었다.

광양 고을의 버꾸놀이가 다른 고을의 버꾸놀이와 차이가 있다면 북놀이가 유난히 발달했다는 점인데, 북을 칠 때 복판과 함께 상·하단의 나무 테두리를 매번 두드림으로써 가죽과 나무를 한가락에 울려대는 특징이 있었다. 그리고 이 고을의 북놀이는 싸움터에서 군사들에게 싸움을 지휘 감독하고 사기를 북돋아주는 역할을 맡고 있기도 해서 북을 치는 사내들의 동작이 흥겨우면서도 매우 절제되었다.

"아따, 앉은뱅이도 벌떡 일어나서 춤을 추게 생겼네그려."

구경꾼들이 자신도 모르게 어깨를 움찔움찔하고 두 팔을 깐닥깐닥하면서 서서히 신명에 빠져들었다.

"고모부님, 대단하지 않습니까? 저 풍물 소리에 사특한 기운이 모조리 물러가 버렸습니다."

서천일이 풍물 굿판에서 눈을 떼지 못한 채 말했다.

"맺힌 것을 풀고 닫힌 것을 열어주는 저 풍물이야말로 해원상생(解寃相生)의 극치가 아니겠는가."

최산두는 오랜만에 고향의 버꾸놀이를 접하게 되자 그동안 혼란스러웠던 머리가 말끔해지면서 힘이 샘솟는 것을 느꼈다. 그래서 오늘만큼은 모든 것을 잊고 풍물 굿판에 푹 빠져들고 싶었다.

두 사람이 풍물 굿판에 취해가고 있을 때, 선비 차림의 사내들이 최산두를 찾아와서 읍하며 인사를 올렸다. 그중에는 최산두가 얼굴을 아는 자도 있었고, 서천일의 문하에서 공부하는 자도 끼어 있었다.

"신재 선생님, 저희는 광양 고을의 유생들이옵니다. 고명하신 신재 선생님께서 고향에 오셨다는 소문을 듣고 이렇게 찾아뵙게 되었습니다. 부족함이 많은 저희들에게 많은 깨달음을 주시고 앞길도 열어주십시오."

"내가 뭐 대단하다고 이러는가. 허허, 몸 둘 바를 모르겠네."

최산두가 겸손한 자세를 취했다. 그러는 사이에 꽹과리를 치는 상쇠가 풍물패를 이끌고 최산두를 에워쌌다. 풍물패가 빙글빙글 돌아가며 원진을 그렸다. 이번에는 구경꾼들이 풍물패를 둥그렇게 둘러서서 저마다 춤을 추기 시작했다.

"매구야!"

상쇠가 휘모리장단을 치고 맺으면서 힘차게 소리쳤다.

"예이!"

풍물패들이 일제히 대답했다.

"백운산 정기를 받고 태어나 높은 벼슬에 오른 신재 나리는 우리 광양 고을의 자랑임이 분명할세. 자, 오늘처럼 좋은 날이 없으니 우리 한번 신명나게 놀아보세!"

"예이!"

풍물 장단이 다시금 요란하게 울리기 시작했다. 상쇠가 흥을 돋우기 위해 삼채가락을 치며 원진을 따라 빙글빙글 돌았다.

최산두가 촌락 사람들을 향해 읍하며 감사하다는 표시를 하더니 원진 밖으로 성큼성큼 걸어 나갔다. 풍물패들과 구경꾼들의 시선이 일제히 최산두에게 쏠렸다. 왜 원진 밖으로 황급히 나가는지 영문을 몰랐기 때문이었다.

이때 구경꾼 틈에 끼어 있던 서천일이 다가와서 최산두에게 물었다.

"고모부님, 왜 이러십니까? 어디 몸이라도 편찮으신지요?"

"아무 일도 아닐세."

최산두는 풍물패와 구경꾼들 밖에서 흐뭇하고 자랑스러운 표정으로 바라보고 있던 부모님을 발견했다. 특히 불편한 몸을 이끌고 나왔던 아버지는 밭은기침을 계속 터트리면서도 웃음을 잃지 않고 있었다.

"아버님, 어머님, 어서 저 안으로 들어가시지요."

최산두가 부모님의 손을 덥석 붙들었다.

"아니다. 우리는 아무런 자격이 없느니라."

"그게 아니옵니다. 부모님께서 소자를 낳아주시고 길러주셨습니다. 그 하해와 같은 은덕을 모른 체한다면 짐승이나 다를 바 없는 법이옵니다. 당연히 오늘의 모든 영광은 부모님 것이옵니다."

최산두가 그 자리에서 꿇어 엎드려 큰절을 올렸다. 절을 받는 부모의 눈시울이 축축하게 젖어 있었다.

그런 광경을 지켜본 풍물패들이 더욱 우렁차고 신명나게 풍물을 울렸다. 그리고 최산두와 그의 부모를 가운데 두고 원진을 그리기 시작했다. 지극한 효성이 풍물 굿판의 열기를 더욱 뜨겁게 만들었고, 신명을 부채질하여 모두가 하나 되는 기쁨에 젖어 들어 갔다.

[2]

"무엇들 하느냐. 어서 서둘지 못하겠느냐. 걱정이 되어서 도무지 견딜 수 없다고 하지 않았더냐."

희빈 홍씨가 무척이나 안달했다.

"마마, 조금만 참으시옵소서. 분부를 받들어 때가 되면 곧바로 떠나실 수 있도록 만반의 준비를 다 갖춰놓았사옵니다."

"어허, 왜 이다지도 답답할까. 누군가 찾아온 자는 없더냐?"

"아직 없사옵나이다."

"알았다. 그렇다면 내의원에서 탕제는 준비했더냐?"

"마마, 모든 것을 완벽하게 준비했사오니 너무 심려치 마시옵소서."

"어허, 왜 이다지도 시간이 더디 흐르더란 말이냐."

희빈 홍씨가 자신의 처소인 송백당 안을 바장이며 돌아다니다가 창밖으로 시선을 돌렸다. 밤하늘을 살펴보니 2고(밤 9시부터 11시까지를 알리는 북)가 울리려면 조금 더 기다려야 할 성싶었다. 어쩔 수 없는 일이었다.

희빈 홍씨가 이처럼 서두르게 된 이유는 아버지인 남양군 홍경주로부터 한 통의 서찰을 받았기 때문이었다. 그 서찰에는 건강이 매우 좋지 못하니 곧바로 다녀갔으면 좋겠다는 내용이 담겨 있었다.

그 서찰을 읽자마자 희빈 홍씨의 마음이 극도로 아프고 괴로웠다. 아버지는 신진 사림 세력에게 탄핵을 당하면서 탄탄했던 입지가 흔들리기 시작했고, 급기야 화병까지 생겼다. 천하의 세도가였던 아버지가 새파란 젊은 것들에게 수모를 당하게 되었으니, 어쩌면 화병 정도가 다행인지도 모를 일이었다.

희빈은 자신을 낳고 길러주신 아버지가 그런 지경에 처했을 때 뭔가 도와드리지 못해서 무척이나 고통스러웠다. 그녀는 아버지의 후광을 받아 13세에 궁궐로 들어와서 종1품 귀인을 거쳐 마침내 빈의 자리를 차지했고, 중종의 총애까지 받게 되었다. 하지만 아버지가 어려움에 처해 있는데 아무런 도움이 되어 드리지 못하고 있다는 것이 실로 안타까웠다.

물론 그냥 바라보고 있었던 것만은 아니었다. 아버지를 변호하고 또 권세를 되찾게 하기 위해 나름대로 이런저런 손을 써보았지만 별다른 소용이 없었다. 그래서 아버지에게 효도를 다하지 못했다는 죄책감에 늘 시달리곤 했나.

"전하는 지금 어디에 계시느냐? 중궁전이더냐, 자미당이더냐?"

송백당 안을 바장이며 생각에 빠져 있던 희빈 홍씨가 우뚝 멈춰 서서 궁녀에게 물었다. 자미당은 경빈 박씨의 처소였으며, 그녀가 임금의 총애를 독차지할까 싶어서 항상 경계하고 있어서 물었던 것이다.

"자세히 알지 못하오나 자미당이 아닌 것만은 분명하옵니다."

"왜 자미당이 아니더란 말이냐?"

"조금 전에 자미당을 살펴보고 왔는데, 전하는 계시지 않았사옵니다."

"그렇다면 야대가 계속되고 있는 모양이로구나."

오늘도 경연이 있었다. 그런데 밤이 이슥할 때까지 사정전에서 머물며 복잡한 정치 현안을 논의하고 있는 모양이었다.

희빈 홍씨가 고개를 끄덕거리다가 갸웃거리기 시작했다. 아무래도 뭔가 이상해서 아버지가 보냈던 서찰을 다시금 꼼꼼히 읽어보고 싶었다. 하지만 그럴 수 없었다. 읽은 즉시 불태워버리라는 당부가 있었기 때문에 이미 한 줌의 재가 되어버린 상태였다.

홍경주가 보냈던 서찰에는 이해하기 힘든 내용이 몇 가지 있었다. 읽은 즉시 불태우라는 당부 외에도 2고가 울릴 때 누군가가 나타나서 궁궐의 북문인 신무문을 열 수 있도록 도와줄 것이니 그 문을 통해서 밖으로 은밀히 나오라고 했다. 그리고 신무문 밖으로 나오게 되었을 때 누군가가 나타나면 그가 궁궐 안으로 들어갈 수 있도록 배려해줄 것이며, 궁궐 밖에서는 한성부 좌윤인 손주(孫澍)의 수하들이 나타나서 길 안내를 할 것이니 그들을 따라오라고 했다.

도대체 무슨 일인지 자세한 것을 알 수 없어서 답답했다. 하지만 모든 것을 은밀하게 행동하라고 당부했던 것으로 비춰볼 때 아버지의 병환이 위중하다는 것 외에도 뭔가 어마어마한 일이 기다리고 있을 것이라는 추측이 들기에 충분했다.

2고의 북소리가 우렁차게 들려왔다. 희빈 홍씨가 흠칫 놀람과 동시에 시녀의 목소리가 들려왔다.

"마마, 이젠 궐 밖으로 나갈 시각이옵니다."

"찾아온다던 자가 도착했더란 말이냐?"

"예, 신 승전색께서 방금 도착하셨사옵니다."

신무문을 열어줄 누군가가 찾아오기로 했는데 그자가 바로 승전색 신순강이었던 모양이었다. 희빈 홍씨가 서둘러 밖으로 나갔다. 신순강이 송백당 앞마당에서 기다리고 있다가 머리를 조아렸다.

"마마, 말씀 드리지 않아도 왜 신무문을 통해서 궐 밖으로 나가시는지 잘 아시겠지요? 신속하고 은밀하게 행동하셔야 하옵니다."

신순강이 머리를 조아려 보이기가 바쁘게 앞장서서 걸었다.

궁궐의 사대문 중 하나인 신무문은 승정원의 통제를 받는 다른 문과 달리 사약방(司鑰房)에서 관리하고 있었다. 그래서 신진 사림 세력이 포진되어 있는 승정원의 감시 눈길을 피하려 한다는 것쯤은 희빈 홍씨도 눈치 채고 있었다.

"잠깐 멈추어라. 도대체 무슨 일인지 궁금하구나."

희빈 홍씨가 곧장 따라가지 않고 신순강을 불러 세운 뒤에 물었다.

"소인은 아무것도 모르옵니다. 다만 마마를 모시고 은밀하게 궐문 밖으로 나갈 수 있도록 도와야 한다는 지시만 받았을 뿐이옵니다."

신순강이 잠시 멈춰 대답하더니 다시금 걸음을 재빠르게 놀렸다. 희빈 홍씨는 더 이상 물어봤자 궁금증을 해소할 길이 없다는 것을 깨닫고 궁녀 한 명만 대동한 채 묵묵히 따라나섰다.

여태 앞만 보고 걸었던 희빈 홍씨가 고개를 살짝 올려 신무문을 흘낏 바라보았다. 을씨년스러운 분위기가 물씬 풍겨 나왔다. 원래 음기가 강한 곳이라서 궐문을 열면 '여풍(女風)'이 분다고 믿었기 때문에 굳건하게 닫아두었고, 평소에도 인적이 뜸한 곳이라서 그런 분위기가 느껴지는 것이 당연할지도 몰랐다. 그런데 그런 을씨년스러운 분위기를 뚫고 궐문을 은밀하게 빠져나가기까지 해야 한다는 생각에 사로잡히자 왠지 모르게 소름이 오싹 돋기 시작했다.

"마마, 잠시만 기다리시옵소서."

신순강이 사약방의 최고 책임자인 사약(정6품 벼슬)에게 이미 열쇠를 받아두었던지 신무문의 수문장을 향해 성큼성큼 걸어갔다. 그리고 아무런 문제 없이 이내 돌아와서 희빈 홍씨를 안내했다.

"마마, 이제 궐문이 곧 열릴 것이옵니다. 소인은 더 이상 뫼시지 못하고 예서 돌아가야 하옵니다. 야속하다고 생각하지 마시옵소서. 사정전으로 가서 야대가 끝날 때까지 기다리고 있어야 하옵니다."

말을 끝낸 신순강이 총총히 사라졌다.

어둠을 빠개듯 신무문이 열렸다. 그런데 밝은 빛이 아니라 더욱 짙은 어둠이 앞을 가로막고 있었다. 궐문을 통해 습기와 어스름을 듬뿍 머금은 바람이 들이닥쳤다.

희빈 홍씨가 신무문 밖으로 나가기 위해 몇 걸음을 떼다가 우뚝 멈췄다. 홍경주가 보낸 서찰에 따르면, 누군가를 궁궐 안으로 들어갈 수 있도록 도와달라고 했다. 희빈 홍씨는 궁궐 밖을 뚫어지게 보았다. 몇 걸음 차이에 지나지 않는 바깥이었지만 궁궐 안에 비해 훨씬 더 음침한 기운이 서려 있었다.

신무문에서 그다지 멀리 떨어지지 않은 곳에 공신회맹제를 거행하는 회맹단이 어둠에 덮여 희미하게 보였다.

회맹단은 경복궁 북쪽에 설치되어 있어 '북단'이라고도 했는데, 터를 평평하게 고른 다음에 정사각형으로 쌓아놓은 제단이었다. 그곳은 신하들이 공신회맹제 때 임금에게 충성을 맹세하는 제단이었고, 또 공신들의 공적 사항이 기록된 곳이기도 했다. 거기에 아버지인 홍경주의 이름도 자랑스럽게 끼여 있었다. 그런데 오늘따라 회맹단을 덮고 있는 어둠이 두껍고 음침하게 느껴졌다.

"마마, 어인 일이시옵나이까?"

수문장이 걸음을 멈춘 희빈 홍씨에게 물었다.

"잠깐 기다릴 일이 있느니라. 조금 후에 궐문 안으로 한 사람이 들어갈 것이니 그리 알도록 하여라. 그리고 오늘 있었던 일에 대해서는 절대로 입을 열어서는 아니 되느니라."

희빈 홍씨의 지엄한 명이었다.

"알겠사옵니다. 그리고 이미 그런 지시도 받았사옵니다."

수문장은 임금의 총애를 받고 있는 희빈의 명을 감히 어쩌지 못하고 연신 머리를 조아릴 뿐이었다.

어둠을 흠뻑 둘러쓴 사내 한 명이 회맹단 뒤편에서 걸어 나왔다. 이 시각에 신무문으로 접근할 자는 아무도 없을 터였다. 희빈 홍씨는 아버지가 부탁했던 자가 틀림없다는 것을 확신하고 수문군에게 통과시키라는 지시를 한 후에 밖으로 걸어 나가기 시작했다.

그 사내가 희빈 홍씨에게 가벼운 읍 자세를 취하고서 옆을 지나쳤다. 그의 정체를 알아보려고 살펴보았으나 어둠 때문에 힘들었다. 하지만 그가 자신의 신분을 이미 알고 있는 것으로 보아 평범한 자가 아니라는 정도는 짐작할 수 있었다.

화천군 심정은 신무문을 무사히 통과하자 안도의 한숨을 내쉬었다. 그는 2고가 울릴 때까지 회맹단 뒤에 몸을 숨기고 희빈 홍씨가 밖으로 나오기를 초조하게 기다리고 있었다.

회맹단은 중종반정이 일어난 직후에 새로 옹립한 중종을 모시고 충성을 맹세했던 곳이었다. 심정도 중종반정에 참여하여 정국공신 3등으로 화천군에 봉해졌기 때문에 공신회맹제에 참석하여 충성을 맹세했던 적이 있었다. 만약에 충성을 다하지 못한다거나 반역을 꾀하게 되면 천지신명이 내리는 천벌을 감수하겠다는 맹세였다.

그는 회맹단 뒤에서 기다리는 동안, 왕도정치를 실현시키겠다는 미명 아래 개혁의 고삐를 바짝 죄고 있는 조광조의 무리에게 천벌에 버금가는 형벌을 내리도록 해주겠다고 몇 번이나 이를 악물었는지 모른다. 나약한 중종을 등에 업고 안하무인이 되어 조정을 제멋대로 주무르는 조광조를 그냥 둘 수 없는 노릇이었다.

남양군 홍경주는 겁 없이 설쳐대는 개혁 세력을 무력으로 제거하려고 했다. 그래서 오위도총부 경력인 박배근을 앞세워서 성내의 검계와 왈짜들을 불러 모아 암살을 계획했다.

살생부에 기록된 자는 눈엣가시인 조광조를 위시해서 그의 측근인 최산두와 김정 등이었다. 그런데 다른 사람들은 기회가 없어서 아직까지 실행에 옮기지 못했고, 때마침 고향 길에 오른 최산두에게 암살 요원들을 제일 먼저 보냈다.

최산두의 암살 계획이 나왔을 때 찬반 의견이 분분했다. 우두

머리인 조광조만 제거하면 모든 상황이 종료될 수 있으니까 나머지 사람들은 그냥 두어야 한다는 측과 최산두를 먼저 암살하게 되면 개혁 세력이 두려움으로 위축될 수 있기 때문에 충분한 효과를 볼 수 있다는 측이었다.

아무튼 최산두 암살 시도 결과는 오히려 당한 꼴이 되고 말았다. 그뿐만 아니라 개혁 세력에게 경각심을 불러일으키는 계기만 주고 말았던 셈이었다. 그래서 지켜보다 못한 심정이 전면으로 나서게 되었다.

심정은 무력보다 지략으로 개혁 세력을 무너트려야 한다는 소신을 갖고 있었다. 그래서 홍경주와 남곤 등이 모인 자리에서 몇 가지 계략을 내놓았고, 그 일을 진행하기 위해 희빈 홍씨를 궁궐 밖으로 나오게 했으며 자신은 신무문을 통해 궁궐 안으로 들어왔던 것이다. 그가 세운 계략이란 궁궐 안팎에서 조광조를 동시에 공략하는 이른바 양면작전이요, 협공작전이었다.

궁성 경호를 맡고 있는 병조 산하 5위(位)의 금군(禁軍)들이 순라를 돌고 있었다. 하지만 오위도총관 심정을 이상스럽게 보는 자는 없었다. 그는 아무도 의심하지 못하도록 당당하게 걸었다.

"아니, 화천군께서 이 밤에 어인 일로 궁성에 들어오셨소?"

심정은 별안간 들려오는 소리에 깜짝 놀랐으나 겉으로 전혀 드러내지 않은 채 상대를 자연스럽게 바라보았다. 병조판서 이장곤이 수하 두 명을 대동하고 추자정 쪽에서 다가오고 있었다.

이장곤은 조광조처럼 김굉필의 문하였으며, 문무에 고루 능한 인물이었다. 그래서 중종의 신임이 두텁기도 했다. 그런 자가 심정을 알아보고 말을 걸어오자 간이 덜컥 내려앉을 지경이었다.

"전하께서 승전색을 통해 소대(召對)를 원하셨소이다."

소대란 임금이 신하를 직접 불러 정사를 의논하는 것이었다.

"지금 전하께서는……."

이장곤의 입이 벌어지자마자 심정이 말을 잘랐다.

"아, 지금 사정전에서 야대 중이시라는 것을 잘 알고 있소이다. 야대가 끝나면 강녕전에서 독대하게 될 예정이라고 들었소이다."

심정은 저번에 최산두가 중종과 독대했다는 정보를 들었기 때문에 똑같은 방식으로 말을 꾸며댔다. 그리고 중종이 사정전에서 경연에 참석하고 있다는 정보도 들어서 어느 누구도 의심할 여지가 없는 임기응변을 발휘했다.

"부럽습니다. 전하의 두터운 신임을 받고 있으니 말입니다."

이장곤이 머리를 가볍게 숙인 뒤 지나쳤다.

심정은 강녕전 쪽으로 가는 척하다가 어둠을 이용해서 경빈 박씨의 처소인 자미당 쪽으로 방향을 틀었다. 자미당 대문 앞에 이르자 경비를 서고 있던 군졸들이 앞을 가로막았다. 하지만 그것도 잠시였을 뿐 대문 안에서 시녀가 나오더니 심정을 안으로 모셨다.

임금을 제외한 외부 손님이 오면 별채에 머무르는 것이 일반적인 관례였다. 그런데 심정은 사랑채로 곧장 안내되었다. 그곳에는 심정이 찾아올 것을 이미 알고 술상까지 차려놓은 상태였다. 심정이 텅 빈 방에서 경빈 박씨를 기다리며 혼잣말로 중얼거렸다.

"그자들을 일시에 무너트릴 수 있는 것은 사내들의 칼이 아니라 궁중 여인들의 부드러운 세 치 혀로다."

그의 얼굴에 득의만만한 웃음꽃이 피어났다.

"그래그래, 여인을 움직일 수 있는 자가 천하를 호령할 수 있는 법. 인간 소요정이 아니면 누가 감히 이런 계략을 알고 있으리오."

소요정은 심정의 호였다. 그는 오래전부터 경빈 박씨와 서찰을 주고받거나 처소를 은밀하게 내왕하고 있었으며, 이젠 서로의 이익을 위해 실과 바늘처럼 불가분의 관계에 놓여 있었다.

경빈 박씨는 다른 비빈을 모두 물리치고 장차 자신의 아들인 복성군을 보위에 올리고 싶어 했다. 그래서 자신을 도울 수 있는 대신으로 심정을 택했고, 심정은 조광조 세력을 무너트리고 출세가도를 달리기 위해 경빈 박씨를 붙들었던 것이다.

"마마 납시오."

시녀의 목소리가 들려오더니 경빈 박씨가 안으로 들어왔다. 심정이 자리에서 일어나 예를 올렸다.

"너는 나가 있도록 하여라."

경빈 박씨가 궁녀를 물리쳤다.

심정이 경빈 박씨를 흘낏 바라보았다. 야밤인데 화장을 짙게 한 상태였다. 원래 꽃다운 얼굴인 데다가 화장까지 짙게 해서 황홀감을 안겨주기에 충분했다. 그뿐만 아니라 사향 냄새가 은

은하게 번지고 있었다.

"복성군께서는 잘 지내시지요?"

"영특하기가 이루 말할 수 없을 정도랍니다."

"장차 좋은 일이 있을 것입니다."

"대감께서 그렇게 되도록 도와주셔야지요."

경빈 박씨가 심정에게 바투 다가앉아서 술 한 잔을 따라 건넸다. 그리고 안주를 집어 들고, 심정이 술 마시기만을 기다리고 있었다. 만약 누군가가 이런 광경을 목격했다면 대역무도에 가까운 일이라서 기절초풍하고도 남았을 것이다.

심정이 술을 마시고 안주까지 받아먹었다. 술기운이 식도를 타고 내려가면서 짜릿한 느낌을 주었다. 절세미인인 경빈 박씨가 술을 따라주고 안주까지 먹여주는 상황이라서 마치 임금이라도 된 듯 기분이 황홀했다.

"이제 얼마 후면 왕세자 책봉 문제가 불거질 것입니다. 장경왕후가 이 세상에 없으니 그의 소생인 원자는 왕세자에 책봉되기 어려울 것입니다. 더군다나 나이도 다섯 살에 지나지 않습니다. 절호의 기회가 오고 있습니다. 복성군이 왕세자에 책봉될 수 있도록 수단과 방법을 가려서는 아니 되옵니다."

"복성군이 보위에 오르게 되면 화천군의 은덕을 잊지 않겠습니다. 틀림없이 화천군께서 일인지상 만인지하의 자리에 오르시게 될 것이니 지켜보시지요."

경빈 박씨의 이야기가 끝나자 심정이 호탕한 웃음을 날렸다. 그리고 은밀한 목소리를 내기 시작했다.

"복성군께서 보위를 차지하려면 전하의 마음을 사로잡는 게 최우선입니다. 그리고 또 아주 중요한 게 있습니다."

"그게 무엇입니까?"

경빈 박씨가 더욱 바투 다가앉았다. 사향 냄새가 심정의 후각을 자극하면서 야릇한 분위기에 빠져들도록 만들었다. 심정은 경빈을 덥석 안아버리고 싶은 충동을 느꼈으나 인내심을 발휘하여 꾹 참았다. 자칫 잘못하면 목숨을 부지하기 어려웠다.

"조광조 일당이 나라를 뒤흔들고 있습니다. 그들이 막강한 세력을 갖고 있는 한 복성군께서 보위에 오르시기 힘들 것입니다. 왜냐하면 그자들은 삼강오륜을 앞세우기 때문에 원자를 왕세자로 책봉시키려 할 것입니다. 그래서 장애물을 제거하는 게 급선무입지요. 그렇지 않습니까. 그들은 폐비 신씨를 복원하려고 아등바등했던 적이 있고, 빈들을 무시하는 발언까지 했지 않습니까."

"역시 화천군께서는 선경지명과 판단력이 매우 뛰어나서 아주 매력적이라 아니 할 수 없습니다. 잘 알겠습니다. 그렇지 않아도 전하께 그들의 잘못을 낱낱이 고하며 날개를 부러트리려고 애를 쓰고 있는 중입니다."

"그뿐만 아닙니다. 그자들이 고인이 되신 박원종 대감의 관을 파내어 발기발기 찢는다는 소문도 들려옵니다."

"뭐라고! 이런 발칙한 놈들!"

경빈 박씨는 박원종의 수양딸이었다. 경빈의 눈에 살기가 돌았다.

"그래서 그냥 두면 아니 된다고 했지 않습니까. 기회만 오면 전하와 조광조를 떼어놓도록 노력해야 합니다. 앙칼진 것보다 부드러운 방법이 더 효과적이랄 수 있지요. 아무튼 수단과 방법을 가리지 말고 조광조를 불신하도록 만들어야 합니다. 그래서 조광조 일당이 와르르 무너지게 되면 계획했던 모든 일이 순탄하게 진행될 것입니다. 그런데 그런 일은 혼자서 해내시기에는 역부족일 것입니다. 그래서 드리는 말씀이온데, 희빈 홍씨와 손을 맞잡고 그 일을 해내셔야 할 것입니다."

"아니, 희빈과 손을 잡으라고요!"

경빈 박씨의 눈빛이 싸늘하게 변했다. 서로 암투를 벌였던 희빈과 손을 잡으라니 기가 찰 노릇이었다.

"일시적입니다. 그러니까 전략적으로 희빈을 이용하라는 이야기입니다. 꼭 그렇게 하셔야만 조광조를 무너트릴 수 있고, 또 장차 복성군을 보위에……."

심정이 경빈 박씨의 손을 슬그머니 잡았다. 그리고 굳게 쥐며 강조했다. 두 여인이 합세하여 중종을 뒤흔들어야만 모든 일이 가능해지리라는 계산이 심정에게 벌써부터 서 있었던 터였다. 그는 바위처럼 단단한 조광조가 두 여인의 부드러운 세 치 혀에 속절없이 녹아나는 것을 상상하며 내심 쾌재를 불렀다.

한편 신무문을 나선 희빈 홍씨는 한성부 좌윤인 손주 수하들의 안내를 받고 따라갔다. 그런데 엉뚱하게 남양군 홍경주의 저택이 아닌 어떤 저택 앞에 도착했다.

"여기는 누구의 저택이더냐? 왜 여기로 왔느냐?"

"예조판서 남곤 대감의 저택이옵니다."

"내 아버님이 여기에 계신단 말이더냐?"

"그건 잘 모르겠사옵고, 이 저택으로 모시라는 명만 받았사옵니다."

희빈 홍씨가 불안한 눈초리를 굴리고 있을 때, 대문 안쪽에서 남양군 홍경주의 목소리가 들려왔다.

"여기까지 오시느라 수고했네. 자, 어서 안으로 드시게."

홍경주는 희빈 홍씨가 딸이지만 전하를 모시는 빈이었기 때문에 함부로 하대를 하지 않고 반존댓말을 썼다. 그뿐만 아니라 대문까지 친히 나와서 희빈을 맞이했다.

희빈 홍씨는 요즘 들어 부쩍 늙어버린 아버지를 대하자마자 눈시울을 적시고 말았다. 한때 대사헌과 좌참찬을 역임하면서 천하의 세도가로 불렸는데, 사림 세력의 언관들에 의해 탄핵을 받아 입지가 흔들리고 화병까지 얻었다. 그런데 명색이 전하를 모시는 빈이면서도 도와드린 것이 없어서 가슴이 아플 수밖에 없었다.

"불효막심한 소녀, 아버님께 인사 올립니다. 건강이 좋지 못하시다더니 지금 어떠하옵니까? 제가 탕제를 준비해 왔사오니 몸조리 잘하시옵소서."

대동했던 궁녀가 홍경주에게 탕제를 내놓았다. 홍경주는 탕제 따위에 관심이 없었고, 희빈 홍씨의 손을 붙잡은 채 남곤의 사랑채로 급히 들어갔다. 방 안에 앉아 있던 남곤과 김전이 벌떡 일어나서 희빈 홍씨에게 예를 갖추었다.

희빈 홍씨가 자리에 앉자 홍경주가 먼저 입을 열었다.

"긴한 부탁이 있어서 예까지 모셨네. 꼭 들어주시게나."

"사람의 자식 된 자가 어찌 효도를 하지 않겠느냐고 했습니다. 그리고 부모님께서 명하시는 것이 있으면 머리를 숙이고 공경히 들어야 한다고 했사온데, 어찌 아버님의 말씀을 듣지 않겠사옵니까. 아무런 염려 마시옵소서."

"그렇다면 거두절미하고 이야기하겠네. 오늘 이후로 우리와 긴밀하게 연락을 취했으면 하네. 그리고 경빈 박씨와도 우호적인 관계를 유지해주었으면 좋겠네."

홍경주는 심정이 제시했던 계략을 그대로 이야기했다. 하지만 희빈 홍씨는 경빈과 우호적인 관계를 유지하라는 이야기에 이맛살을 찌푸렸다. 소격서가 혁파되기 이전에는 그곳을 찾아가 치성을 드리며 경빈을 수없이 저주했다. 경빈 역시 마찬가지였을 것이다. 그래서 견원지간이나 다를 바가 없었다.

"아버님의 말씀을 거역하는 게 불효일지 모르지만 그건 절대로 아니 되옵니다."

희빈 홍씨가 강경한 어투를 내뱉자 홍경주뿐만 아니라 남곤과 김전도 당황하는 기색을 보였다.

"그런 마음을 잘 알고 있네. 하지만 우리의 목적이 달성될 때까지만 그렇게 해달라는 것일세. 꼭 부탁이네."

"그 목적이라는 게 무엇입니까?"

희빈 홍씨의 말이 끝나자마자 남곤이 끼어들었다.

"희빈마마, 제가 세세하게 말씀 드리겠습니다. 남양군 대감께서 지금 최악의 곤경에 빠지셨습니다. 현 실정은 조광조가 붕당을 맺어 훈구대신들을 낭떠러지로 밀어내고 있사옵니다. 풍문에 따르면, 이미 저 세상으로 가버린 박원종, 성희안, 유순정 대감들의 관을 꺼내 발기발기 찢어버리는 부관참시까지 단행할 거라고 하옵니다. 그런데 살아 있는 훈구대신들이야 오죽하겠습니까. 어렵겠지만 어지러운 나라를 구하기 위해 한시적이고 전략적으로 경빈 박씨와 손을 잡으십시오. 그리고 힘을 합쳐 전하를 움직이셔야만 하옵니다. 부디 통찰하시옵소서."

남곤이 국궁재배하듯 머리를 끝없이 조아렸을 때 연로한 김전마저 머리를 방바닥에 들이대는 간절한 모습을 보였다.

"조광조가 그렇게 무섭단 말입니까?"

희빈 홍씨의 눈빛이 날카롭게 변했다.

"전하를 등에 업고 무소불위의 힘을 휘두르고 있사옵니다. 그런데 지난번 현량과로 더 많은 세력을 끌어 모았으니 차후에 얼마나 더 경천동지할 일을 벌이게 될지 모르옵니다. 입에 담기 불경스러운 이야기입니다만, 이미 전하께서는 꼭두각시로 변해버렸사옵니다. 부디 어지러운 나라를 바로잡을 수 있도록 용단을 내려주시옵소서."

희빈 홍씨가 홍경주를 한 번 바라본 뒤 눈을 지그시 감았다. 자식 된 도리로 아버지가 최악의 곤경에 빠졌다는데 발뺌을 할 수 없었다. 이보다 더한 일이라도 효도를 하기 위해 덤벼들어야 할 터였다. 그리고 자신이 빈의 자리에 오를 수 있었던 것도 아버지의 후광이 있었기 때문이고, 자신이 낳은 금원군의 장래를 위해서라도 이 일에 협조할 수밖에 없었다. 희빈이 마음속으로 결단을 내리면서 눈을 번쩍 떴다.

"손을 내미는 것은 어렵지 않습니다만, 경빈이 마다하면 어찌 합니까?"

홍경주가 대답했다.

"신무문을 나설 때 궁궐 안으로 은밀하게 들어갔던 사람이 화천군 심정일세. 그가 경빈마마에게 잘 이야기해놓았을 것일세. 그러니 걱정하지 않아도 좋네."

"그렇다면 두 사람이 힘을 모아 무엇을 해야 합니까?"

"지략이 많은 화천군이 이렇게 이야기했네. 전하가 물이라면 조광조는 그 물에서 노는 고기라고 말일세. 그러니까 조광조를 전하로부터 떼어놓으면 그자는 물 밖에 난 고기가 될 터이니 무슨 힘을 쓰겠는가. 그리고 말일세, 지금 조광조가 칼자루를 쥐고 있는 것처럼 보이지만 머잖아 그 칼자루가 칼날로 변해서 자신의 몸을 베게 될 때가 올 것이라고 했네."

"무던히 노력했지만 조광조가 워낙 흠집이 없어서 쉽지 않아 보였사옵니다."

"난공불락의 성은 없다고 했네. 사헌부 대사헌이었던 조광조가 홍문관 부제학으로 물러앉지도 않았는가. 어허, 조광조는 부제학 벼슬도 과하다네. 우리 눈에서 아주 사라지도록 만들어야 한다네."

"좋은 묘책이라도 있사옵니까?"

희빈 홍씨의 물음에 남곤이 나섰다.

"희빈마마께서 자순대비마마를 우리 편으로 만들어주셔야 하옵니다. 그러면 조광조가 고립되는 것은 여반장이옵니다. 자순대비마마의 환심을 살 수 있는 금은보화가 준비되었사오니 환궁하실 때 가져가시옵소서."

남곤이 상자 하나를 내밀었다.

이번에는 홍경주가 나섰다.

"자순대비마마를 우리 편으로 만들고, 또 경빈마마와 합세하여 끝없이 공략하면 조광조는 기필코 무너질 것일세. 이건 어버이에게 효도하는 일이기 전에 어지러운 나라를 바로잡는 일이라고 생각해야 되네. 그래서 말인데, 조보(朝報)를 훔쳐보아서라도 궁궐 안의 동태를 우리에게 연락해주고, 또 화천군이 좋은 계략을 마련해서 전하면 그대로 따라서 행동해주기 바라네. 알겠는가?"

조보란 승정원에서 재결 사항을 기록하고 글씨를 베껴 널리 알리던 관보를 말하는데, 그 속에는 조정의 결정 사항이나 지방관의 장계까지 다 포함하여 실렸다. 그런데 홍경주는 조정의 동태를 재빨리 파악하기 위해 희빈에게 그런 부탁을 했던 것이다.

"잘 알겠사옵니다. 그런데 천하의 조광조가 그런 정도로 쉽게 무너질까요?"

"그건 걱정 말게. 우리에게는 지낭이라는 별호를 갖고 있는 화천군이 있네. 그래서 궁궐 밖에서 조광조를 무너트릴 수 있는 기묘한 계략을 이미 마련해놓았다네."

홍경주가 희빈의 어깨를 부드럽게 감싸주며 또박또박 이야기했다. 희빈 홍씨는 아버지의 손길이 이처럼 부드럽고 따뜻한 줄 예전에는 미처 몰랐다. 화병에 시달리고 있는 아버지를 위하는 길이라면 유황불 속이라도 뛰어들고 싶었다.

"이 소녀, 아버님께 효도를 다하고 싶습니다. 아무런 걱정 마시옵소서."

희빈 홍씨의 말이 끝나자 머리를 방바닥에 대고 엎드려 있던 남곤과 김전이 고개를 쳐들고 활짝 웃었다. 머지않아서 어지러운 나라가 바로잡히고, 또 수세에 몰렸던 훈구대신들이 당당한 모습으로 활개 치는 상황이 눈앞에 그려졌기 때문이었다.

[3]

인동이 나귀 두 마리에 음식을 바리바리 싣고 최산두의 뒤를 따랐다. 그는 이 많은 음식을 무엇 때문에 어디로 가져가는지 궁금했으나 차마 물어보지 못하고 길을 나섰다.

최산두는 광양현의 성문 앞을 지나 익신역과 섬진역을 경유할 때까지 흡사 시회에 나온 사람처럼 광양 땅의 수려한 풍광을 만끽하며 유유자적한 모습을 보였다. 그러더니 수어천의 징검다리를 건널 즈음에 입을 열었다.

"인동아, 되짚어올 때 이 수어천 물줄기를 따라 올라가 보도록 하자꾸나."

인동이 수어천 위쪽을 바라보았다. 백운산 어치계곡에서 흘러내리는 물이 수정 같고 주변의 경관이 수려해서 마치 무릉도원으로 들어가는 관문처럼 보였다. 그리고 우측 산에는 산허리를 감아 돌며 쌓아 올린 산성이 보였다.

"나리, 저 산성의 이름이 무엇이옵니까?"

"불암산성이라고 하지."

"한성부에도 불암산성이 있지 않습니까요. 아차산성, 봉화산성과 함께 말입니다. 그런데 저 산성에 무슨 볼일이라도 있으신지요?"

"그게 아니다. 이 수어천을 따라 올라가다 보면 남해 용왕이 그 비경에 반해 땅 밑으로 굴을 뚫어 찾아왔다는 전설이 서린 백학동을 만나게 되는데, 여기까지 와서 그냥 지나친다는 게 아깝지 않겠느냐."

"백학동이라고 하셨습니까요? 그렇다면 지리산에 있다는 청학동과 어떤 관계라도 있습니까요?"

"지리산의 청학동이 도교적인 색채를 지닌 신비적인 경향이 있다면, 백학동은 유교적이며 현실적이라고 할 수 있지. 또 이 세상은 음양의 조화로 이루어졌는데, 청색이 있으면 필히 백색이 있는 법이다. 그래서 섬진강을 사이에 두고 동쪽의 지리산에 청학동, 서쪽의 백운산에 백학동이 있느니라."

최산두의 이야기에 인동의 눈이 커졌다. 백학동에 얽힌 전설도 흥미로웠지만, 멀리 보이는 백운산의 억불봉과 깃대봉 그리고 불암산과 국사봉 사이를 비집고 흘러내리는 물줄기를 따라 올라가면 뭔가 상서로운 일이 생길 것만 같았다.

"백학동이란 데가 보통은 아닌 듯싶습니다요."

"그럼, 백학동 계곡은 옥룡사에서 주석했던 불세출의 선승 도선국사가 고려를 건국했던 태조 왕건을 가르쳤다는 곳이기도 하지. 그리고 내 허리에 차고 있는 이 환도도 저 골짜기 생쇠골에서 만들어진 것이니라."

최산두가 허리에 차고 있던 환도를 툭, 하고 건드려보았다.

"헤헤, 청계산 계곡에서 그 못된 놈들을 혼내주었던 환도가 바로 저 계곡에서 만들어졌군요. 나리의 말씀을 듣다 보니까 백학동은 하늘의 기운과 땅의 기운이 하나 되어 인간에게 무한한 힘을 줄 것처럼 보입니다요. 어서 가보고 싶습니다요. 나리, 그런데 음식을 이렇게 바리바리 싸서 어디로 가져가는 길이옵니까요?"

인동이 여태 궁금하게 여겼던 점을 물어보았다.

"섬진진(蟾津鎭)에 있는 친척을 만나뵙기 위해 가는 일이니라."

최산두가 수어천의 징검다리를 건너 곧바로 나아갔다. 그는 고향 산천을 마음껏 바라보는 이 순간이 너무나 행복했다. 그런데 너무나 행복하면 오히려 불안감이 피어나게 된다고 하던가. 그는 자칫하면 이 고향 산천을 다시는 보지 못할지도 모른다는 까닭 모를 불안감이 피어나자 마음을 진정시키기 위해 스승 김굉필이 지었던 시를 읊조리기 시작했다.

어찌 세상 사람들은 근본을 버리고 말단을 좇아(何世人遺本而逐末)

천차만별에 현혹당할까(眩千差與萬別).

어떤 이는 대롱으로 하늘을 살피고(或用管而窺天)

어떤 이는 송곳으로 땅을 가리키면서(或用錐而指地)

이것이 크고 저것이 작다고 싸우며(爭此大而彼小)

시끄럽게 시시비비를 가리려고만 하니(鬧非非而是是).

최산두는 모든 불안감의 근원이 일촉즉발 상태에 있는 시국 때문으로 판단했다. 그래서 대자연의 질서와 원리가 하나의 이치에서 나온다는 사실을 모르기에 인간이 갈등하고 분란을 일으킨다는 내용의 시를 읊었던 것이다.

최산두가 이 시를 듣고 나서 그렇다면 어떻게 해야 할지 물었을 때, 스승이 "먼저 현상의 불합리, 현실의 부조리를 있는 그대로 보아야 한다."라고 말하면서 "그러나 사물이 가지런하지 않음이(雖然物之不齊) 또한 사물의 실상이라(物之實也)."라고 읊었다.

불암산성을 끼고 불암산 재에 오르자 지리산이 손에 잡힐 듯 가깝게 보이고, 발아래에서 섬진강이 도도하게 흘러내리고 있었다. 그 물줄기는 좌측으로 지리산 협곡을 끼고 우측으로 호남정맥을 따라 550리 물길을 이어오다가 마지막에 백운산을 휘감아 돌며 광양만으로 유입되었다.

진안 땅에서 발원한 그 물줄기는 영·호남 주변 고을에 양질의 식수는 물론이고 농업용수를 공급해주는 젖줄이었다. 또한 강물 위에 지리산과 백운산의 자태를 유감없이 투영하고 주변

경관이 워낙 수려해서 시인묵객의 사랑을 듬뿍 받아왔다. 그래서 섬진강은 천혜의 보배요, 이 땅의 영원한 자랑이기도 했다.

태곳적부터 흘러내렸음직한 이 섬진강은 삼국시대부터 군사·지리적으로 요충지라 신라와 백제의 영토 싸움이 치열하게 벌어졌던 가슴 아픈 역사를 안고 있었다. 하지만 더 가슴 아픈 것은, 왜구가 곡창지대인 남도를 약탈하기 위해 섬진강 하구를 통해 수없이 드나들며 극심한 피해를 입혔다는 점이었다.

섬진강은 원래 두치강이었다. 그런데 왜구가 침범했을 때 진상 고을의 섬거촌에서 수많은 두꺼비가 섬진강으로 몰려와 울부짖자 왜구가 놀라 달아났다고 해서 '두꺼비 섬(蟾)'자를 붙여 만든 이름이었다.

이처럼 섬진강은 전략상 절대적으로 중요했기 때문에 일찍부터 진(鎭)을 설치하여 왜구를 방어하고, 또 뱃길을 따라 이어지는 조운(漕運)을 보호했다.

최산두가 재를 내려가서 섬진강에 설치된 섬진진을 찾아갔다. 진영의 정문을 경비하던 수자리들이 최산두와 인동의 위아래를 번갈아 훑어보며 물었다.

"멈추시오. 어디서 온 뉘시오?"

인동이 앞으로 나섰다.

"나는 사간원 정언과 사헌부 지평을 지내다가 지금은 동호독서당에서 학문에 열중하고 있는 최산두 나리의 하인이오."

"아니, 저 나리가 바로 산자, 두자를 쓰시는……. 소문을 들어서 잘 알고 있소이다."

수자리가 최산두를 알아보고 눈이 휘둥그레지고 말았다. 인동은 수자리의 자세가 겸손해지자 기분이 좋아서 배를 약간 내밀며 의젓한 자세를 취했다. 수자리가 최산두에게 물었다.

"나리, 어느 분을 만나러 오셨습니까? 좌수(座首) 나리입니까?"

좌수는 현감을 보좌하는 유향소의 최고 벼슬아치로 이방과 병방을 겸했다.

"아닐세. 수자리를 살고 있는 내 친족을 만나러 왔네."

"예! 아무튼 좌수님께 통기하도록 하겠습니다."

지체 높은 최산두가 군역 나온 수자리를 만나러 왔다고 이야기하자 믿어지지 않는지 눈을 끔벅거리다가 옆에 서 있는 동료의 옆구리를 찔렀다. 그자가 꽁지에 불이라도 붙은 듯 안쪽으로 달려가더니 이내 좌수가 헐레벌떡 뛰어나왔다.

"소생, 최산두라고 합니다."

최산두가 좌수에게 먼저 예를 올렸다. 좌수가 깜짝 놀라며 어쩔 줄 몰라 했다. 그는 광양 고을 토박이라서 최산두의 명성을 익히 들은 바 있었다. 그런데 최산두가 공손하게 나오자 이렇게 하다가 혹시나 무슨 해라도 입게 되지 않을까 두려워서 손을 바들바들 떨며 말도 제대로 붙이지 못했다.

"저의 친족들이 수자리를 살고 있습니다. 제가 한성부로 올라가야 할 날이 얼마 남지 않았기에 찾아뵙고 인사라도 올리려고 하니 너그럽게 보아주십시오."

그때서야 좌수의 입이 터졌다.

"알겠사옵니다. 곧 조치하도록 하겠사옵니다. 일단 안으로 드시옵소서."

좌수가 자신의 군막 안으로 최산두를 안내했다. 잠시 후에 최산두의 친족 두 명이 헐레벌떡 뛰어왔다. 두 사람 모두 아저씨뻘 되는 사람이었다.

최산두가 두 사람에게 큰절을 올렸다. 비록 수자리를 살고 있지만 집안의 어른들이라서 정성을 다해 예를 갖추었다. 옆에서 지켜보고 있던 좌수가 최산두의 사람됨을 알겠다는 듯 고개를 끄덕거렸다. 두 명의 친족들도 지체 높은 최산두가 큰절을 올리자 송구스러워서 맞절하다시피 절을 받았다.

"다른 분들은 어디에 계시는지요?"

최산두 일가는 광양 고을에서 대대로 살아왔기 때문에 많은 친족들이 수자리를 살고 있었다. 그래서 얼굴이 보이지 않는 친족들을 찾았던 것이다.

"그들은 여기서 가까운 봉암산성을 지키고 있다네."

"그렇다면 그곳에도 가야겠습니다."

최산두가 인동을 시켜 장만해 온 음식을 풀어 그의 친족들뿐만 아니라 함께 수자리를 살고 있는 동료들까지 배불리 먹도록 해주었다. 그리고 봉암산성을 향해 길을 떠나려고 하자, 좌수가 수하인 별감을 시켜 길 안내를 해주도록 지시했다.

섬진강 물줄기를 타고 잠시 내려가다 보면 호남정맥의 시발점인 망덕산을 만나게 되었다. 그 산은 천자봉조혈(天子奉朝穴)이라는 명당이 있다고 해서 지관들의 발길이 끊이지 않은 곳이었다.

최산두는 젊은 시절에 이 망덕산에 올라 바다를 바라보며 무한한 생명력을 느꼈고, 파도와 바다가 둘이 아니라는 이치도 깨달았던 적이 있었다.

섬진강 하류를 지키듯이 서 있는 봉암산성에 올랐다. 규모가 작은 산성이었지만 광양만 일대는 물론이고 지리산이며 백운산의 억불봉이 선명하게 보였고, 앞바다에 떠 있는 배알도가 예쁜 옥구슬 같아서 전망이 그만이었다.

최산두가 봉암산성을 지키는 친족들을 찾아서 예를 올리고 산성 아래로 내려올 즈음에 한 떼의 기마대가 들이닥쳤다. 병마절제도위를 겸하고 있는 광양 고을 현감의 행차였다.

"좌수로부터 통기를 받고 곧장 달려오는 길입니다."

"최산두라 하옵니다."

"일찍부터 선생의 명성을 듣고 흠모해온 지 오래되었습니다."

"헛된 명성에 지나지 않아 부끄러울 따름입니다."

현감은 수인사가 끝나자마자, 지난해에 최산두가 봉족(조선시대에 남자가 부담했던 군역)에 대해 임금께 주청했던 이야기를 거론했다.

"지방의 수령으로서 봉족 문제는 보통 골치 아픈 게 아니었습니다. 그리고 수자리를 살아야 하는 자들도 그 피해가 이루 말로 다 할 수 없을 지경이었는데, 선생께서 잘 짚어주셔서 모두다 큰 도움이 되었습니다."

지난해에 최산두가 임금께 "전하, 경오왜변 이후 현재 군액은 그대로 두고 별도로 한량을 가려 군액의 수를 증가했는데, 그 사람이 오래지 않아 혹 다른 소임으로 가게 되면 군에는 봉족이 없고 집에는 여정이 없어서 빈궁하여 지탱하지 못하여 드디어 온갖 방법으로 침해하므로 자신도 감당하지 못하고 온 집안이 유리하여 친척과 이웃도 그 해를 받습니다."라고 주청했다. 그런데 현감이 그 내용을 정확히 기억하고 있었다.

"언관으로서 당연히 해야 할 일을 했을 뿐입니다."

최산두는 자신이 중앙 요직에 있었고 고을 현감이 자신보다 품계도 낮았지만 모든 면에서 겸손함을 잃지 않았다.

"객사로 뫼시겠습니다. 맛과 멋에서 다른 고을의 추종을 불허하는 광양의 특이한 산해진미를 마음껏 자랑하고 싶습니다. 특히 백운산의 참숯으로 구운 숯불구이와 나라님의 진상품인 섬진강 은어 맛은 천하의 별미라 아니 할 수 없습니다."

현감이 앞장섰다.

최산두는 참숯 향기가 은은하게 배어 있는 숯불구이와 진귀한 서과(수박) 향을 느끼게 해주는 은어가 회를 동하게 만들었지만, 천하의 절경을 자랑하는 백학동을 찾아가서 그 자연의 품에 포근히 안기고 싶었다.

"제가 들를 데가 있어서 그러하니, 죄송하지만 다음 기회로 미루지요."

"또 어디를 들를 데가 있단 말입니까?"

"오랜만에 고향을 찾아왔더니 백학동의 절경을 만끽하며 시라도 한 수 읊고 싶군요. 그곳을 보지 못하고 떠나면 내내 눈에 밟힐까 싶어서 걱정이지 뭡니까."

평소에 풍류를 좋아하던 최산두였다. 그래서 벌써부터 백학동의 품에 안기기라도 한 듯 흐뭇한 웃음을 터트렸다.

"그렇다면 백학동까지 뫼실 수 있는 영광을 제게 주십시오."

"그렇다면 더없이 감사할 따름이지요. 동행하면서 이런저런 이야기도 나누고, 백학동에 가면 시회라도 열어봅시다."

최산두와 현감은 금세 마음이 통해서 함께 백학동으로 향하기 시작했다.

백학동 계곡은 안으로 깊이 들어갈수록 인간의 세상이 아닌 별천지로 변해갔다. 백운산에서 흘러내리는 물줄기와 온갖 기암괴석이 대자연의 신비를 아낌없이 드러냈고, 한가로이 날아가는 학들은 탈속의 경지로 안내하는 길라잡이인 듯했다.

"평소에 제가 무척이나 어리석었나 봅니다. 감히 백학동에서 시를 짓기 위해 운을 떼려고 생각했으니 말입니다."

최산두가 백학동의 절경에 취해서 한동안 입을 다물고 있다가 현감에게 한마디 건넸다. 백학동은 감히 필설로 형용하기 어렵다는 의미의 말이었다.

7. 노와공신(怒臥功臣)

나라에 도가 있으면 대담하게 말하고 대담하게 행하며, 나라에 도가 없으면 홀로 정직하게 행하되 말은 겸손해야 하느니라.

—《논어》의 '헌문편'에서

[1]

오늘은 경연이 없는 날이었다. 중종은 경연이 지긋지긋했다. 왕세자에 책봉되어 일찍부터 제왕학을 익혔더라면 그렇게 골머리가 아프지 않았을지도 몰랐다. 그리고 경연관들이 조급해하며 경연을 강행군할 리도 없었을 터였다.

경연은 공부할 때만 지긋지긋한 게 아니었다. 공부가 끝난 후에 국정 현안을 논의하고 결정하는 자리가 펼쳐지면 훈구대신들과 신진 사림 세력 간의 갈등이 워낙 커서 어느 정책 하나 쉽게 결정된 적이 없었다. 그래서 중종은 매번 갈팡질팡하며 양측의 눈치를 살펴야 했는데, 명색이 군왕으로서 크나큰 고역이 아닐 수 없었다.

그런데 오늘은 그런 고통의 시간을 보내지 않아도 된다는 생각이 들자 온몸이 상쾌했다. 또 일전에 현량과 문제로 논박이 오가며 매우 혼란스러웠을 때, 자신이 단호하게 소리치며 정리하자 모든 대신들이 "전하, 성은이 망극하여이다!"를 외치며 허리를 굽혔던 기억이 떠오르자 어깨에 날개라도 달려 창공을 훨훨 날아오르는 기분이었다.

아무튼 그날 이후로 훈구대신들과 신진 사림 세력이 고분고분한 눈치를 보이는 듯했다. 이제야 약화되었던 왕권이 회복되려나 싶은 생각이 들자 가슴이 뿌듯했다.

"여봐라! 게 아무도 없느냐!"

그 어느 때보다 옥음(玉音)이 우렁찼다.

"전하, 대령했사옵니다."

승전색 신순강이 쪼르르 달려와서 머리를 조아렸다.

"오늘은 편안하고 즐거우며 매우 의미 있는 나들이를 하고 싶구나."

"그러시면 교태전 후원으로 납시어서 아미산을 구경하시렵니까, 아니면 창덕궁이나 덕수궁으로 행어하시겠사옵니까?"

중종의 속내를 헤아리지 못한 승전색 신순강이 이곳저곳을 아뢰었다.

"아니다. 오늘은 간소하게 준비하여 신무문 밖으로 나가고 싶구나."

중종은 이미 점찍어둔 곳이 있었다. 그곳에 가서 가슴을 활짝 편 채 호연지기를 맘껏 키우고 왕권 강화를 위한 의지도 불태우고 싶었다.

잠시 후, 신순강이 행어 준비를 지시하고 돌아와서 다시금 머리를 조아렸다.

"전하, 행어할 수 있는 만반의 준비를 마쳤사오니 거둥하시옵소서."

"알았느니라."

중종이 용평상에서 일어나 밖으로 걸어가다가 갑자기 걸음을 멈췄다.

"잠시 기다리도록 하여라."

중종이 뒤돌아서서 강녕전 안으로 들어갔다. 크고 웅장한 침전 실내에는 가구가 거의 없어서 썰렁하다는 느낌을 주었다. 임금이 다치지 않도록 배려해놓았기 때문이었다. 그리고 침전 실내에 우물 정(井)자형의 격자형 문틀을 짜 넣고 방을 여러 개로 나누어놓아서 마방진(魔方陣) 형태를 갖추었다. 그건 세종 때 장영실이 고안한 것인데, 누군가가 역심을 품고 침전으로 침입했을 때 실내 구조를 잘 파악하지 못하고 혼란에 빠지도록 유도하기 위해서였다.

중종이 익숙한 동작으로 문 하나를 열었다. 그 안에 사인검이 놓여 있었다. 그동안 신주 모시듯 고이 보관해둔 것이었다.

그가 사인검을 힘차게 뽑아 들었다. 그리고 천신의 힘을 빌려 산천의 악한 것을 물리치리라는 마음을 굳게 다져먹었다. 그런 행위와 결심은 곧 왕권 강화를 위해 최선을 다하겠다는 뜻이기도 했다.

잠시 후, 중종이 사인검을 지닌 채 강녕전 밖으로 나왔다. 온몸에 힘이 불끈 솟는 기분이었다. 이젠 예전의 나약하고 우유부단한 모습을 훌훌 벗어던지고 강인한 모습으로 만조백관을 다스리고 싶었다.

"전하, 사인검이 아니옵니까?"

중종이 밖으로 나가다 말고 별안간 강녕전 안으로 들어가자 영문을 몰라 하며 지켜서 있던 신순강이 사인검을 발견하고 아뢰었다.

"어떻게 보이느냐? 신령스러운 힘이 있어 보이지 않느냐?"

"전하, 황공무지로소이다! 오늘따라 위엄이 넘쳐흐르옵니다."

"자, 신무문 밖으로 나가도록 하자."

중종이 준비된 옥교 위에 올라갔다. 임금의 행어임을 알리는 기수가 앞장섰고, 중종이 탄 옥교 좌우에는 내금위의 근위병사들이 삼엄한 경계를 펼치며 따랐다. 옥교 뒤에는 상궁들과 나인들이 줄줄이 따라나섰다.

궁궐 성곽이 인왕산 기슭을 따라 연이어져 있었다. 성곽 위쪽 인왕산 정상의 바위에 햇빛이 내려앉아 눈이 부셨다. 중종은 인왕산이 눈에 들어오자 폐비 신씨 생각이 왈칵 치밀어 올라 한숨을 내쉬었다. 신씨가 폐비가 되어 궁궐 밖으로 쫓겨난 것은 왕권이 쇠약한 탓이었다. 가슴 아팠지만 지금은 어쩔 수 없는 상황이라 이를 지그시 깨물 수밖에 어쩔 도리가 없었다.

중종이 억지로 고개를 돌려 인왕산에 박혀 있던 시선을 가까스로 떼어냈다. 그리고 맞은편에 있는 신무문을 바라보았다. 대낮인데도 을씨년스러움을 풍기는 것은 인적이 뜸한 탓이겠지만, 때마침 구름이 해를 가려 그 일대가 그늘져 있어서 그런 느낌이 훨씬 가중되었다.

간혹 가다가 슬그머니 열리곤 하던 신무문이 중종의 행어로 인해 오랜만에 활짝 열리느라 돌쩌귀 소리가 요란했다. 문을 나서자 정사각형으로 쌓아놓은 회맹단이 눈에 들어왔다. 사방이 96척이고 높이가 약 4척쯤 되는 제단이었다. 그리고 동쪽과 서쪽에 제단 위로 올라가는 두 개의 계단이 설치되어 있었다.

회맹단을 바라보는 중종의 눈빛이 활활 불타올랐다. 그 눈동자 속에는 반정으로 근정전에서 곤룡포와 익선관을 착용하고 보위에 올랐던 일과, 그 이튿날 반정공신들과 함께 공신회맹제를 치렀던 일이 그림처럼 펼쳐지고 있었다.

그날 중종과 정국공신들은 천지신명을 상징하는 신주와 맹세문과 제물을 준비하여 회맹단을 찾아왔다.

그 신주는 나무로 만든 사방 4척 크기였으며, 위아래에 천지를 상징하는 검은색과 황색, 사방에는 방향에 따라 동쪽에는 청색, 서쪽에는 흰색, 남쪽에는 붉은색, 북쪽에는 흑색이 칠해져 있었다.

맹세문에는 임금과 공신들이 천지신명 앞에서 맹세할 내용이 적혀 있었으며, 참여자를 대표하여 임금이 천지신명께 그 글을 고하게 되어 있었다. 그리고 맹세문 뒤에는 참여자 모두가 충성을 다짐하겠다는 뜻으로 자신의 관직명 아래에 자필 서명을 해 놓았다.

중종이 동쪽 계단을 따라 제단 위로 올라갔다. 벌써 14년 전의 일이었다. 하지만 눈을 감고 곰곰이 생각하지 않아도 그날이 생생하게 떠올랐다.

공신들과 함께 네 번 절하고 동쪽 계단을 이용하여 회맹단에 올라가서 향불을 피우고 술을 올렸다. 그리고 내려와서 제사에 고기로 쓸 희생물인 소와 양과 돼지의 피를 이용해서 삽혈의식(굳은 약속의 표시로 희생물의 피를 서로 나누어 마시거나 입에 바르던 일)을 치렀다.

중종은 그때 입 안에서 감돌았던 피 냄새와 맛을 아직도 잊지 않고 있었다. 그것은 비릿하긴 했으나 가슴이 벅찰 정도로 황홀하고 짜릿한 느낌이었다고 표현해야 옳을 터였다. 그런데 보위에 오른 지 무려 14년 동안 임금다운 임금의 모습을 보여주지 못했고, 어쩌면 눈치만 보며 살아왔다는 것이 실로 안타깝고 억울했다.

'과인은 기필코 왕권을 되찾을 것이며 왕도정치를 구현할 것이다.'

중종이 그날의 피를 다시금 마시는 기분에 젖은 채 사인검을 뽑아 들었다. 그 검에 신령한 기운이 깃들게 하기 위해 순금으로 새겨놓은 글씨가 햇빛을 받아 유난히 반짝거렸다. 가슴이 후련해지면서 호연지기가 가득 밀려오는 듯했다. 그런데 느닷없는 목소리가 중종의 상념을 깨트리고 말았다.

"게, 누구더냐! 당장 말에서 내리지 못할까!"

호위 군졸들을 지휘하는 내금위장의 다급한 외침이었다. 그와 동시에 창검을 움켜쥔 호위 군졸들이 우르르 몰려가기 시작했다.

중종은 호위 군졸들이 달려가는 곳을 태연하게 살펴보았다. 성벽을 따라 남쪽으로 활 한 바탕쯤 되는 곳에서 웬 사내 두 명이 말에서 내리고 있었다.

"전하, 옥체를 보전하셔야 하옵나이다. 역심을 품은 자들이 몰려올지도 모르오니 신무문을 통해 궐 안으로 피하십시오."

신순강이 달려와서 어쩔 줄 몰라 했다.

"편안하고 즐거운 나들이를 하겠다고 말하지 않았더냐."

중종이 가슴을 활짝 폈다. 예전 같았으면 돌발 상황을 접하고 소스라치게 놀랐을 것이다. 그런데 요즘 들어 자신감이 붙은 것인지, 사인검의 신령한 기운을 받은 덕분인지 두려움이 별로 없었다.

호위 군졸들이 말을 타고 왔던 사내들을 데리고 다가왔다. 그들은 다름 아닌 첩장인이라고 말할 수 있는 남양군 홍경주와 오위도총관 심정이었다. 두 사람이 다가와서 국궁재배로 예를 올렸다.

"전하, 성은이 망극하여이다!"

"경들이 예까지 어인 일이오?"

중종의 물음에 심정이 나서서 대답했다.

"회맹단에 찾아오는 길이었는데, 전하를 배알하게 되오니 실로 광영이라 아니할 수 없나이다."

"무슨 연유로 회맹단을 찾아왔소?"

"신들이 회맹단 앞에서 전하께 충성을 맹세했던 때가 엊그제 같사온데 벌써 열네 성상이나 흘렀사옵니다. 옛말에 세상 모든 것은 변하기 마련이라고 했사옵니다. 전하, 그날 군신회맹제가 열렸을 때 충성을 다짐하며, 회맹단 뒤편에 제물과 함께 파묻었던 맹세문도 벌써 한 줌의 흙으로 변했을 것이옵니다. 하오나 신들은 그날의 맹세를 촌각도 잊어본 적이 없사옵니다. 신들이 오늘 이렇게 회맹단을 찾아온 것도 그날의 맹세를 가슴에 되새기기 위함이었나이다."

심정과 홍경주는 희빈 홍씨로부터 중종의 행어 소식을 은밀히 전달받고 회맹단을 향해 말을 타고 부랴부랴 달려왔던 것이다. 그리고 중종을 우연히 배알하게 된 것처럼 꾸며댔다.

"허허, 실로 기특하다 아니할 수 없구려. 과인은 경들의 변하지 않는 충성심에 감동했소이다."

중종은 그들의 속내를 까마득히 몰랐다. 처음에 그들이 나타났을 때, 현량과 실시를 트집 잡거나 신진 사림의 문제점에 대해서 신랄하게 논박할 것으로 여겼다가 뜻밖의 이야기가 나오자 한층 감격하고 말았다.

"전하의 윤음(임금이 신하나 백성에게 내리는 말)에 신들은 그저 감읍할 따름이옵니다. 전하, 신하 된 도리로 충성을 다해야 하는 것이 지당한 일이온데, 이렇게 치하해주시니 감읍할 따름이옵니다."

"경들은 고개를 드시오. 그리고 이리 가까이 오시오."

"황공무지로소이다."

두 사람이 중종 앞으로 다가가서 머리를 조아렸다.

"과인에게 오늘처럼 기분 좋은 날이 없었소. 그래서 과인이 경들에게 아주 특별하고 성대한 공신연이라도 열어주고 싶소만, 그건 다음에 치르기로 하고 당장 여기에서 조촐한 주연이나마 열어봅시다. 즐거운 마음으로 함께하기를 바라오."

중종은 홍경주가 언관들에 의해 탄핵당하고, 심정 역시 이조판서 물망에 올랐다가 그들의 반대에 부딪혀 낙마했던 사건이 오늘따라 안타깝게 여겨졌다. 그래서 기회가 되면 교지를 내려 서용(죄가 있어 면직시켰던 자를 다시 임용함)해야겠다는 마음을 먹었다.

임시 막사를 쳐서 행재소(임금이 거둥할 때 임시로 머무는 행궁)를 마련했다. 그리고 궁궐에서 미리 준비해 온 음식과 술로 주연상을 차렸다.

중종은 계산 없이 급조된 주연이었지만 너무나 기뻐서 전혀 쾌의치 않았고, 홍경주와 심정은 계획했던 일이 잘 풀리자 내심 쾌재를 불렀다. 술이 두서너 순배씩 돌자 분위기가 한층 화기애애해졌다.

"경들은 요즘 시국을 어떻게 보고 있소? 그리고 민심은 천심이라고 했는데 어떠하오?"

중종은 홍경주와 심정이 충성스러운 모습을 보이자 처음에는 곧이곧대로 믿었다가 가만히 생각해보니 뭔가 이상한 것 같아서 은근히 떠보기 시작했다.

홍경주가 먼저 아뢰었다.

"아뢰옵기 황송하오나, 현량과 실시 이후에 잠시 소란스러운 적이 있었으나 지금은 조용한 줄 아뢰오. 그리고 전하께서 덕치를 베푸셔서 만백성이 요순시대를 구가하고 있사옵니다."

이어서 심정이 아뢰었다.

"전하, 한마디로 비옥가봉(比屋可封)입니다. 그러니까 충신, 효자, 열녀가 많은 까닭에 벼슬에 봉할 만한 집들이 줄지어 있을 정도로 세상이 평안하다는 뜻이옵나이다."

중종이 두 사람의 이야기를 들으면서 홍경주는 아부하거나 뭔가 부풀려서 이야기하고 있는 것 같았지만, 심정의 이야기는 일리가 있다고 생각되었다. 왜냐하면 수년 전부터 향약을 실시하여 민풍을 바로잡아 왔고, 《소학》이나 《여씨향약》 등의 목판본을 인쇄하여 널리 읽힘으로써 유교의 근본인 충효정신을 보급했기 때문에 그럴 수도 있었다.

"그거 듣던 중 반가운 소리였소. 그렇다면 지치의 꿈이 곧 이루어지겠구려. 정말 기쁘오. 과인은 너무나 기뻐서 춤이라도 덩실덩실 추고 싶을 지경이오."

중종이 술 한 잔씩을 또 돌렸다. 두 사람이 임금의 은혜에 감사하다며 공손하고 경건하게 절을 올리고 나서 술잔을 받았다. 중종은 오랜만에 마시는 술이라서 속이 화끈거리며 얼굴이 불콰해졌다. 그만큼 기분도 좋아져서 구름 위에 두둥실 떠 있는 듯했다.

심정이 중종의 눈치를 흘낏 살피더니 입을 열었다.

"모든 것이 전하의 큰 복력이시고, 하해와 같은 성은이 있었기에 가능했던 일이옵나이다. 전하, 지금 도성 안의 저잣거리는 물론이고 방방곡곡의 향촌마다 전하와 또 한 사람의 덕에 삼강오륜이 바로잡히고 태평성대가 왔다며 칭찬하는 이야기들이 자자하옵니다."

"또 한 사람이라니 도대체 누구를 말하오?"

"홍문관 부제학으로 있는 조광조입니다."

"조광조라고?"

중종이 얼른 이해하기 힘들어서 심정을 뚫어지게 바라보았다. 훈구 세력과 조광조는 견원지간이요 빙탄지간이었다. 그런데 심정이 조광조를 칭찬했다는 것이 놀라웠고, 또 만백성이 태평성대가 된 공을 조광조에게 돌리고 있다는 것 역시 놀라웠다.

"바로 그렇사옵니다."

"과인도 정암이 청렴결백하며 인품 또한 뛰어나다는 것을 잘 알고 있소. 그런데 경이 정암을 칭찬하고, 또 백성들까지 칭찬하고 있는 줄 미처 몰랐소. 이게 도대체 어떻게 된 일인지 소상하게 아뢰시오."

"예전에는 신들이 조광조의 과격함에 대해 논박을 던졌던 게 사실이옵니다. 그런데 알고 보니 왕도정치를 확립시키기 위해 어쩔 수 없었을 것으로 이해하게 되었습니다. 그리고 백성들이 조광조의 사람됨을 잘 알고 있사옵니다. 그래서 요즘 온 나라의 인심이 조광조에게 쏠려 있다고 해도 과언이 아니옵니다."

심정의 이야기는 깊이를 가늠할 수 없는 계략에서 나왔다. 요즘 조광조의 인기가 높은 것은 사실이지만, 온 나라의 인심이 그에게 쏠렸다며 크게 칭찬해주었던 것은 중종과 대립하도록 만드는 사전 포석이나 다를 바 없었다.

중종은 심정의 이야기를 반신반의했다.

조광조는 너무나 철두철미한 사람이라서 인간적인 매력이 없었다. 하지만 거꾸로 그게 매력이기도 했다.

수년 전에 중종이 홍문관에 명해서 '계심잠(마음을 경계하는 잠언)'을 지어 올리도록 했다. 그런데 그중에서 조광조가 장원을 차지하여 털로 만든 요 한 벌을 하사받았던 적이 있었다.

그가 지은 '계심잠'은 "사람이 천지간에서 강건함과 유순한 기운을 품부 받아서 형체를 이루고, 굳건하고 순한 기운을 받아서 성품을 이루었으니, 기운은 사시(四時)이고 마음은 사덕(四德)입니다. 그러므로 기운이 큼은 넓어서 포용하지 못하는 것이 없고, 마음의 신령스러움은 영묘하여서 통하지 못하는 바가 없습니다……."로 시작하는 명문이었는데, 천리(天理)를 잘 보존하고 인욕(人慾)을 막으라는 내용을 담고 있었다.

이처럼 조광조는 학문이 고절했으며 언행이 일치된 도학자라서 그의 사상과 의표(儀表)를 만인이 본받을 만했다. 그렇다고 해서 심정이 자신의 정적(政敵)인 조광조를 칭찬하고, 만백성의 인심이 쏠리기까지 했다고 아뢰는 것은 쉽사리 믿어지지 않는 이야기였다.

"정말로 정암의 인기가 그렇게 대단하오?"

"전하께서 그런 덕망 높은 신하를 얻었다는 게 실로 큰 복이옵니다. 백성들이 뭐라고 말하는지 아십니까? 하늘에 태양이 둘이라고까지 하옵니다. 그만큼 조광조를 우러러보고 있다는 이야기이옵니다. 정녕 믿지 못하시겠다면 오늘이라도 당장 암행 길에 나서보시옵소서. 조광조를 향한 인심이 얼마나 대단한지 직접 느끼실 수 있을 것이옵니다."

심정과 홍경주 등은 이미 사람들을 시켜서 조광조의 인품이 훌륭하며, 하늘에 또 하나의 태양이 있다는 소문을 저잣거리에 퍼트려놓은 상태였다.

심정은 무력으로 조광조를 무너트리기 힘들다고 판단했다. 양측의 세력이 막상막하라서 서로 싸우게 되면 누가 승자로 남게 될지 예견하기 힘들었다. 그래서 중종과 조광조를 떼어놓는 정도를 훨씬 넘어서 양자가 대립하고 충돌하도록 하늘에 두 개의 태양이 있다는 소문을 퍼트리게 되었던 것이었다.

그런 계략을 내놓았을 때 홍경주나 남곤은 반대했다. 조광조를 추켜세우다가 자칫하면 훈구대신들의 설 자리가 영영 없어질지도 몰랐기 때문이다. 그러나 심정은 자신의 계략이 신출귀몰한 고단수라는 것을 확신하고 있어서 강경하게 밀어붙였다.

중종은 하늘에 두 개의 태양이 있다는 소문이 약간 거슬리기는 했지만 크게 괘의치 않았다. 사인검을 움켜잡았을 때 힘이 넘쳐흘렀고, 회맹단을 찾아왔을 때 자신감이 생겼고, 온 나라가 태평성대라는 소리에 희망이 넘쳤고, 호방함을 주는 술기운이 온몸을 감돌고 있어서 점점 유쾌해질 따름이었다.

"오늘 과인의 기분이 아주 좋아서 하늘을 나는 것 같소. 과인은 정암이 진사시에서 '춘부'를 지었을 때부터 범상치 않은 인물이라는 것을 알고 있었소. 그래서 그를 흔쾌히 기용했고 또 애지중지했던 것이오."

중종이 너털웃음을 날렸다. 그렇지 않아도 조광조를 홍문관 부제학으로 좌천시켰던 것이 마음에 걸렸던 터였다. 그런데 훈구 세력이 조광조를 칭찬하고 있으니 조만간에 다시금 사헌부 대사헌으로 복귀시킬 작정이었다.

"어허! 화천군, 이러다가 자칫하면 낭패를 보게 생겼소. 전하의 표정을 살짝 훔쳐보았는데, 불쾌하게 생각하거나 진노한 기색이 전혀 없더란 말이오."

회맹단 앞의 주연을 끝마치고 집으로 돌아가는 남양군 홍경주의 입이 불어터지다 못해 흉물스럽게 일그러졌다. 심정이 계략을 써서 하늘에 두 개의 태양이 있다며 중종을 자극해보았지만 별다른 효과를 기대하기 어려울 성싶었기 때문이었다.

“대감, 효과는 즉시 나타나는 법이 아닙니다. 두고 보십시오.”

“믿다가 된통 당하게 생겼소이다. 어허, 눈엣가시 같은 자들을 정리할 때 믿을 만한 것은 칼뿐이라니까요. 화천군, 그렇지 않소? 우리는 연산군을 무력으로 폐위시켰던 용장들이었소. 그런데 그까짓 조무래기에 지나지 않는 조광조 무리쯤이야 단칼이면 충분하다는 이야기요. 아이고, 두통이야.”

홍경주는 울화통이 얼마나 솟구쳤으면 머리를 싸맨 망건이 터질 것만 같았다.

“연산군을 칠 때는 대의명분이 있었습니다. 그런데 조광조의 경우는 전혀 그렇지 못하옵니다.”

“그러니까 정면으로 치자는 게 아니라 쥐도 새도 모르게 해치우자는 이야기요.”

“대감의 이야기는 잘 알겠습니다만, 두고 보시지요. 틀림없이 저의 계략이 주효할 것입니다.”

심정은 차분한 자세로 미소까지 띠었다. 그리고 남산을 바라보며 여유작작한 모습으로 말을 몰았다.

홍경주가 급기야 울화통을 참지 못하고 말 옆구리를 발로 내질렀다. 놀란 말이 앞발을 번쩍 치켜들며 울부짖었다. 애꿎은 말에게 화풀이였다.

“최산두는 실패했지만, 이번에는 실패하지 않을 거요. 팽두이숙(烹頭耳熟)이라고 했소. 이번에는 최산두가 아니라 머리통을 척살해버릴 것이오.”

홍경주가 허리에 빗겨 차고 있던 환도로 말머리를 쳤다. 또다시 깜짝 놀란 말이 제자리에서 팔짝팔짝 뛰며 발악했다. 그 바람에 홍경주가 낙마할 뻔했다.

팽두이숙.

문자 그대로 머리를 삶으면 귀까지 익는다는 말이며, 중요한 부분만 해결하면 나머지는 저절로 해결된다는 뜻이었다. 그리고 그 머리란 사림 세력의 선두주자였던 조광조를 지칭했다.

"대감, 그것 보십시오. 괜히 말을 놀라게 만들어서 위태로운 지경에 이르렀지 않습니까. 그러니까 안달하지 마시고 전하와 조광조 무리가 대립 충돌할 때를 참고 기다리십시오. 대감, 이런 고사를 아시지요? 말조개가 물 밖으로 나와 입을 벌린 채 햇볕을 쬐고 있는데 도요새가 지나가다가 조갯살을 쪼아 먹으려고 하자 말조개가 깜짝 놀라 입을 다물었다고 합니다. 그래서 도요새의 주둥이가 말조개한테 물리고 말았지요. 그런 상태에서 서로 버티던 중에 제삼자인 어부가 지나가다가 두 놈을 다 망태기 속에 쓸어 넣었다는 이야기 말입니다."

심정이 방휼지쟁(蚌鷸之爭)에 얽힌 고사를 이야기해주며 홍경주를 달랬다.

"그럼 우리는 어부가 되어야 한단 말이오?"

"바로 그렇습니다."

"어느 세월에 그걸 기다리겠소. 물론 화천군의 계략도 좋지만, 여차하면 이것밖에 믿을 게 없지 않겠소."

홍경주가 환도를 툭툭, 치며 말을 계속했다.

"이번에는 믿음직한 자들에게 맡겼소. 그래서 조광조의 동태를 낱낱이 염탐하고, 빈틈이 보이면 가차 없이 척살해버리라고 말이오. 화천군, 누구의 방법이 더 주효한지 고름 맺기 내기를 해봅시다그려."

홍경주가 자신만만한 표정을 지었다. 그는 예전부터 박배근의 수하들을 시켜 조광조를 비롯한 신진 사림의 주요 인물들을 감시하고 염탐해오던 중이었다. 그런데 최산두의 암살이 실패로 돌아가자 잠시 중단했다가 다시금 활동을 재개하도록 명을 내렸다.

홍경주가 북촌에 있는 자신의 집으로 심정을 데려갔다. 그의 처소는 20여 칸이나 되는 호화 저택이어서 마치 궁궐 같았다. 솟을대문을 통과한 다음에도 몇 개의 문을 더 지나가야 안채가 나왔다.

안채와 사랑채 사이에는 큰 대청이 있었는데, 그 앞에 온갖 기화요초를 심어놓은 정원이 펼쳐져 있었다. 그리고 사랑채를 돌아가면 그 뒤편의 비밀스러운 후원에 별당과 정자가 있었으며, 그 주변에도 기화요초와 반송을 심고 멋들어진 연못까지 파놓아 흡사 궁궐의 축소판이었다.

"화천군, 골머리가 아프오. 별당에서 술이나 한잔 합시다."

두 사람이 사랑채를 돌아 별당 안으로 들어갔다. 문을 활짝 열어젖히자 정자와 연못이 한 폭의 그림처럼 다가왔다. 특히 연못 속에 황금색으로 빛나는 비단잉어를 풀어놓고 연을 심어놓아 그윽하면서도 화려한 분위기가 연출되고 있었다.

"대감, 돌아가신 평성부원군 박원종 대감의 저택에 꾸며놓았던 후원에 비해 전혀 뒤지지 않습니다. 저기를 보십시오. 아직 일러 연꽃이 피어나지 않았지만, 꽃봉오리가 몇 개 맺히기까지 하여 운치가 더할 나위 없잖습니까."

심정이 홍경주의 호화스러운 생활에 놀라서 입을 다물지 못했다.

연산군 폐위를 위한 반정에서 주역을 맡아 정국공신 1등으로 책봉되었던 박원종은 사망하기 이전까지 당대의 최고 권세가였다. 그는 정국공신에 책봉되면서 거대한 저택과 토지 그리고 많은 노비를 하사받았다. 특히 연산군의 노리개나 다를 바 없던 기녀들까지 물려받아 호사스러운 생활을 했던 인물이었다.

"허허허, 무슨 말씀을. 박원종 대감의 저택에 비하면 누추하기 짝이 없는걸."

홍경주가 겸손한 척했으나 그 역시 정국공신으로서 수많은 혜택을 받고 권세와 부를 누리게 되면서 박원종에 뒤지지 않겠다는 마음으로 저택을 화려하게 꾸며놓았다.

잠시 후에, 산해진미를 올린 주안상이 준비되었고, 꽃처럼 단장한 기녀들이 들어오면서 주연이 시작되었다. 두 사람은 술에 취하고 기녀들의 춤과 노래에 흠뻑 젖어갔다.

"기녀놀이라면 연산군이 그만이었지. 포악하고 호화 방탕해서 그렇지 풍류 하나는 최고였던 사람이었어."

홍경주가 혀 꼬부라진 소리로 말했다.

연산군의 호화 방탕한 생활은 필설로 형용하기 어려울 정도였다. 그는 조선팔도에 채홍사를 파견하여 뽑은 아름다운 처녀들을 기녀가 아닌 운평(運平)이라 불렀고, 원각사를 폐지하고 성균관 유생들도 쫓아내어 그곳들을 유희 장소나 운평들의 대기소로 만들었다. 그리고 시시때때로 궁궐에 불러들여 잔치를 열곤 했다.

"궁궐에 불려 들어갔던 흥청(興淸)들의 미모와 재기가 대단했다고 들었습니다."

흥청은 운평 중에서 뽑혀 궁궐에 들어갔던 기녀를 말했다.

"그럼, 그럼, 대단했고말고요. 그래서 연산군이 그 대단한 흥청들의 치마폭에 싸여서, 저잣거리에 떠도는 말처럼 흥청망청하다가 비참하게 생을 마감했던 거 아니겠소. 그런데 말이오, 우리는 흥청망청해보지도 못하고 그놈들에게 비참한 꼴을 당하게 생겼소. 화천군, 우리가 비참해지지 않으려면 그놈들을 일거에 쓸어버려야 하오."

홍경주는 술이 거나해지자 호기가 발동하여 신진 사림 세력을 당장이라도 쓸어버릴 것처럼 두 팔을 거칠게 내저으며 고래고래 소리쳤다. 그 바람에 분위기가 가라앉았다.

"뭣들 하느냐! 대감께서 진노하고 계시지 않느냐. 풍악을 계속 울려서 기쁘게 해드리지 못하겠느냐."

심정이 기녀들에게 소리쳤다.

기녀들이 움찔 놀라 다시금 가무를 펼치기 시작했을 때, 이번에는 홍경주를 찾는 청지기의 목소리가 별당 밖에서 들려와 찬물을 끼얹은 꼴이 되고 말았다.

"어허, 이럴 때는 찾아오지 말라고 하지 않았더냐."

홍경주가 신경질적으로 소리쳤다. 그 바람에 또 기녀들의 가무가 중단되고 말았다.

"나리, 박배근이옵니다. 급히 보고할 일이 있어서 무례를 범하게 되었사옵니다."

홍경주의 게게 풀렸던 눈동자가 별안간 빛을 발했다. 술기운에 벌겋게 채색되었던 눈동자라서 핏빛 광채가 뭉텅뭉텅 쏟아져 나왔다.

"어서 안으로 들어오게나."

별당 안으로 들어온 박배근이 엎드려 절하고 나서 기녀들을 물리치게 해달라고 요청했다. 그리고 실내가 정리되자 다급하게 입을 열었다.

"나리, 조광조의 무리가 성균관에 찾아가서 유생들을 만났사옵니다. 그리고 서로 작당하는 것을 몰래 엿들었사온데, 경천동지할 내용이 있었사옵니다."

"도대체 그게 무슨 말인가? 소상히 이야기해보게."

"그놈들이 현량과로 조종의 법을 무너트렸던 것도 용서할 수 없는 일이었는데, 이번에는 정국공신들의 훈작을 삭제하려고 벼르는 듯싶습니다."

"뭐, 뭐라고!"

홍경주의 분노가 극에 달해 더 이상 말을 이어가지 못했다.

심정도 마찬가지였다. 여유작작하며 술과 기녀들의 가무에 빠져들었다가 망치로 뒤통수를 얻어맞은 듯이 정신이 번쩍 들었다.

"음."

심정의 입에서 신음이 흘러나왔다. 신진 사림 세력이 현량과를 이용해서 자기 사람들을 주로 뽑고 주요 관직에 배치하여 세력을 확장하더니 이젠 아예 공신들의 목을 칠 모양이었다. 그가 자신도 모르게 목을 쓰다듬었다. 조광조의 평소 기세로 보아 어느 순간에 목이 뎅겅 잘릴지 모를 일이었다.

[2]

북악산과 인왕산도 변함없는 위용을 자랑했고, 한강수도 유장하고 도도하게 흘러내리고 있었다. 최산두는 한강을 건넌 다음에 홍인지문을 통해 도성 안으로 들어가다가 조선 초기의 성리학자인 야은 길재 선생이 "산천은 의구한데 인걸은 간 데 없네……."라고 했던 시조를 떠올리며 고개를 끄덕거렸다.

포은 정몽주의 문하에서 공부했던 길재는 세상의 영달에 뜻을 두지 않고 성리학 공부에 열중했던 인물이었다. 그리고 그 학맥이 김종직과 김굉필 그리고 조광조와 최산두에 이르기까지 면면히 이어져오고 있었다.

"인동아, 고향에 잠시 다녀왔을 뿐인데, 족히 몇 년은 흘러간 것처럼 느껴지는구나."

"쇤네도 그런 기분이 드옵니다. 산천은 눈에 익지만, 흡사 낯선 곳에 온 기분이 들기도 하고 말이옵니다."

"언제 다시 고향의 품에 안길 수 있을까……."

최산두는 두고 온 고향 산천과 부모님이 사무치게 그리워서 말을 이어가지 못했다. 그리고 한성부로 올라오는 길에 남원의 축천정(丑川亭)에서 절친한 벗 안처순을 만났다가, 날이 새기 무섭게 헤어져야 하는 이별의 심정을 "냇가 정자 이름 축(丑)이라 걸었는데, 인간 별한은 인(寅)에서 일어나네……."라고 읊었다. 그런데 한성부로 올라오는 내내 그 시가 입 안에서 맴돌았고 이별의 아픔 또한 오래도록 사라지지 않고 있었다.

"집으로 들어가기 전에 수표교의 갖바치부터 만나봐야겠구나. 수표교로 가자."

도성 안으로 들어간 최산두는 그동안 무슨 변화무쌍한 일이 있었는지 무척이나 궁금해서 갖바치부터 만나고 싶었다.

수표교 옆의 피색전은 예나 지금이나 허름한 모습 그대로였고, 갖바치는 언제나 그랬던 것처럼 하늘이 무너져도 꿈쩍하지 않겠다는 듯 갖신 만들기에 열중하고 있었다.

갖바치는 최산두가 갖신이 필요해서 찾아온 것이 아니라는 것을 이미 알아차리고 있었던 모양이었다. 그는 최산두가 들어오자마자 가죽 한 장을 양손으로 연신 잡아당겼다. 그 가죽은 예전에 갖바치가 예리한 칼로 세모꼴을 그려놓았던 것이었다. 그가 양손에 힘을 줄 때마다 세모꼴이 형편없이 일그러지면서 안정과 균형이 무너지고 있었다.

"그동안 풍파가 심했던 모양일세."

최산두가 일그러진 세모꼴을 바라보며 물었다.

"아주 잔잔했습니다. 하지만 발호장군(跋扈將軍)이 닥치기 전에는 항상 고요한 법입죠."

발호장군이란 폭풍을 의미했다.

"그 발호장군이 어디에서 와서 어디를 휩쓴단 말인가?"

"당연히 하늘에서 땅이지요."

하늘이란 임금을 의미했다.

"바람은 눈에 보이지 않는 법인데 어떻게 보았는가? 그리고 어디에서 불어 어디로 간다는 것을 어떻게 알았는가?"

"바람은 보이는 게 아니라 느끼는 것이옵니다. 그리고 바람이란 많은 곳에서 부족한 곳으로 옮겨가는 것이옵니다."

"그렇다면 발호장군이 몰아치고 난 후에 어떻게 되겠는가?"

최산두는 폭풍이 불어 세모꼴의 안정과 균형이 무너지게 되면 천지가 피로 물들 수밖에 없다는 것을 예견하고 있었다. 그래서 어리석은 줄 알면서도 불확실한 미래를 걱정하는 마음이 앞서서 결과를 물었다.

"나리께서도 아시겠지만, 바람 풍(風)자는 무릇[凡] 태풍이 지나간 다음에 충(蟲)이 많이 번진다는 뜻이 합해진 것이옵니다."

"발호장군의 발목을 붙들고, 벌레가 번지지 못하도록 저지할 방도는 없단 말인가?"

"발호장군은 이미 움직이기 시작했습니다. 하지만 대다수의 사람들이 아직까지 그것을 느끼지 못하고 있을 뿐입죠. 그리고 안타깝지만, 쇤네는 나리가 원하시는 방도를 모르옵니다."

최산두는 갖바치의 이야기가 절망에 가까웠으나 희망을 잃지 않고 싶었다.

그는 갖바치의 피색전을 나오면서 격동의 시대에 벼슬아치요 학자로서 살아가는 것이 얼마나 어려운 일이지 새삼 깨달았다. 그리고 엄청나게 휘몰아칠 피바람을 어떻게 해서라도 막아내야 한다는 생각으로 주먹을 움켜쥐었다.

"조 대사헌을 만나고 싶구나. 관광방으로 먼저 가도록 하자."

"나리, 정암 선생님은 대사헌이 아니라 홍문관 부제학이십니다요."

"갖바치에게 들었는데, 그동인 대사헌에 다시 제수되었다는구나."

"정말입니까? 경하 드릴 일이옵니다요."

인동이 자신의 일처럼 좋아했다.

최산두는 조광조가 대사헌으로 다시금 제수되었다는 것이 불길함의 징조처럼 보였다. 갖바치가 저잣거리에 떠도는 소문을 알려주었는데, 하늘에 태양이 두 개이며 그중에서 하나가 조광조라고 했다. 어떻게 해서 그런 소문이 퍼졌는지 모르지만, 그것은 복이 아니라 오히려 화를 부르는 것이기 때문이었다.

그런데 조광조가 대사헌에 다시금 제수되었다고 해서 폭풍이 몰아칠 것으로 단정한다는 것은 억측이나 다를 바 없었다. 그동안 그것 말고 폭풍을 야기할 만한 뭔가 큰 변화가 있었을 듯싶었다. 그런데 그동안 벌어졌던 일들에 대해 들어보았으나 예전에 비해 오히려 조용했고, 현량과 발표 이후에 극도로 혼란스러웠던 정국도 시간이 지나자 제풀에 지쳐 수그러든 상태였다.

'도대체 수표교 갖바치는 어떤 징후를 보고 폭풍이 몰아칠 것을 예견했단 말인가?'

아무리 궁리해도 실마리를 잡을 수 없었다. 갖바치가 비록 미천한 신분에 지나지 않았지만 세상을 보는 눈이나 선견지명은 탁월했다. 그래서 헛소리를 지껄일 인물이 전혀 아니었다. 하지만 그도 인간이기에 얼마든지 잘못 짚을 수 있었다.

'모든 열쇠는 정암이 쥐고 있어. 정암을 만나면 모든 것이 밝혀질 수 있겠지.'

최산두가 조광조의 집 앞에 당도했다. 그런데 그는 아직 퇴궐하지 않아서 집에 없었고, 그의 신변 보호를 위해 남겨두었던 정상지가 달려 나와서 인동에게 고향 소식을 묻느라 허둥댔다.

"아무런 불상사도 없었느냐?"

최산두는 조광조가 걱정이 되어서 물었다.

"없었습니다. 괜한 염려를 했던 듯싶습니다요."

정상지가 심심하고 지루했다는 듯 축 늘어진 표정을 보이자, 인동이 나서서 광양으로 내려갈 때 청계산 계곡에서 벌어졌던 괴한들의 습격사건의 자초지종을 전했다. 정상지가 깜짝 놀라며 눈을 부릅떴다.

"나리, 자칫했으면 큰 변을 당할 뻔했습니다요. 그리고 나리, 며칠 전 제 동무들한테 들은 이야기이온데, 검계들의 움직임이 잠시 멈추는 듯싶더니 얼마 전부터 다시금 활발해지기 시작했다고 하옵니다. 그리고 그들이 무반 관료들과 접촉하고 있다는 정보도 들었습니다."

"뭐라고, 그들이 무반 관료들과 접촉하고 있어?"

최산두는 수표교 갖바치가 예견했던 것이 점점 실체를 드러내고 있다는 느낌을 받았다. 관리들이 시정잡배들을 대대적으로 움직여 뭔가 음모를 꾸민다는 것은 대혼란의 서막임에 틀림없었다.

경복궁의 영추문을 나서는 조광조의 얼굴이 몹시 초췌하고 핏기가 없었다. 그는 홍문관 부제학으로 좌천되었다가 사헌부 대사헌으로 다시금 제수되면서 탄핵을 통한 관료들의 기강 확립이라는 과도한 업무에 시달리게 되었다. 그뿐만 아니라 얼마 전에 제물포의 만호(萬戶)였던 장인(丈人) 이윤형이 타계하자 장례까지 직접 치러주고 왔으며, 임금의 특명으로 성균관을 찾아가서 유생들의 동향을 살피는 등 분주한 나날을 보내느라 체력이 한계점에 도달했기 때문이었다.

"어허, 조만간에 용단을 내려야 한단 말인가?"

조광조가 혼잣말로 중얼거렸다. 그는 몇몇 관료들을 대동하고 성균관을 찾아가서 유생들과 대화를 나눈 후부터 극심한 갈등을 겪기 시작했다.

결단이란 용기와 집념만으로 이루어지는 것이 아니었다. 주변 사람들은 조광조가 지체 없이 결단을 내리고 과감하게 실천에 옮길 때마다 용기가 대단하고 집념이 강하다며 극찬하거나, 그 반대로 너무 조급하다는 평을 내리곤 했다. 그런데 타인들이야 어떻게 생각하든지, 조광조는 마음 내키는 대로 결단을 내리고 멋대로 밀어붙인 적이 한 번도 없었다.

무릇 선택이란 매우 신중해야 후환이 없는 법이었다. 그래서 모든 결단을 내리기 이전에 전후좌우 사정을 두루 살펴야 했고, 또 시기와 장소를 신중하게 헤아리곤 했다.

특히 시기는 결단의 선택에서 매우 중요한 요소였다. 좋은 시기란 시각의 연속적인 흐름 중에서 적당한 때를 말했는데, 흐르는 시간의 현묘한 이치를 깨닫는다는 것은 일평생 공부해도 어려운 과제였다.

"사헌부로 가자."

조광조가 대기해 있던 가마꾼에게 힘없는 목소리로 말했다. 원래 철인 같았던 조광조였지만 오늘은 편전에서 열린 상참(편전에서 임금을 알현하고 정사를 보고하는 일)에 참석하는 것조차 힘들었다. 하지만 퇴궐하기 전에 사헌부를 둘러봐야 안심이 되었고 또 직성이 풀리는 성미라서 육조 거리에 있는 사헌부에 들렀다.

늦은 시각이라서 입직(入直)하는 장령(정4품 벼슬)만 홀로 지키고 있다가 김정과 김식이 찾아와서 두고 갔다는 한 통의 서찰을 건네주었다. 거기에는 여러 사람의 의견이 담겨 있었는데, 한결같이 더 이상 기다리지 말고 위훈삭제의 용단을 내려야 한다고 되어 있었다.

특히 예문관 응교 정응은 '풀을 깎듯이 베어 없애버려야 한다'는 뜻의 '삼제(芟除)'라는 글을 써서 강력한 의지를 표현해놓았다. 그는 조광조가 일찍부터 크게 될 인물로 점찍고 있었는데, 사간원의 정언으로 재직했을 때 대사헌 이행을 탄핵하여 면직시켰던 강직한 성품의 소유자이기도 했다.

조광조는 혹시 그 서찰을 남이 볼까 봐 불태워서 흔적을 없애 버리고 집으로 돌아왔다. 그리고 워낙 지쳐 있어서 푹 쉬려고 했는데, 최산두가 한성부로 올라왔다는 이야기를 전해 듣자 곧장 그의 집으로 방향을 돌렸다.

최산두가 찾아온 조광조를 반갑게 맞이했다. 그리고 수표교 갖바치가 예견했던 정국에 대해 이야기하려고 했는데, 조광조가 먼저 느닷없는 문제를 꺼내 들고 상의하기 시작했다.

"신재, 임금께 위훈삭제를 상소하려고 하오. 그대는 어떻게 생각하시오?"

그동안 조광조는 이 문제로 수많은 갈등을 겪어서 최산두가 한성부로 올라오면 상의하려고 벼르고 있던 참이었다.

최산두는 수표교 갖바치가 이야기했던 폭풍의 징후가 바로 위훈삭제라고 직감하며 전율했다.

잘못된 훈작(勳爵)을 바로잡아야 한다는 논의가 예전에도 있었다. 그 당시 대간들이 위훈삭제를 주장하자 반정 1등 공신인 박원종이 "이미 오랜 세월이 지났는데 이제 와서 이를 취소하라고 하면 인심이 예측하기 어렵게 될 것이고, 나라의 일 또한 어지럽게 될 것입니다."라고 중종에게 상소했다. 그렇게 해서 박원종은 자신의 막강한 세력을 바탕으로 중종을 은근히 위협하여 위훈삭제 문제를 유야무야시켜버렸다.

그 후에는 위훈삭제 문제가 워낙 민감한 사안이라서 수면 아래로 가라앉은 채 잠을 자고 있었다. 그런데 이번에 느닷없이 그 문제가 솟구쳤던 것이다.

"정암, 금번 위훈삭제 상소 문제에 대해 알고 있는 사람은 누구요? 그리고 언제부터 이 문제가 불거지기 시작했소?"

최산두가 되물었다.

"왜 그러시오? 매우 은밀하게 거론되었기 때문에 성균관 유생들 외에는 아는 사람이 별로 없을 거외다. 일전에 전하의 명을 받고 성균관 유생들의 동향을 살피러 갔다가 그들이 주장하는 바람에 불거지기 시작했소이다……."

조광조가 그간의 상황을 설명했다. 그가 김식, 김정 등과 함께 성균관을 찾아갔을 때 유생들이 나서서 정국공신들 중에 문제 있는 자들은 공신록에서 삭제하고 토지와 노비들도 당연히 몰수해야 한다고 주장했다. 김식과 김정도 유생들의 주장과 뜻을 같이하고 있어서 분위기가 한층 가열되었다.

그들이 주장했던 문제 공신의 대표적인 사례는 저잣거리의 세 살 먹은 어린아이조차 비웃고 있는 '정곡공신(正哭功臣)'과 '노와공신(怒臥功臣)'이었다.

'정곡공신'이란 중종반정 이후 정국공신을 책정할 때, 이곤이라는 자가 자신도 공신록에 끼어달라고 울면서 애걸복걸하여 4등 공신이 된 데서 생겨난 말이다.

노와공신에 대한 사연은 이러했다. 정국공신을 책정할 무렵이었다. 반정 1등 공신이었던 성희안의 모친이 그에게 "왜 너의 매제 신수린이는 공신에서 빠졌느냐."라고 따졌다. 그러자 성희안이 대답하기를 "그렇지 않아도 우리 집 사람들이 공신에 제일 많이 들어갔는데, 나이도 어린 매제까지 집어넣긴 좀 곤란합니다."라고 대답했다. 그러자 성희안의 모친이 "다시는 네 얼굴을 보지 않으련다."라고 하면서 화를 버럭 내고 자리에 드러누워 버렸다. 그래서 성희안이 어쩔 수 없이 다른 공신들에게 사정사정하여 신수린도 결국 공신에 끼게 되었다. 그러자 사람들이 '신수린은 화가 나서 누운 공신'이라는 뜻의 '노와공신'이라며 비웃게 되었다.

최산두가 말했다.

"정암, 반정 이후에 정국공신이 책정되면서 아무런 공이 없는 자들도 끼어들었던 게 사실입니다. 뇌물을 주고 공신을 산 자, 친족 집단끼리 나누어 먹기 식으로 공신이 된 자, 심지어는 연산군이 총애하던 관료까지 정국공신으로 책봉되었소. 그래서 문제가 다분하다는 것은 나도 인정합니다. 그리고 반식재상(伴食宰相)이나 시위소찬(尸位素餐)이라고 했듯이, 한갓 자리만 차지하고 녹봉을 받아먹는 정국공신들도 허다하지 않습니까."

정국공신 숫자는 무려 117명에 달했다. 그 숫자는 태조 때 개국공신 52명, 단종 때 정난공신 43명, 세조 때 좌익공신 41명, 성종 때 좌리공신 75명에 비해 턱없이 많은 숫자였다.

"신재, 그래서 성균관 유생들 대부분이 앞장서서 위훈삭제를 주장했던 것이오. 물론 나도 그 문제를 예전부터 깊이 생각해왔던 터였소. 그렇지만 쉽게 처리할 수 있는 문제가 아니라서 때를 기다리고 있었는데, 이번에 그 일이 불거졌던 것이오."

조광조가 고개를 계속 끄덕거리면서 그동안 고민이 많았다는 것을 간접적으로 드러냈다. 그가 이런 잘못된 문제를 아직까지 방치했던 이유는 위훈삭제를 상소하게 되면 기득권을 놓치지 않으려는 공신 세력의 대반격이 뒤따를 것을 염려하고 있었기 때문이었다.

"나도 위훈삭제 문제는 한 번쯤 짚고 넘어가야 한다고 생각해 왔소이다. 그런데 크나큰 사안을 제시하고 또 해결하려면 대의 명분이 필요하고, 또 우군의 절대적인 지지가 뒤따르지 않으면 어렵기 때문에 입 안에 담고만 있었지요. 그건 그렇고, 위훈삭제를 몰아붙이는 사람들의 주장은 대체로 어떤 것입니까?"

최산두가 묻자, 조광조가 서슴없이 대답했다.

위훈삭제를 주장하는 사람들은 몇 가지 명분을 내세웠다. 잘못된 정국공신 책정 문제가 개혁의 최대 걸림돌이며, 그런 문제를 방치한 채 개혁을 추진한다는 것은 모순이라는 거였다. 또 수많은 공신들이 막대한 재물과 수많은 노비를 하사받아서 국가 재정이 어려워졌다는 것이었다. 그런데 공신으로 책정된 자들은 엄청난 부와 권력을 움켜쥐고 호위 호식하는 반면에 백성들은 송곳 하나 꽂을 땅이 없어 굶주림에 허덕이기 때문에 위훈삭제 상소는 기필코 단행해야 한다고 주장했다.

"정암, 그건 우리 모두가 공감하는 이야기입니다. 그런데 그런 문제 외에 다른 것도 있지 않았을까요?"

최산두의 이야기에 조광조가 눈을 번뜩이며 바라보았다.

"또 무슨 이유가 있다는 말입니까?"

"정암이 오해하지 않을 것이라 믿기 때문에 솔직히 말하겠습니다. 정암, 성균관 유생들을 포함한 신진 사림들은 정국공신들이 부당하게 축적했던 부와 권력을 전하와 만백성들에게 공개하고 주지시키고 싶었을 것입니다. 그러니까 정국공신들의 물적 기반을 약화시키고 권력을 박탈함으로써 주도권을 확실하게 잡겠다는 그런 계산 말입니다."

조광조의 입에서 신음이 흘러나왔다. 최산두가 핵심을 정확하게 짚어냈기 때문이었다. 그래서 한참 동안 침묵을 지키며 생각에 깊이 빠져들었다.

최산두는 성균관 유생들과 신진 사림의 주요 세력이 부당한 정국공신 위훈삭제를 들고 나왔던 것이 예삿일은 아니라고 판단했다. 그건 소쿠라지며 흘러내리는 강물과 같아서 어느 누가 그 물길을 감히 돌려세우기 힘들 터였다. 왜냐하면 지금까지 개혁을 위해 상소했던 소격서 혁파, 기신재 철폐, 토지제도 개혁, 현량과 설치 등의 문제가 한 번도 좌절되지 않고 관철되어서 이제는 두려움을 모르고 밀어붙이는 분위기가 팽배했기 때문이었다.

"정암, 이걸 펼쳐 보시오. 송재가 함께 읽어보라고 주었던 서찰인데, 모두 몸조심하라며 《시경》의 '소아편'에 실린 시 구절 일부를 적어놓았더이다."

최산두가 충청수군절도사 한충이 건네준 서찰을 내밀었다. 조광조가 서찰을 펼쳐 보고 있을 때 최산두가 한마디 더했다.

"그대를 걱정해주는 사람이 많소이다. 그건 그대가 개혁을 성사시켜서 지치의 꿈을 이룩해줄 것이라는 믿음이 있기 때문이지요."

"모두 다 깊이 감사하오."

"정암, 한성부로 들어오는 길에 수표교의 갖바치를 만났소. 그런데 그가 폭풍 운운하는 소리를 들었습니다."

"그건 또 무슨 소리요?"

조광조가 눈동자를 굴리며 최산두를 바라보았다. 최산두는 수표교의 갖바치가 해주었던 시국에 관한 이야기를 소상하게 전달했다. 그리고 저잣거리에서 하늘에 태양이 두 개 있다는 소문이 떠돈다는 것도 알려주었다.

"허허, 왜 내가 또 하나의 태양이라는 말이오. 그건 천만부당한 소문에 지나지 않소이다. 신재, 나는 다만 도학으로써 지치의 꿈을 이루고 싶을 뿐이오. 그리고 나도 그 갖바치의 통찰력을 인정합니다만, 태풍이 몰아친다는 것은 배중사영(杯中蛇影)이나 기우(杞憂)가 아닐까요?"

배중사영은 잔 속에 비친 뱀 그림자를 말하며, 아무것도 아닌 일에 지나치게 근심한다는 뜻이었다. 그리고 기우는 쓸데없는 걱정을 말했다.

"정암, 나도 수표교의 갖바치가 뭔가 잘못 짚었으면 하는 생각이 간절했소이다. 그건 그렇고 하늘에 태양이 두 개라는 소문은 매우 불길합니다. 그 소문은 칭찬이 아니라, 자칫하면 전하를 능멸했다거나 역심을 품은 자로 여겨져서 큰 화를 입을 수도 있기 때문입니다."

최산두의 이야기에 조광조가 수염을 지그시 쓰다듬더니 이내 고개를 끄덕거렸다. 최산두는 예전에 그가 이렇게 골몰하는 모습을 본 적이 없었다.

[3]

국화가 만발하여 꽃향기가 천지에 진동하는 계절이었다. 국화는 다른 꽃들이 기승을 부릴 때 꾹 참고 있다가 서리가 내리는 늦가을이 되어서야 인내와 지조의 화신인 양 활짝 피어났다. 누군가가 금풍옥로(金風玉露)라고 했듯이, 가을바람에 옥 같은 이슬을 머금은 국화가 맑고 깨끗한 향기를 사람들의 가슴에 심어주고 있었다.

새벽녘이었다. 조광조가 목욕재계하고 관디로 갈아입은 다음에 궁궐을 향해 절을 올렸다. 그리고 화분에 심어놓은 국화꽃을 물끄러미 바라보며 깊은 상념에 잠겼다. 군자를 상징하는 국화 향기가 군자의 정신을 일깨워주었다.

'너는 군자적인 선비가 되고, 소인적인 선비가 되지 마라.'

조광조의 머릿속에 《논어》의 '옹야편'에 나오는 구절이 자꾸만 맴돌았다.

"그래, 내가 학문을 했던 것은 수양을 위해서였지 벼슬을 얻기 위함이 아니었어."

혼잣말치고는 너무나도 우렁차고 또박또박한 목소리였다.

작상(爵賞)은 국가의 공기(公器)였는데 그런 원칙이 무시되고 깨트려진 상황이었다. 유생들의 주장처럼 위훈삭제라는 산을 넘지 않고 개혁을 한다는 것은 모순이었다. 어떤 불이익을 감수하더라도 불의와 타협한다거나 못 본 체하고 넘어갈 수 없는 일이었다.

그는 입궐을 서둘러야 할 시각이었지만 한참이나 눈을 감고 있다가 지필묵을 꺼내 임금께 아뢸 글을 일필휘지로 써 내려갔다. 간결하고 단아하면서 힘찬 필체였다.

> 정국공신을 책정하던 때 황망한 가운데서도 조정 신하들의 식견이 높지 못하여 공신들의 관작과 작록이 외람됨이 너무 심했습니다. 소신이 근자에 대관이 되어 나랏일을 해보고자 하여도 이욕의 근원이 한번 열린 뒤 구제할 바를 알지 못했습니다. 생각이 여기에 미치니 몸을 잊고 극언을 하고자 하는 데 이르렀습니다. 평상시라면 그만입니다만, 혹 변고라도 있게 되면 비록 착한 사람이 있을지라도 또한 능히 그 뒤처리를 잘 하지 못할 것인데 임금님의 염려가 어찌 여기까지 미치지 아니할까? 이 폐단을 개혁하지 못하면 사직이 장차 유지되지 못할 것입니다.
>
> 이욕의 근원을 막지 못했으므로 혹 고변이라도 있게 되면 인심이 동요됨은 박경(朴耕)이 고변당했을 때와 같을 것입니다. 활을 들고 칼을 찬 무사들이 광화문 밖에 가득 차 있으니, 이

제 조정에 요청했음에도 불구하고 행해지지 않는 것은 사소한 일을 거론할 것이 못 되거니와 큰 이권이 걸린 원천은 어떻게 막겠습니까…….

"입궐 준비는 어떻게 되었느냐?"

조광조가 힘차게 소리쳤다.

"벌써 대기 중이옵나이다."

"그래 서둘러 입궐하도록 하자."

조광조가 가마에 올라타자 가마꾼들이 잰걸음을 놀리기 시작했다. 조광조는 눈을 지그시 감았다. 만감이 교차하고 있었다.

얼마 전에 좌의정 신용개가 세상을 떠났다. 풍류를 좋아하고 특히 국화와 술을 좋아했던 그가 이품기향(특이한 자태와 기이한 향기)에 묻혀 멀리 떠나간 것이었다. 김종직의 문하에서 수학했던 그는 성품이 강직하고 호방했다. 그래서 많은 사람들의 존경을 받았는데 기약 없이 떠나다니 서글프기 짝이 없었다.

상제를 치르던 곳에서 최산두가 "정암, 죽음을 각오하고 위훈 삭제를 상소한다는 것은 어리석은 일인지도 모르오. 그대는 해야 할 일이 많이 남았기 때문이오. 부디 때를 기다리며 은인자중하기를 바라오."라고 말했다.

조광조는 자신을 진심으로 걱정해주었던 최산두가 매우 고마웠다. 그는 같은 스승 밑에서 수학한 인연도 있었지만, 벼슬에 오른 후에 항상 근거리에서 자신의 일거수일투족을 지켜보았던 인물이라서 그 인연이 남달랐다.

조광조가 그의 얼굴을 그려보았다. 그는 좌의정 신용개처럼 풍류가 있는 사람이었는데 서예, 바둑, 활쏘기 등 모든 것이 훌륭한 팔방미인이었다. 게다가 정의롭고 매우 합리적이며 상황을 파악하는 안목이 정확했고, 더 큰 장점이라면 강하면서도 부드럽다는 점이었다.

"에라, 게 들어섰어라!"

갈도의 벽제 소리가 우렁찼다. 입궐이 약간 늦었기 때문에 서두르는 모양이었다. 갈도의 벽제 소리가 또다시 들려오더니 별안간 가마가 멈추었다.

"무슨 일이더냐? 어서……."

조광조가 눈을 번쩍 뜨면서 소리치다가 입을 다물었다. 벌써 육조 거리 입구에 당도해 있었다. 그런데 여태 눈을 감은 채 그려보고 있었던 최산두가 가마 옆에 서 있었다. 그는 지난 9월 장령(정4품 벼슬)에 승직되어 사헌부에서 조광조와 함께 근사(勤仕)하고 있었다. 그 옆에는 수표교 갖바치가 서 있었다.

"신재, 무슨 일이오?"

최산두는 대답 없이 미소만 지었다. 그 대신에 갖바치가 다가와서 머리를 가볍게 숙이며 입을 열었다.

"나리, 그간 평안하셨사옵니까?"

"오, 그래, 웬일인가?"

그동안 조광조는 업무가 바쁜 탓에 아주 오랜만에 그를 만났다. 그래서 무척이나 반가울 수밖에 없었다.

"나리께 긴히 부탁 드릴 일이 있어서 이렇게 찾아뵙게 되었사옵니다.”

“긴한 부탁이라? 그게 뭔가?”

“광화문 앞에 떡 버티고 있는 녀석을 붙들어 이 속에 넣어두었습니다. 입궐하시기 전에 이 녀석을 풀숲에 놓아주십시오.”

수표교의 갖바치가 가죽으로 만든 네모난 상자 하나를 건네고 총총히 떠나갔다. 어느 틈에 사라졌는지 최산두의 모습도 보이지 않았다.

조광조는 가죽 상자를 이리저리 살펴보았으나 그 속에 무엇이 들어 있는지 알아낼 수가 없었다. 무척이나 궁금해서 열어보았다. 사마귀 한 마리가 앞발을 도끼처럼 치켜든 채 조광조를 노려보고 있었다.

중종은 사정전을 나오자마자 강녕전으로 허겁지겁 들어갔다. 평소의 모습과는 전혀 딴판이었다. 그런 모습을 지켜본 승전색 신순강과 상궁들이 다리를 바동거리며 어쩔 줄 몰라 했다.

중종은 강녕전으로 들어가자마자 사인검을 뽑아 들고 온몸을 부들부들 떨었다. 정국공신 위훈삭제를 주청하는 상소문이 올라온 후부터 보름 동안은 가시로 만든 용평상에 앉아 있는 것처럼 괴로웠다.

보름 전이었다. 중종은 조광조의 상소문을 읽고 나서 하늘이 짓누르는 듯한 압박감을 받았다. 그가 사헌부의 수장으로서 정국공신의 위훈삭제를 주청했던 것은 당연한 일이었을 것이다. 그런데 그것은 현실을 도외시한 처사였으며, 왕권을 무시하고 경멸하는 태도나 다를 바 없었다.

중종반정의 주역이었던 박원종, 성희안, 유순정이 세상을 떠났다고 하지만 아직도 잔여 세력이 막강한 권세를 누리고 있었다. 이런 시점에서 그들의 훈작을 삭제하게 되면 반정이나 역모에 가까운 불상사가 발생될지도 모를 일이었다.

정국공신은 연산군을 폐위시키고 중종을 옹립한 세력이었다. 그런데 정국공신을 부정하는 것은 곧 자신이 보위에 오른 것을 인정하지 않는 것이나 마찬가지였다.

중종은 이미 오랜 세월이 지나버렸는데 이제 와서 과거 청산 운운하는 것은 큰 의미가 없고 오히려 국론만 분열시킬 뿐이라며 정국공신 위훈삭제를 반대했다. 그런데 조광조를 비롯한 신진 사림 세력은 전혀 기세를 수그리지 않고 약속이라도 한 듯 벌 떼처럼 상소를 올리기 시작했다.

조광조를 주축으로 한 신진 사림 세력의 거센 기세는 지난 반정 이후 공신 세력의 방약무인했던 태도와 다를 바 없을 정도였다. 처음에는 사헌부에서만 상소가 올라오더니 곧이어 대사헌 조광조와 대사간 이성동이 합사(合辭)로 정국공신 위훈삭제를 아뢰었다.

그들은 경연에 나와서 "대저 공신을 중히 여기면 공을 탐내고 이(利)를 탐내어 임금을 죽이고 나라를 빼앗는 일이 다 여기서 말미암으니, 임금이 나라를 잘 다스리게 하려면 먼저 이(利)의 근원을 막아야 합니다……."라고 주장했다. 이어서 정언 김익, 헌납 송호지, 사간 유여림, 정언 이부, 집의 박수문, 지평 조광좌

등이 숨 쉴 틈도 주지 않으려는 듯 꼬리에 꼬리를 물고 위훈삭제를 주청했다.

중종은 그들에게 "공이 있는지 없는지는 모르겠으나, 작은 공이라도 이미 공을 정하고서 뒤에 개정하는 것은 매우 옳지 않소. 이(利)의 근원을 막아야 한다고 논한 일은 번번이 경연에서 아뢰었는데, 그 뜻은 매우 착하나 이의 근원은 차차 막아가야 하오. 어찌하여 갑자기 이것으로 이의 근원을 막을 수 있겠소."라며 반대 의사를 분명히 밝혔다. 그러자 곧이어 홍문관까지 가세하여 이른바 삼사(三司)가 집단으로 몰려와 상소를 올렸다.

중종이 그들의 격렬한 움직임 속에서도 흔들리지 않고 버틸 수 있었던 것은 대신들이 자신의 편에 서서 견제해줄 것이라고 여겼기 때문이었다. 그런데 그런 예상은 완전히 빗나가고 마침내 영의정 정광필과 우의정 안당을 비롯한 육조 대신들 일부가 가세하여 위훈삭제를 주청하기 시작했다.

고립무원(孤立無援)이라고 했다. 중종의 자존심은 깊이를 알 수 없는 바닥으로 떨어지고 말았으며, 결국 더 이상 버티지 못했다. 그래서 오늘 아침부터 정국공신 개개인에 대한 공적을 논하여 117명 중에서 78명의 훈작을 취소했고, 그 유지(승정원을 통해 전달하는 왕명서)를 의정부에 내렸다.

"여봐라! 술을 가져오너라!"

중종이 결기를 삭이지 못하고 고함쳤다. 그가 고통스러웠던 것은 의지와 상관없이 위훈삭제를 단행했다기보다 자존심이 훼손되었고 왕권이 경멸되었다는 점이었다.

주안상이 들어왔다. 중종이 술을 연거푸 들이켜며 씩씩대고 있을 때, 경빈 박씨와 희빈 홍씨가 한꺼번에 들어왔다.

"아니 경빈과 희빈이 한꺼번에 어인 일이오?"

두 사람이 한꺼번에 나타난 적이 전혀 없어서 중종은 은근히 놀라웠다.

"전하, 상심하지 마시옵소서. 신첩들이 이렇게 좌우에 있지 않사옵니까."

두 빈이 양쪽으로 달라붙었다. 술과 여인들. 중종은 그 속에 흠뻑 빠져들어 잠시나마 모든 것을 잊고 싶었다. 왕권을 무시하고 위훈삭제를 고집했던 대간들과 대신들이 원망스러웠지만 그것이 대세라면 어쩔 도리가 없었다. 오히려 그것보다 왕권을 확실히 강화하여 앞으로 이런 서러움을 겪지 않아야겠다며 이를 악물었다.

희빈이 중종에게 술 한 잔을 올리더니 팔을 붙들며 애교를 떨었다.

"전하, 신첩들은 하해와 같은 성은을 입었사옵니다. 그래서 그 어느 누구도 부럽지 않고, 전하 외에 그 무엇도 필요하지 않사옵니다. 전하께서 당장 목숨을 내놓으라고 어명을 내리셔도 여한이 없을 정도로 행복하옵니다."

"정말이오. 이 세상에서 과인을 의지하고 따르는 자는 오로지 희빈과 경빈뿐이구려."

고립무원이라고 여겼던 중종이었기에 희빈의 이야기가 천상에서 들려오는 것처럼 느껴졌다.

이번에는 경빈이 중종의 어깨에 머리를 기대며 말했다.

"신첩들은 전하와 생사고락을 함께할 것이옵니다. 전하, 요즘 사악한 무리가 전하의 혜안을 어지럽히고 또 붕당을 맺어 나라를 뒤흔든다는 이야기를 들었사옵니다."

"어느 누가 감히 군신의 예를 다하지 않고 방약무인할 수 있단 말이오. 과인은 하늘이오. 어느 누구도 감히 넘볼 수 없는 하늘이란 말이오."

중종이 호기를 잃지 않으려고 목청을 높였다.

"지당하신 말씀이옵니다. 그런데 면종복배(面從腹背)라는 말처럼 겉으로 복종하는 체하면서 속으로 반대하고 뒤에서 훼방 놓는 자가 있으니 그냥 두어서는 아니 될 듯하옵니다."

"그자가 도대체 누구란 말이오?"

"입으로는 삼강오륜을 이야기하면서 군신의 예를 다하지 않는 조광조 무리가 아니고 누구이겠습니까."

"그가 우직하고 고집이 세긴 하지만 설마 면종복배하지는 않을 것이오."

중종은 경빈으로부터 조광조에 대한 험담을 자주 들었기 때문에 대수롭지 않게 여기려고 했다. 그런데 희빈이 나서서 경빈을 두둔하기 시작했다.

"전하, 경빈의 이야기를 흘리지 마시옵소서. 전하, 요즘 저잣거리에서 무슨 말이 떠도는지 아시옵니까? 하늘에 태양이 두 개라고 하옵고, 그 하나가 조광조라 하옵니다. 전하, 하늘에는 두 개의 태양이 있을 수 없는 법인데, 그렇다면 조광조가 하늘

같은 전하를 넘보고 있다는 이야기가 아니고 무엇이겠습니까."

중종의 얼굴이 일순간에 굳어지기 시작했다. 회맹단 앞에서 화천군 심정으로부터 그런 이야기를 들었을 때와 느낌이 전혀 달랐기 때문이었다.

희빈이 계속해서 아뢰었다.

"전하, 조광조가 소격서 혁파를 주장했던 것은 왕실에 대한 도전이요, 왕권을 능멸하는 무엄한 작태였사옵니다. 그리고 현량과 실시는 자신의 세력을 더욱 끌어 모아서 천하를 손아귀에 넣겠다는 계산되고 음흉한 수작이었으며, 위훈삭제를 강력하게 주청했던 것은 전하의 배후를 잘라버리겠다는 대역무도한 음모였습니다. 전하, 부디 통찰하시어 조광조 무리를 쓸어버리소서."

중종은 칠흑의 어둠 속에 갇힌 채 출구를 찾으려고 허우적대는 느낌에 사로잡혔다. 그리고 무엇이 진짜이고 무엇이 가짜인지 도무지 식별하기 힘들어서 머리가 빠개지는 듯했다. 일단 오늘은 모든 것을 잊고 싶었다. 그래서 혼미해질 때까지 술을 마시고 또 마셨다.

한편 남양군 홍경주는 의정부에 위훈삭제 유지가 내려졌다는 정보를 듣자마자 평소에 만나서 대책을 논의하곤 했던 훈구대신들을 불러들였다. 심정, 김전, 고형산, 성운 등 모든 사람들이 참석했으나 예조판서 남곤은 얼마 전부터 여주 땅에 있는 영릉(세종대왕과 소헌왕후의 능) 향사(제향을 맡아 보는 벼슬)로 잠시 나가 있던 터라 참석하지 않았다.

"그동안 우리는 무던히도 참았소, 이젠 더 이상 기다릴 수 없으니 오늘 밤에 거사를 일으킵시다. 그래서 박배근에게 모든 무사들을 대기하라고 지시해놓았소. 날이 새기 전에 놈들을 모두 도륙해버립시다."

홍경주가 씩씩거리자 병조참지 성운이 결연한 의지를 보여주듯 환도를 빼 들었다.

"대감, 제가 병조 예하의 무선사, 승여사, 무비사의 군사들을 끌어 모을 수 있사옵니다. 이미 준비해놓으신 무사들과 함께 들이닥치면 손쉽게 처리할 수 있을 것입니다."

"역시 언제나 믿음직스럽네. 병조 예하의 군사들까지 가세한다면 이번 거사는 확실하게 매듭지을 수 있겠네. 그렇다면 군사들을 각각 나누어 살생부에 적힌 자들을 동시에 해치워버리세."

칠흑의 어둠으로 덮인 밤이었다. 그 어둠이 화산처럼 폭발하며 불꽃을 뿜어낼 기세라서 밤에 우짖곤 했던 새들조차 입을 다물었고, 바람 소리도 숨을 죽였다.

"남양군 대감, 그놈들도 만반의 대비를 하고 있을지 모르오. 주도면밀하게 나서지 않으면 큰 혼란이 올 듯하여 두렵기만 합니다. 그리고 최산두, 박세희, 윤자임 등은 문무를 겸비한 자들이기 때문에 자칫 잘못 건드리면 외려 당할 수도 있을 것이외다. 어허, 우리는 장차 어떻게 되는 것일까."

김전의 얼굴이 백지장처럼 창백하게 변해 있었다. 연로해서 두려움을 많이 느끼고 있는 탓이기도 했지만 수많은 사람들을 도륙해야 하는 거사가 끔찍했던 모양이었다.

"그렇게 나약하고 결단력이 부족하기 때문에 이처럼 수모를 겪었던 것이오. 확 밀어붙이면 간단하게 정리해버릴 수 있으니까 아무런 걱정 말고 마음을 독하게 먹어야 하오."

지난 반정 때, 당시 사복시 첨정이었던 홍경주는 군사를 동원하여 거사에 가담했다. 또한 이과의 난을 무난히 척결했던 경험까지 있어서 무력으로 해결하는 일에 자신만만한 태도를 보였다. 그리고 당장 거사에 나서야 한다며 서둘기 시작했다.

화천군 심정은 이번 위훈삭제 사건에서 3등 공신을 박탈당한 피해자였다. 그런데 전혀 동요한다거나 분노하지 않고 한동안 침묵만을 지키고 있다가 입을 열었다.

"대감, 우리가 칼을 들지 않아도 얼마 후면 그들은 무너지게 될 것입니다."

"화천군, 뭐가 무너진단 말이오? 되지도 않는 계략으로 때를 놓치게 하지 마시오. 저번에 부렸던 계략이 오히려 이적행위가 되어, 원수의 조광조를 다시금 대사헌으로 제수되게 만들었지 않소. 그 결과 위훈삭제를 당했고 말이오."

홍경주가 투덜댔다.

"대감, 위훈삭제는 그놈들의 최후의 발악이라고 보시면 되옵니다. 이제 곧 무너지게 될 것이온데, 우리가 칼을 들고 날뛰었다는 글을 사초에 남겨 자자손손 부끄럽게 만들 필요까지 있겠사옵니까."

"어허, 도대체 무얼 믿고 그런 호언장담이오? 가장 확실하게 믿을 수 있는 것은 이 칼뿐이라고 하지 않았소. 죽은 자가 다시

살아나서 우리의 목을 칠 수 있겠느냔 말이오."

"저에게 계략이 또 하나 준비되어 있습니다. 이번 올가미는 한번 걸려들면 도저히 빠져나올 수 없을 만큼 견고합니다. 왜냐하면 저번에 깔아놓았던 포석이 그 위력을 서서히 발휘하고 있기 때문입니다. 그러니까 저를 믿어주십시오."

심정은 위훈삭제 문제로 시끄러웠던 보름 동안의 변화를 제대로 읽고 있었다.

조광조는 오로지 명분만을 내세우며 개혁에 임했고, 그의 무기라고는 성리학뿐이었다. 그러나 세상 모든 일이 명분만으로 해결되지 않을뿐더러, 성리학이 만병통치약이라고 믿는 것은 어리석음의 극치였다. 그는 이번 위훈삭제 확정을 성공으로 여기며 좋아하겠지만 그건 돌이킬 수 없는 크나큰 실수라는 것을 알려주고 싶었다.

심정은 중종의 심경 변화를 누구보다 잘 읽고 있었다. 중종은 이상을 앞세우고 개혁을 주도하는 조광조 무리에게 넌더리를 내기 시작했던 것이다. 그렇다면 준비된 또 하나의 계략에 조광조 무리가 속절없이 걸려드는 것은 시간문제였다. 심정은 그들에게 이상과 현실의 차를 뼈저리게 느끼도록 해주겠다며 냉소를 날렸다. (1권 끝)